LA TEMPORADA DE LA MUERTE

LOS MISTERIOS DE LA DETECTIVE KAY HUNTER

RACHEL AMPHLETT

CAPÍTULO 1

Martin Terry dio un sorbo a su cerveza Heineken, chasqueó los labios y paseó la mirada por el ajado y destartalado interior del remoto pub.

Las diez y media de un miércoles por la noche y, aparte de un puñado de personas que no conocía de vista, el resto de la clientela estaba compuesta por los mismos de siempre. Era normal para la época del año: el verano traía a los *grockles*: los turistas que invadían los pueblos de Kent y atascaban los estrechos caminos, dejando a su paso discordancia y basura.

Aquí, ahora, en el fresco epílogo de finales de septiembre que envolvía los North Downs, una atmósfera más serena había descendido sobre la aldea y las casas circundantes.

Martin apoyó el codo en la barra de madera llena de marcas, luego arrugó la nariz y apartó la manga de su camisa del pegajoso charco de bebida derramada que se extendía por la superficie.

Las bandejas de goteo bajo los grifos de cerveza frente

a él apestaban, un hedor amargo y penetrante a cerveza rancia mezclado con el aroma de las patatas fritas de queso y cebolla de alguien en la mesa detrás de él, revolviéndole el estómago.

De fondo, una máquina tragamonedas sonaba y relinchaba mientras un par de mujeres veinteañeras cacareaban y metían monedas en ella, el cambio suelto tintineando sobre las voces bajas a su alrededor.

Las conversaciones eran apagadas, manteniendo una distancia respetuosa entre los diferentes grupos reunidos en el espacio reducido.

Hablar aquí podía significar cualquier cosa, desde pedir un favor hasta encubrir a alguien, y mientras Martin observaba casualmente al grupo de cuatro pensionistas ancianos vestidos con colores apagados en el extremo de la barra, supuso que al menos uno de ellos era el cazador furtivo que se rumoreaba había destrozado la alambrada de púas en la propiedad de los Parry la semana pasada.

Les había llevado dos días localizar al poni Shetland de su hija, y todo porque alguien decidió arrastrar un cadáver de ciervo a través de un campo para evitar ser atrapado.

Sin embargo, nada se había dicho en el pub.

Los habituales estaban acostumbrados a hacer la vista gorda, y los extraños que se aventuraban dentro de vez en cuando rara vez regresaban, tal era la atmósfera cerrada que se aferraba al lugar.

El dueño, Len, le hizo un gesto con la cabeza al pasar, y Martin levantó su vaso medio vacío en señal de saludo antes de ver cómo el otro hombre abría de golpe una puerta baja detrás de la barra y desaparecía por las escaleras del sótano apresuradamente.

El sexagenario era experto en mantener a sus clientes felices y a la policía local a raya, una habilidad perfeccionada por la práctica.

O eso decía el rumor, al menos.

Martin sabía que era mejor no preguntar.

Una ráfaga de aire fresco le rozó los tobillos cuando la sólida puerta de roble se abrió hacia fuera. Como siempre, los habituales hicieron una pausa en sus conversaciones para ver quién entraba, luego se relajaron cuando una pareja conocida de fumadores se acercó lentamente a la barra apestando a nicotina, su hábito saciado por el momento.

Lydia pasó rozándolo, su cabello oscuro recogido en un moño alto y su rostro sonrojado mientras se apresuraba hacia una pareja de mediana edad que esperaba con dos pintas de cerveza.

—¿Por qué todo se acaba al mismo tiempo? —siseó entre dientes.

—Evita que te aburras —respondió él, sonriendo cuando su esposa puso los ojos en blanco.

—Eso es lo que le digo, pero no me escucha —gruñó Len, emergiendo del sótano y limpiándose las manos con el paño de cocina que llevaba al hombro.

—Ya era hora, Len —dijo uno de los pensionistas en el extremo de la barra, con un vaso de pinta vacío extendido con esperanza—. Me estoy muriendo de sed aquí.

—Ojalá tuviera tanta suerte, Geoff —respondió el dueño, sonriendo mientras los amigos del anciano lo reprendían—. Ya casi termino. Déjame comprobarlo primero.

Martin observó cómo el hombre alcanzaba las

estanterías suspendidas sobre la barra del siglo XV y seleccionaba un vaso de media pinta, envolvía su mano alrededor de la bomba y la echaba hacia atrás suavemente.

El familiar tono dorado de la cerveza local fluía en el vaso, chapoteando contra los lados y formando una fina espuma.

Lo sostuvo a la luz, luego tomó un sorbo, saboreando.

Cuando se dio la vuelta, Geoff Abbott y sus tres amigos lo miraban fijamente, casi babeando.

—No estoy seguro —dijo Len, bajando el vaso y frunciendo el ceño—. El barril podría estar malo.

—¿Qué? —La boca de Geoff se abrió de par en par, sus cejas tupidas elevándose—. Estás bromeando.

Len sonrió. —¿Cuatro pintas, entonces?

—Cabrón. Date prisa y sírvelas antes de que toques la campana para la última ronda.

Martin sonrió ante la broma familiar, agradecido de que por una vez el lugar estuviera tranquilo.

Demasiadas veces, Lydia había vuelto a casa contándole historias de peleas en el aparcamiento, amenazas que podían o no haberse cumplido, y más.

Lo único que Len no toleraba eran las drogas, así que al menos no se preocupaban por eso.

Era por eso que, en su mayoría, nunca se llamaba a la policía, o mejor aún, no aparecían sin avisar o ser invitados.

No había mucho que el dueño no pudiera resolver por sí mismo, a pesar de su edad.

Las cicatrices que cruzaban sus facciones curtidas por el sol daban testimonio de las veces que Len se había lanzado en medio de una pelea, a menudo dando la bienvenida a las mismas personas de vuelta al pub después de solo una semana de haber sido expulsadas.

Así eran las cosas aquí.

Según Lydia, en lo que a Len concernía, si a la gente no le gustaba, podían ir a beber al lugar elegante calle abajo y pagar más por sus bebidas.

Por eso este lugar seguía siendo popular entre los incondicionales. Era barato, y los turistas echaban un vistazo al exterior destartalado mientras pasaban en coche y seguían de largo.

Martin sacudió la cabeza y se giró en su asiento para estirar las piernas, agradecido por la oportunidad de relajarse después de un turno de nueve horas apilando estantes.

Había unas doce personas repartidas por las mesas distribuidas por todo el pub, además de los cuatro pensionistas que estaban anclados en la barra.

Dos mesas separadas estaban ocupadas por parejas, con las cabezas inclinadas sobre sus bebidas mientras hablaban en voz baja, la risa ocasional de una de las mujeres llegando hasta donde él estaba.

Pasó la mirada por dos hombres sentados junto a la chimenea de piedra, la rejilla llena de un arreglo de flores secas que Lydia había preparado como punto focal durante los meses de verano, la mayoría ahora esparcida alrededor de la base del jarrón, con ramitas restantes sobresaliendo desafiantes.

Frunció el ceño.

Fuera lo que fuese lo que los dos hombres estaban discutiendo, estaba resultando problemático, el más joven apuntando con el dedo al otro. Su cara estaba en las sombras, y el otro hombre estaba de espaldas a Martin, así que no podía distinguir si lo conocía.

Apartó la mirada, revisó el resto de la sala en busca de problemas y luego captó la mirada de Lydia y le hizo señas para que se acercara desde donde había estado de pie junto a la caja registradora sorbiendo una limonada.

—¿Conoces a los dos tipos que están junto a la chimenea? —murmuró.

Ella apuró su bebida, se acercó al lavavajillas bajo la barra a su izquierda y luego regresó, negando con la cabeza.

—Nunca los había visto antes —dijo—. ¿Problemas?

Él arrugó la nariz. —Conversación acalorada.

—Le avisaré a Len. —Echó un vistazo por encima del hombro hacia el reloj en la pared—. De todos modos, se acabó el tiempo. Ya no serán nuestro problema por mucho más.

El sonido de la gran campana de latón sobre la caja registradora fue seguido momentos después por el barítono de Len resonando sobre las cabezas de los que estaban en la barra, anunciando las últimas rondas, y Martin observó cómo un flujo constante de bebedores se dirigía hacia Lydia para una última pinta.

No era exactamente una estampida de viernes por la noche, pero estaba lo suficientemente concurrido y los siguientes diez minutos se llenaron con el sonido de los últimos arreglos, acuerdos murmurados que nunca se mencionarían fuera de las cuatro paredes del bar, y debajo de todo ello, el sonido de la caja registradora haciendo sonar el efectivo que pasaba por los dedos de Len.

Siglo XXI o no, el dueño aún se negaba a aceptar tarjetas y el rastro de papeleo asociado que venía con ellas.

Finalmente, las sillas se arrastraron hacia atrás, y la puerta principal giró sobre sus bisagras mientras el pub se vaciaba y la gente se dirigía a casa.

En el otro extremo de la barra, Geoff apuró lo último de su pinta, golpeó el vaso vacío sobre un posavasos de cartón empapado y se puso un gorro de lana azul marino sobre su cabello escaso, a pesar de la cálida noche exterior. Le sonrió a Len, apuntó con el pulgar hacia uno de sus compañeros y sacó una pipa del bolsillo de su chaqueta.

—Me llevan a casa, así que te veré mañana por la noche.

—Salud, Geoff. —Len bajó el frente del lavavajillas y agitó el aire con un paño de cocina mientras el vapor se elevaba—. Ten cuidado.

Alcanzó el primero de los vasos, moviéndose a un lado mientras Lydia se unía a él, y maldijo en voz alta cuando la superficie caliente le quemó los dedos.

Mientras los dos trabajaban, Martin escaneó la habitación, notando que los dos hombres que habían estado discutiendo ahora se dirigían hacia la salida.

—Gracias, caballeros. Que tengáis un viaje seguro a casa —llamó Len.

Ninguno de los dos reaccionó a sus palabras.

El mayor de los dos empujó la puerta principal, sin esperar para mantenerla abierta para el hombre más joven que se apresuró tras él, con la voz alzada.

—Me pregunto de qué se trataba todo eso —dijo Lydia, alcanzando para colgar las copas de vino por sus tallos mientras las secaba.

—Ni idea —dijo Len, imperturbable—. ¿A qué hora entraron?

—Justo después de que subieras a buscar más cambio para la caja. Pidieron un par de pintas de IPA, no dijeron mucho, y luego se movieron a esa mesa.

Len se encogió de hombros. —Probablemente querían un lugar privado para hablar, en lugar de su sitio habitual. Ya sabes cómo es.

Se colgó el paño de cocina sobre el hombro y luego dirigió su atención a la caja registradora, programando la secuencia de cierre del día y retirando la bandeja de monedas para llevarla arriba a la oficina después de cerrar. —¿Quieres hacer el turno del almuerzo del domingo? Rose tiene a su hija y familia de visita, así que ha pedido el día libre.

—¿Está bien? —Lydia se giró y arqueó una ceja hacia Martin—. No nos viene mal el dinero, después de todo.

—Adelante. Solo el almuerzo, eso sí. Le prometimos a tu madre que nosotros...

Cuando el primer disparo resonó a través de las paredes, los ojos de Lydia se agrandaron como los de un zorro atrapado en los faros.

—¿Qué demonios? —Martin giró para enfrentar la puerta, el taburete de la barra cayendo al suelo.

—¿Qué está pasando? —dijo Lydia, acercándose a su lado, temblando.

Len se apartó de la barra. —Disparos. Agachaos.

Echando un vistazo a la cara del otro hombre, Martin hizo lo que le dijeron, arrastrando a Lydia con él.

—Martin... —gimió ella.

—Quédate quieta.

Un segundo disparo explotó en la noche, el estruendo llenando sus oídos y revolviendo su estómago. Se encogió más cerca del suelo, preguntándose si podría alcanzar la puerta para cerrarla antes de que el tirador dirigiera su atención a los que quedaban dentro, luego vio a Len negar con la cabeza, con las facciones pálidas.

—Quedaos donde estáis —siseó, antes de levantar una mano.

Martin aguzó el oído, deseando que su corazón dejara de latir con fuerza para poder escuchar si alguien se acercaba, pero no había nada.

Nada más que un silencio atónito.

CAPÍTULO 2

La inspectora Kay Hunter detuvo suavemente su coche detrás de una desgastada furgoneta gris, con los ojos muy abiertos ante la escena que se desarrollaba frente a su parabrisas.

Las luces azules parpadeantes iluminaban el cielo nocturno desde tres vehículos de la Policía de Kent dispersos por la grava, las luces LEDs del techo reflejándose en las ramas de un castaño de Indias que se inclinaba en un ángulo precario en una esquina del aparcamiento y luego se filtraban por la fachada del decaído pub.

Las sombras se fundían entre las luces: figuras pesadas con trajes protectores y cabezas inclinadas en el perímetro de la propiedad, y siluetas más altas que se entrelazaban entre ellas empuñando rifles de asalto.

La radio sujeta al soporte de plástico del salpicadero junto a Kay crepitaba con actividad mientras se emitían órdenes de ida y vuelta, desprovistas de toda emoción, mientras sus superiores coordinaban la búsqueda del fugitivo desde su cuartel general en Northfleet.

El acceso por el carril detrás de ella había sido bloqueado por agentes uniformados y mientras salía de su coche, un oficial táctico con armadura corporal completa se dirigió hacia donde un vehículo de respuesta armada rotulado había sido abandonado apresuradamente.

Sus colegas salieron de las sombras y se dirigieron hacia un cordón interior, la cinta azul y blanca extendida a través del aparcamiento separando los vehículos de la desgastada puerta principal del pub.

La luz se derramaba desde la abertura, las personas que se movían en el interior visibles a través de los cristales sucios de las ventanas.

Las manos enguantadas del oficial táctico acunaban su rifle semiautomático con una despreocupación que desmentía la presencia uniformada a su alrededor, y asintió en reconocimiento mientras ella aflojaba una goma elástica de algodón sobre su reloj de pulsera y se recogía el pelo.

—Buenas noches, jefa.

—¿Puedo proceder?

—Declaramos la escena segura hace veinte minutos y hemos permitido el acceso de forenses al cuerpo. Ya hemos terminado aquí. El tirador se dio a la fuga y el tipo que recibió los disparos no va a ir a ninguna parte. Ya no.

Ella reprimió una mueca. —¿Qué tan malo es?

—Digamos que no va a ganar ningún concurso de belleza.

—¿Cuáles son las últimas noticias sobre el tirador?

—Se están estableciendo controles en todas las rutas

principales, pero eso es todo lo que sé por el momento. Hemos revisado el área inmediata y confirmado que no está por ninguna parte. Todos los edificios anexos y las casas cercanas están despejados.

—¿Quién está a cargo de la escena aquí?

Él inclinó la cabeza hacia el cordón. —Paul Disher. Es el tipo alto que está de pie allí junto al patólogo.

—Gracias.

Levantando la mano para protegerse los ojos del resplandor de las luces parpadeantes, Kay se apresuró a cruzar la grava irregular, sin querer perder un segundo más.

Se detuvo cuando llegó al primer cordón.

Una forma arrugada yacía más allá de la cinta de plástico, el cuerpo de un hombre desparramado sobre la tierra y las piedras boca abajo con la cara apartada de ella, sus brazos extendidos como si intentara amortiguar su caída.

Mientras las luces de emergencia fluctuaban a su alrededor, su ropa oscura alternando en tonalidad, las preguntas ya empezaban a formarse en su mente.

—¿Inspectora Hunter?

Kay apartó su atención de la víctima para ver a un sargento alto de unos cuarenta años que se dirigía hacia ella. —Usted debe ser Paul Disher.

Él asintió en respuesta, el volumen de su chaleco antibalas ocultando su uniforme. —Estoy liderando el equipo táctico. Su colega llegó hace un momento, se dirigió directamente al interior del pub.

—Debe ser Barnes. —Kay esbozó una leve sonrisa,

luego señaló con la barbilla hacia el hombre destrozado en el suelo—. ¿Qué me puede decir hasta ahora?

Disher tomó un juego de trajes protectores de un oficial subalterno antes de pasárselos a Kay, extendiendo su mano para estabilizarla mientras ella se ponía las botas a juego.

—El dueño del pub, Len Simpson, dijo que este tipo y uno mayor estaban en el pub antes del tiroteo —explicó, levantando el cordón mientras ella se agachaba por debajo—. Dice que nunca los había visto antes y que estaban discutiendo. No en voz alta, pero lo suficiente como para que cualquiera cerca pudiera ver que no era una conversación amistosa.

—¿Hubo una pelea? —Kay se puso al paso de Disher y lo siguió hasta donde yacía el cuerpo del hombre.

—No dentro del pub. Simpson dice que los dos hombres estaban entre los últimos en irse, junto con un grupo de cuatro de sus clientes habituales y una pareja local. Con Simpson en ese momento estaba Lydia Terry, que trabaja para él, y su esposo Martin. El primer disparo se efectuó entre cinco y diez minutos después de que todos los clientes se hubieran ido.

Kay rodeó al hombre muerto, su mirada recorriendo las uñas, mordidas hasta la carne y cubiertas de suciedad, las suelas gastadas de los zapatos, y entonces...

—Jesús.

Parpadeó, luego se obligó a acercarse más.

Lo que quedaba del rostro del hombre era poco más que un par de cejas que parecían sorprendidas de encontrar el resto de sus facciones desaparecidas.

Una masa sangrienta reemplazaba lo que habían sido

ojos, boca y nariz, y cuando bajó la mirada hacia su pecho, otra herida abierta brillaba en la escasa luz.

—No preguntes cuál fue primero, no lo sabré con seguridad hasta que lo lleve de vuelta a mi laboratorio.

Se enderezó al oír la voz para ver al patólogo forense Lucas Anderson regresando al cordón, con el rostro sombrío.

—Basta decir que estaba intentando huir cuando le dispararon; esas son las heridas de salida que estás viendo —añadió.

Un par de hombres más jóvenes desplegaron una camilla y la colocaron a un lado, esperando más órdenes.

—¿Uno en la columna para detenerlo, el tiro en la cabeza después? —sugirió ella.

Lucas agitó un dedo enguantado hacia ella. —Posiblemente, pero eso es todo lo que obtendrás de mí por el momento. Tendré la autopsia lista en las próximas cuarenta y ocho horas.

Ella le dio un breve asentimiento, luego se volvió hacia el sargento.

—¿Alguna identificación?

—No había nada en sus bolsillos, pero hay un reloj de aspecto barato en su muñeca izquierda. Tampoco lleva alianza.

—No hay señales de que se hayan quitado anillos de sus dedos —dijo Lucas, agachándose junto al hombre muerto y pasando su linterna sobre sus manos.

—¿Y la ropa? —dijo Kay—. ¿Coincide con lo que llevaba puesto el tipo más joven que vio Len Simpson antes?

—Barnes le mostró algunas fotos en su móvil, y cree que es el mismo tipo —dijo Disher.

Kay se enderezó, le dio una palmada en la espalda a Lucas antes de que este se volviera hacia sus dos asistentes, y luego caminó con el sargento de vuelta al cordón.

—Muy bien, gracias Paul. Buen trabajo controlando esto esta noche. Me haré cargo de la escena ahora para que pueda ponerse al día con el resto de su equipo en caso de que localicen al tirador. ¿Cree que podría asistir a la reunión informativa mañana? Me gustaría que estuviera disponible para ayudarme a coordinar cualquier arresto una vez que hayamos identificado quién es el tirador.

—Lo haré, jefa.

—Gracias.

Quitándose el traje protector, jadeando por aire fresco mientras se arrancaba la capucha del pelo, Kay arrugó todo el conjunto y lo metió en un contenedor de riesgo biológico instalado por los investigadores de la escena del crimen en el perímetro, luego se giró al escuchar un grito familiar.

El oficial Ian Barnes se apresuró hacia ella, con la chaqueta del traje ondeando bajo sus brazos mientras esquivaba a un par de agentes para llegar hasta ella.

—Buenas noches, jefa. —Arrugó la nariz cuando miró por encima del hombro de ella—. ¿Le echaste un vistazo?

—Sí, lo hice. No es bonito, ¿verdad?

—No recuerdo la última vez que tuvimos que lidiar con un tiroteo.

—Ha pasado tiempo. —Dirigiendo su atención al pub, vio tres rostros pálidos en una de las ventanas inferiores, sus facciones borrosas por la suciedad en los cristales—. ¿Y supongo que nadie vio nada?

Su oficial logró esbozar una débil sonrisa.

—Aun así, estoy seguro de que querrás hablar con ellos.

Kay cuadró los hombros y luego asintió.

—Puedes apostar a ello.

CAPÍTULO 3

La primera impresión que Kay tuvo de Len Simpson fue que estaba a solo unos cuantos cigarrillos de sufrir un ataque al corazón.

El hombre se apoyaba contra la superficie lisa y desgastada de la barra con su considerable barriga, las capas de piel bajo sus ojos temblaban mientras observaba lo que sucedía más allá de sus ventanas.

Se hurgaba distraídamente una uña raída mientras sus oficiales iban y venían del bar, sus gruesos labios torcidos en una perpetua decepción, su frente arrugada como si estuviera tratando de entender cómo iba a salvar su reputación después de los acontecimientos de la noche.

Su pub parecía aferrarse al negocio con la misma sombría determinación que su dueño.

A su alrededor, había señales reveladoras de un negocio en declive, sin duda ayudado y alentado por una clientela que apreciaba la privacidad más que las últimas tendencias culinarias.

El polvo cubría la superficie de cada estante, las

telarañas abrazaban las chucherías que abarrotaban los espacios entre las luces parpadeantes, y un hogar sucio a la derecha de Kay parecía no haber sido limpiado desde el invierno anterior.

—Señor Simpson, esta es la inspectora Kay Hunter —dijo Barnes.

Simpson se quitó un palillo de entre los labios y la miró lascivamente, extendiendo una mano flácida a modo de saludo. —Bueno, al menos usted es una mejora.

Kay ignoró su mano y mantuvo una mirada impasible mientras recorría con la vista a la pareja de mediana edad acurrucada en el extremo más alejado de la barra. —¿Podemos hablar en privado, señor Simpson?

—Ya le he dado mi declaración a este amiguito.

Barnes arqueó una ceja ante la expresión del hombre, pero no dijo nada.

—Estoy segura de que lo ha hecho —dijo Kay, y luego le hizo un gesto—. Vamos. No tomará mucho tiempo.

Ella lo guio sobre el polvoriento suelo de parqué hacia una mesa rectangular de roble con cuatro sillas alrededor, y arrastró una de ellas hasta el extremo para Simpson, sentándose en otra tan lejos del propietario como fuera posible. Apoyó el codo en la mesa, luego hizo una mueca y lo levantó de nuevo, su manga se despegó con un leve ruido de succión mientras las viejas manchas de bebida soltaban su agarre.

A su izquierda, un par de técnicos forenses estaban procesando una mesa redonda de roble preparada para dos personas, y ella asintió hacia ellos mientras Simpson se acomodaba en su asiento con un suspiro mal disimulado.

—¿Es ahí donde estaban los dos hombres esta noche? —dijo ella—. ¿Incluyendo a la víctima?

—Sí. Acabábamos de empezar a limpiar las mesas después de la última ronda cuando sonó el primer disparo.

—¿Qué hay de los vasos que estaban usando? ¿Los conservó?

Él hizo una mueca. —Lo siento, pasaron por el lavaplatos justo antes de que todo estallara.

Kay contuvo la primera palabra que amenazaba con escapar de sus labios y suspiró. —De acuerdo. Volvamos al momento en que llegaron. ¿A qué hora fue eso?

—No sé. Sobre las nueve y media, quizás un cuarto para las diez. Tarde. No estuvieron aquí mucho tiempo antes del cierre.

—¿Quién pidió las bebidas?

—El mayor de los dos. No hablaba mucho.

—¿Lo atendió usted, o…?

—Lydia lo atendió. Dos pintas de cerveza amarga.

—¿Solo una ronda?

—Sí. —Su labio superior se curvó—. Me alegro de que no sean clientes habituales. Les tomó más de una hora beberse esa.

—¿Había visto a alguno de ellos antes?

—No.

—¿Qué hay de sus acentos? ¿Sonaban locales?

Se encogió de hombros. —De cualquier lugar al sur del estuario.

—Usted le dijo a mi colega que estaban discutiendo. ¿Escuchó sobre qué?

—No. Estaba demasiado ocupado sirviendo.

—¿Qué pasó cuando se fueron?

—Se levantaron y salieron después de que yo tocara la campana para la última ronda. Les dije que tuvieran una buena noche, pero ninguno de los dos me hizo caso. —Simpson pasó una mano gorda por sus papadas—. Un grupo de clientes habituales salió un par de minutos después y escuché que uno o dos motores de coches arrancaban. Lydia y yo estábamos a punto de empezar a limpiar las mesas cuando escuchamos el primer disparo. Todos nos tiramos al suelo.

Kay se reclinó y miró más allá de Simpson hacia donde Barnes esperaba junto a la barra, con la cabeza inclinada mientras escuchaba a uno de los técnicos forenses a su lado. Ella le hizo un gesto para que se acercara.

—Señor Simpson, ¿a qué hora calcula que escuchó el primer disparo?

—No sé. El pub estaba vacío, así que tal vez a las once y diez, ¿algo así?

—¿Y el siguiente?

—A los pocos segundos del primero.

Kay miró a Barnes. —¿A qué hora se recibió la llamada a emergencias?

—A las once cuarenta, jefa.

Cuando volvió su atención al propietario, este se estaba mordiendo el labio, sus ojos moviéndose de un lado a otro sobre la superficie de la mesa.

—¿Hay algo que no me esté contando, señor Simpson?

Su mirada se clavó en la de ella. —No.

—¿Está seguro? Parece nervioso.

—A un tipo le acaban de volar los sesos en mi estacionamiento. —La miró con furia—. Así que discúlpeme si parezco alterado.

—Lo entiendo. Lo que no entiendo es por qué esperaron tanto para llamar a emergencias. —Señaló hacia donde Lydia Terry estaba de pie junto a su marido, tecleando en su teléfono móvil—. ¿Qué estaban haciendo todos?

—Manteniendo nuestras malditas cabezas agachadas. ¿Qué cree que estábamos haciendo?

—Necesitaremos una lista de todos los que estuvieron aquí esta noche, tanto antes de que llegaran esos dos hombres como después. Nombres, números de teléfono…

—Sí, imaginé que podrían necesitarlo. —Señaló con el pulgar por encima del hombro—. Lydia y yo empezamos a anotarlos antes de que ustedes llegaran.

—Bien. —Kay empujó su silla hacia atrás—. Por favor, entréguele eso a mi colega cuando hayan terminado.

Ignoró el resoplido amargo que emanó del hombre y guio a Barnes hacia una puerta interior que conducía del bar a una cocina en forma de caja.

Dando la espalda a las superficies de acero inoxidable grasientas de las encimeras y la cocina de gas, se cruzó de brazos.

—¿Qué opinas, Ian?

—Está preocupado por algo. —Su colega guardó su libreta en el bolsillo de la chaqueta—. Pensé eso cuando llegué aquí y hablé con él por primera vez.

—¿Qué tenían que decir Lydia y su marido?

—Martin, el marido, confirma lo que acabas de oír de Simpson. Lydia está obviamente conmocionada, así que no pude sacarle mucho. Iba a sugerir que habláramos con ambos de nuevo mañana por la mañana. En casa, en lugar de aquí.

—¿Lejos de Simpson, quieres decir?

—Exactamente.

—¿Qué hay de esa lista de personas que estuvieron aquí antes?

—Ella tiene números de teléfono de algunos de ellos, así que haré que Laura los revise. —Miró por encima del hombro antes de bajar la voz—. Reconocí un par de nombres, pero necesitaremos pasar los otros por el sistema también.

—¿Quieres decir que tienen antecedentes penales?

Asintió. —Parece que este lugar está a la altura de su reputación.

—Pensé que reconocía el nombre cuando recibí la llamada antes. —Kay se movió de vuelta hacia la barra—. No va a ganar el premio al Pub del Año en un futuro próximo, ¿verdad?

—Este año no, eso es seguro.

CAPÍTULO 4

Después de hacer los arreglos para visitar a Lydia Terry y su esposo a la mañana siguiente, Kay permitió que la pareja abandonara el pub y dirigió su atención a un grupo de investigadores de la escena del crimen que trabajaban dentro del área acordonada del estacionamiento.

Con las cabezas inclinadas, sus trajes protectores destacaban contra las luces temporales que se habían instalado a su alrededor, moviéndose metódicamente de un lado a otro, con paso pausado.

Bajó la mirada cuando su teléfono móvil comenzó a sonar, mostrando un nombre familiar en la pantalla.

Gavin Piper había sido un miembro habitual de su equipo cercano durante varios años y poseía un sexto sentido cuando se trataba de anticipar sus necesidades.

—Gav, ¿alguna novedad sobre el tirador? —dijo mientras observaba al equipo forense.

—Nada aún, jefa —fue la respuesta—. No se ha visto a nadie conduciendo erráticamente en ninguna cámara de videovigilancia en el área inmediata, y no ha habido informes de actividad inusual alrededor de casas o granjas todavía.

—De acuerdo, bueno, el equipo táctico de armas de fuego nos ha entregado la escena aquí ahora, así que te avisaré si encontramos algo que pueda ayudarte. ¿Tienes equipos de arresto en espera?

—Sí, y tu solicitud de personal adicional ha sido escalada. Te mantendré informada sobre eso, jefa.

Terminó la llamada y se volvió hacia Barnes. —Esto no va a ser fácil, ¿verdad?

—Lydia y Martin dicen que no recuerdan haber oído un coche alejarse, así que aunque tenemos puestos de control en las carreteras, también existe la posibilidad de que el tirador haya escapado a pie. —Desplazó la pantalla para leer un nuevo mensaje de texto, la luz de su móvil iluminando su mandíbula apretada—. Los agentes uniformados están haciendo visitas puerta a puerta en este momento para advertir a la gente en las inmediaciones, pero estamos jodidos sin una mejor descripción del hombre mayor que dicen que estaba con la víctima anteriormente.

—Mierda. —Kay frunció el ceño al ver tres vehículos estacionados en los bordes del área de grava—. ¿De quién son esos, entonces?

—El viejo todoterreno pertenece a Len Simpson, el hatchback verde es de Martin Terry, y los otros dos pertenecen a lugareños que bebieron demasiado esta noche y decidieron volver a casa caminando.

—¿Tienes anotados sus nombres?

—Sí, y las direcciones. Se los pasaré a los uniformados cuando me vaya de aquí para que puedan entrevistarlos y asegurarse de que no sigan pasados de alcohol cuando vuelvan por sus coches mañana.

—¿Encontraste algo en el sistema sobre Len Simpson?

—Ha sido licenciatario desde que fue dado de baja deshonrosamente del ejército hace casi treinta años. No puedo encontrar nada que diga por qué se fue; iba a sugerir que tal vez quieras hablar con Sharp para ver si puede averiguar algo para nosotros.

El comisario Devon Sharp había estado en la policía militar durante varios años antes de unirse a la fuerza policial civil en Kent, y aún mantenía contacto con muchos de sus antiguos colegas.

—Tomaré nota para hablar con él después de la reunión informativa de mañana. Tan pronto como llegó la llamada anteriormente, se fue a la sede para coordinar desde allí. Con suerte, también tendremos más personal para la mañana —dijo, y luego observó cómo los asistentes de Lucas llevaban su camilla, ahora cargada, hacia la furgoneta gris, con el cuerpo del hombre muerto dentro de una bolsa para cadáveres.

Barnes levantó la mano para protegerse los ojos de los faros de uno de los coches patrulla que salía del estacionamiento tras la furgoneta. —Ha habido muchas quejas sobre este lugar a lo largo de los años, sin mencionar los rumores sobre lo que ocurre aquí, pero nunca ha habido suficiente para llevar a Simpson ante un tribunal de magistrados. De alguna manera, siempre ha logrado evitarlo.

—¿Cuánto tiempo lleva como licenciatario aquí?

—Seis años ahora. Es un pub que no pertenece a ninguna cadena, así que probablemente por eso ha estado aquí tanto tiempo; no tiene que preocuparse por lo que una oficina central pueda pensar sobre cómo dirige el lugar como lo haría si una compañía de pubs fuera la propietaria.

—Será interesante escuchar lo que Lydia Terry tiene que decir sobre todo esto cuando hablemos con ella mañana, lejos de los oídos de él. —Se alejó del pub, volviendo su atención a la minuciosa búsqueda que llevaban a cabo los investigadores de la escena del crimen reunidos—. Veamos si pueden decirnos algo ya, para que al menos podamos poner al equipo al día en la reunión informativa.

Una figura familiar se bajó la máscara y se apresuró hacia ellos cuando llegaron al cordón, empujando hacia atrás su capucha, con sus ojos verdes atentos.

Kay levantó la cinta para ella. —Harriet, no sabía que habías vuelto de vacaciones.

La otra mujer esbozó una sonrisa sombría, su traje protector crujiendo mientras cambiaba de posición una tableta en su agarre. —Volvimos de Cancún ayer. Tengo que admitir que ya desearía estar de vuelta en la playa…

—¿Tu equipo ha logrado encontrar algo que nos dé una ventaja inicial con este caso?

—No había cartera ni teléfono móvil con él, y actualmente tengo a parte de mi equipo buscando en el área con la ayuda de los uniformados para tratar de encontrarlos. Hemos tomado huellas dactilares y las hemos enviado para su procesamiento —dijo Harriet—. Y tenemos los dos casquillos de bala que fueron disparados.

Hizo una seña a uno de sus asistentes, que se apresuró y le tendió una bolsa de pruebas. La jefa del equipo de

Investigación de la Escena del Crimen la abrió, y Barnes iluminó el contenido con la pantalla de su móvil.

Dentro, anidado en un contenedor de hisopo de plástico y embalado con polietileno para evitar que se moviera durante el tránsito, Kay vio un casquillo de latón brillante y se estremeció involuntariamente. —Es más grande de lo que pensaba que sería.

—Haré que mi experto en balística confirme el calibre. —Harriet cerró la bolsa y la devolvió—. No prometo nada, pero obviamente analizaremos ambos en busca de rastros de ADN. Actualmente estamos tratando de encontrar los restos de las balas que atravesaron a la víctima, lo cual está resultando condenadamente difícil con esta luz.

—¿Así que un rifle, en lugar de una escopeta?

—Exactamente.

—¿Esas no se alojaron dentro de él? —dijo Barnes.

—No podemos asumir nada hasta que Lucas haya realizado la autopsia —explicó Harriet—. Dado el estado en que se encuentra, uno pensaría que lo atravesaron directamente, pero tenemos que procesar el área de todos modos. Os advierto ahora, sin embargo, que estaremos aquí hasta bien entrado el amanecer.

Kay se mordió el labio. —El segundo disparo a la víctima… ¿por qué hacer eso? Quiero decir, ese disparo en su espalda fue suficiente para matarlo.

—¿Despecho, tal vez?

—O no quería que pudiéramos identificarlo fácilmente. —Harriet miró por encima de su hombro cuando uno de los miembros de su equipo se acercó al cordón y le hizo señas—. Me necesitan. Os dejaré a vosotros dos averiguar por qué sucedió esto. Mientras tanto, me aseguraré de que recibáis mi informe sobre *cómo* sucedió lo antes posible.

—Gracias —dijo Kay, y suspiró mientras observaba a la jefe del equipo de Investigación de la Escena del Crimen alejarse.

—Bien, Ian, yo me encargo desde ahora. Vete a casa y nos vemos mañana a las siete.

—¿Estás segura, jefa? No me importa quedarme si tú te quedas.

Ella logró esbozar una sonrisa. —Gracias, pero ya vas a tener suficiente trabajo como está. Será mejor que descanses unas horas.

—¿Qué vas a hacer?

Kay recorrió con la mirada la escena frente a ella y luego revisó su reloj de pulsera.

Casi la una de la madrugada.

—Voy a asegurarme de que Gavin tenga a alguien procesando las huellas dactilares de la víctima, y luego creo que será mejor que me arriesgue a probar cómo es el café de Len Simpson.

CAPÍTULO 5

Con los ojos somnolientos y el cabello aún húmedo por una ducha apresurada antes de subir corriendo las escaleras hacia la sala de incidentes, Kay observó la multitud de oficiales que deambulaban por el espacio.

El tráfico matutino ya estaba en marcha más allá de las ventanas con vista a Palace Avenue; el ruido de las bocinas y el empujón del tráfico embotellado formaban un constante ruido blanco bajo las conversaciones tensas que llenaban la sala mientras ella centraba su atención en la agenda que tenía en la mano.

Una cacofonía de teléfonos sonando zumbaba a su alrededor mientras Kay iniciaba sesión en su ordenador y miraba con el ceño fruncido la pila de archivos que ya desbordaba la bandeja de entrada en la esquina de su escritorio.

Alzó la voz por encima del gentío.

—Debbie, ¿cuáles de estos son urgentes y cuáles pueden esperar un día o dos?

Una agente uniformada se abrió paso a codazos entre

dos sargentos que la sobrepasaban en altura y echó un vistazo experto a las carpetas. —Esos tres de arriba son las autorizaciones que necesito para las horas extras, los acuerdos interdepartamentales y los calendarios presupuestarios —dijo, entregándoselos—. El resto puedes ignorarlos, pero solo hasta el lunes. Después de eso, voy a estar persiguiéndote.

—Trato hecho, gracias. —Kay firmó la documentación donde se indicaba con un floreo y devolvió todo antes de dirigirse hacia donde Gavin Piper estaba de pie en el extremo opuesto de la sala—. ¿Gavin? ¿Qué apoyo administrativo nos han dado?

El detective se apartó de la pizarra, examinando las notas que había estado escribiendo para la inminente reunión, su cabello normalmente en punta ahora domado por un corte reciente y con círculos oscuros bajo los ojos por haber trabajado toda la noche.

—Diez —dijo, y señaló con el extremo del bolígrafo hacia la parte trasera de la sala—. Además, nos han dicho que esperemos cuatro agentes en periodo de prueba más para ayudar con el trabajo de campo a partir de mañana. Los pondremos en la sala de conferencias de al lado. Sharp llegó hace veinte minutos; lo puse en su antigua oficina. Creo que está hablando con la jefatura en este momento, pero se ha hecho cargo de la parte de búsqueda y arresto para que yo pueda apoyarte aquí.

—De acuerdo, bien. —Kay pasó el pulgar por la lista de elementos generados por la base de datos HOLMES2, aliviada de que su antiguo mentor estuviera disponible.

El comisario Sharp había estado destinado en Northfleet estos dos últimos años y solo ahora se daba cuenta de cuánto había echado de menos su orientación y apoyo.

Con un comunicado de prensa enviado por correo electrónico a todos los periodistas locales en la última media hora, su equipo había crecido para dar cabida a ayuda adicional de otras comisarías de la división y ahora todos esos rostros se volvieron hacia ella cuando pidió su atención.

—Esos teléfonos detrás de vosotros van a empezar a sonar en los próximos treinta minutos, así que empecemos —dijo, señalando la pizarra mientras Gavin se movía a un asiento libre en la parte delantera del grupo—. Dado el carácter del asesinato de anoche, podéis esperar recibir mucha atención tanto de la jefatura como del público, que querrán un resultado rápido. La mayoría de vosotros habéis trabajado en un incidente importante antes, así que no perderé tiempo esta mañana en procedimientos. Os daré vuestros puntos de contacto y podéis coordinaros con ellos en lugar de conmigo durante el transcurso de esta investigación. ¿Ian? ¿Puedes comenzar con una revisión de dónde estamos con respecto a nuestra víctima?

Se hizo a un lado mientras Barnes se unía a ella, con el rostro sombrío.

—Bien, para aquellos que aún no han tenido la oportunidad de leer las notas informativas, tenemos una víctima masculina caucásica estimada en sus veinte años que recibió disparos en el pecho y la cabeza mientras intentaba huir de su asesino. El pub donde ocurrió el incidente, el White Hart, tiene reputación de atraer personajes poco agradables, pero hasta la fecha no hemos tenido crímenes importantes allí. —Barnes cruzó los brazos mientras examinaba las fotografías de la escena del crimen que Gavin había clavado en la pizarra—. El asesino escapó, y el dueño y el único miembro del personal que estaban allí anoche nos dicen que nunca habían visto a ninguno de los dos hombres antes. Antes del tiroteo, se había visto a ambos hombres discutiendo en el pub, pero nadie pudo escuchar lo que se decía. Esta mañana, la división de Tráfico informó haber encontrado un hatchback plateado de doce años quemado en un tramo de bosque a seis kilómetros y medio del White Hart. Forense está actualmente allí tratando de determinar si hay alguna evidencia que sugiera que pertenecía al asesino.

—En este momento, mantenemos una mente abierta sobre si el asesino escapó en coche o a pie —añadió Kay, asintiendo en agradecimiento a Barnes mientras este volvía a su asiento—. Nadie en el pub en ese momento recuerda haber oído un vehículo alejándose, y el dueño no tiene cámaras de seguridad. Gavin, ¿cómo vas con la identificación de las huellas dactilares de la víctima?

—Los resultados acaban de llegar, jefa —dijo el detective, desplazándose por un correo electrónico en su móvil—. No lo tenemos en el sistema por nada. Está limpio como una patena.

Kay entrecerró los ojos. —Nadie está tan limpio. Así que seguimos sin tener identificación para ninguno de los dos hombres. Será mejor que esperemos que Lucas tenga más suerte con los registros dentales cuando haga la autopsia. Supongo que a estas alturas todos habéis oído que Len Simpson destruyó la única evidencia que teníamos en relación con el asesino al lavar el vaso que usó, ¿verdad?

—Hablé con Harriet antes de dejar la escena anoche, jefa —dijo Barnes—. Levantaron catorce huellas parciales diferentes de la mesa donde estaban los dos hombres, y los uniformados están procesándolas actualmente para ver si eso ayuda.

—Bien, gracias. Supongo que deberíamos estar contentos de que la limpieza del pub no sea una alta prioridad para Simpson, aunque los vasos sí lo sean. Debbie, ¿puedes darme esa lista de tareas asignadas?

La agente uniformada se abrió paso entre los oficiales que abarrotaban un lado de la sala y le entregó una lista. —Eso incluye al personal que se espera que llegue mañana, jefa.

—Gracias. Bien, Ian será mi oficial superior de investigación adjunto y no quiero que nadie hable con los medios excepto yo, ¿está claro?

Un murmullo de acuerdo respondió a sus palabras, y ella estiró el cuello para ver por encima de la multitud reunida. —¿Está Daniel aquí?

—Jefa.

Esperó mientras un sargento de cabello rubio arenoso en sus treinta años se abría paso hacia la pizarra, y luego se volvió para enfrentar al resto del equipo.

—Para aquellos que no lo han conocido, Daniel Westland es uno de nuestros oficiales de investigación de armas de fuego —dijo—. Daniel ha sido asignado temporalmente a la investigación para ayudar con el acceso a la base de datos del Sistema Nacional de Gestión de Licencias de Armas de Fuego con el fin de que podamos identificar y entrevistar a los titulares certificados dentro del área de la división.

Una mano se levantó desde la parte trasera de la sala, y Kay hizo una pausa mientras la agente Laura Hanway se aclaraba la garganta. —¿Sí?

—¿Qué hay de los titulares certificados de escopetas, jefa?

—Los indicios preliminares de los peritos forenses que trabajaron en la escena anoche sugieren que la herida fue causada por un arma de fuego semiautomática o similar, en lugar de una escopeta, dada la naturaleza de las heridas y las declaraciones de los testigos sobre la proximidad de los dos disparos —explicó—. Sin embargo, no descartaremos por completo las escopetas. Mantengamos la mente abierta, como siempre. Daniel, me gustaría que trabajaras con Laura para desarrollar una estrategia de entrevistas para los titulares certificados y que empiecen a investigar quiénes son esas personas esta mañana.

Hizo una pausa cuando una figura alta emergió de la oficina en el otro extremo de la sala de incidentes y Sharp se apresuró a unirse a ella.

A pesar de haber sido llamado a medianoche en su día libre programado, la expresión del comisario no mostraba indicios de estar alterado por los acontecimientos que se habían desarrollado desde el tiroteo.

En su lugar, emanaba de él una sombría determinación, una que proporcionaba un bálsamo a la tensa atmósfera a su alrededor.

—Me alegro de verte, jefe —dijo, sin poder disimular el alivio en su voz—. ¿Te gustaría poner al día al equipo sobre las últimas novedades en la búsqueda de nuestro sospechoso?

—Gracias, Kay. —Sharp dirigió sus penetrantes ojos

grises hacia los oficiales—. Acabo de hablar con la jefatura y no se han reportado más incidentes relacionados con armas de fuego en el área divisional desde el asesinato de anoche. Estamos realizando entrevistas en todas las tiendas 24 horas y gasolineras en un radio de cuatro millas alrededor del pub y revisando las cámaras de videovigilancia pertenecientes a propiedades privadas y negocios en rutas secundarias cerca de la ubicación del pub, por si podemos ver a nuestro hombre pasar a pie. El comunicado de prensa que acaba de publicarse en todas las redes está informando al público que no se acerque a nadie que se vea portando un arma de fuego o actuando de manera sospechosa, sino que llamen inmediatamente a nuestra línea directa. El personal administrativo capacitado en la jefatura procesará esas llamadas para eliminar a los bromistas antes de pasaros el resto a vosotros aquí para que las sigáis. Dividiré mi tiempo entre aquí y la jefatura hasta que el sospechoso sea arrestado.

Asintió en señal de agradecimiento hacia ella y se hizo a un lado.

Kay miró a su alrededor hasta que vio a un imponente sargento uniformado en los márgenes del grupo. Aaron Stewart había demostrado ser un valioso activo dentro de su equipo en el pasado, y no dudaba de que fuera capaz de realizar la tarea que estaba a punto de asignarle.

—Aaron, necesito que elabores un perfil de antecedentes de la víctima a medida que recibamos información de todas las entrevistas que se realizaron anoche y lo vincules con los nuevos detalles a lo largo del día. Una vez que sepamos quién es, me gustaría que asumieras el papel de oficial de enlace familiar, por favor, dada tu experiencia en esa área. Llámame si encuentras algo que necesite atención inmediata.

El sargento asintió, bajando la mirada a su libreta mientras continuaba copiando las notas de la pizarra.

—Ian, me gustaría que trabajaras conmigo para hacer un seguimiento con los clientes habituales del pub esta mañana, así como para hablar con Lydia y Martin Terry. Harry, me gustaría que dirigieras las investigaciones casa por casa hoy —continuó Kay—. Las patrullas uniformadas hablaron con los residentes en el área inmediata anoche, pero el enfoque en ese momento era su seguridad más que obtener información sobre el tiroteo. Necesitamos determinar si nuestro asesino arrojó su arma en el jardín de alguien, así que asegúrate de que también se revisen los edificios anexos.

—Lo haré, jefa. —El sargento Harry Davis se enderezó un poco más—. También me pondré en contacto con Laura y Gavin en caso de que nos enteremos de alguien que estuvo en el pub y que no estaba en la lista de nombres que nos dieron.

—En realidad —dijo Sharp, mirando a Kay—, me gustaría que Gavin volviera conmigo a Northfleet y actuara como enlace entre las dos investigaciones: la búsqueda y arresto, y sus esfuerzos para identificar a la víctima. ¿Está bien para ti?

—Si crees que podemos prescindir del personal, jefe. Sin embargo, acabamos de empezar y vamos a tener mucha información nueva que analizar una vez que se publiquen los comunicados de prensa.

—Estoy seguro de que los oficiales aquí se las arreglarán, y tendrás más personal administrativo llegando por la mañana. Será prudente tener a alguien capaz de coordinar entre nosotros con la autoridad para actuar en cualquier asunto urgente que necesite atención.

El corazón de Kay se hundió. —De acuerdo, jefe. Gavin, ya lo has oído. Irás con el comisario Sharp, así que te sugiero que hagas arreglos con Debbie y Laura para transferir cualquier asunto pendiente antes de irte a Northfleet.

—Gracias, jefa. —Gavin intentó y falló espectacularmente en evitar que se formara una amplia sonrisa—. Me aseguraré de mantenerte informada regularmente.

—Asegúrate de hacerlo. Bien, por último, Lucas Anderson ha programado la autopsia para las nueve de la mañana de mañana, y ha organizado que un experto en balística esté presente para ayudar. Tengo la intención de asistir y os informaré de cualquier cosa que pueda aclarar lo que el equipo de Harriet empiece a procesar con el laboratorio forense.

Levantó la vista cuando, uno por uno, los teléfonos comenzaron a sonar en toda la sala de incidentes.

—Y con eso, será mejor que contestéis esas llamadas. Nos reuniremos de nuevo a las cuatro de la tarde a menos que tengamos un avance sustancial. Pides retiraros.

CAPÍTULO 6

—Daniel, gracias por llegar a tiempo para la reunión informativa —dijo Kay, siguiendo a Laura y al oficial de investigación de armas de fuego hacia la sala de conferencias—. Vamos a necesitar toda la ayuda posible con este caso.

—No hay problema. Estoy esperando noticias de dos miembros de mi equipo para ver si podemos reforzar el número de personal que tienes aquí —dijo, desenredando cables que colgaban sobre el respaldo de un desgastado escritorio laminado cerca del extremo de la sala y conectando su portátil—. No dudo de las capacidades de tus oficiales, pero los míos están más familiarizados con la base de datos de licencias de armas de fuego. Dadas las circunstancias, necesitamos movernos lo más rápido posible en esto.

Laura sacó un proyector de un armario con efecto roble bajo una ventana, lo colocó sobre la mesa junto a Daniel y luego apuntó con un mando a distancia a una pantalla que emergió de su alojamiento entre las baldosas del techo.

—Sugiero que dividamos nuestro equipo en dos —continuó él—. Así Laura podrá pasarte cualquier pista sólida a medida que avancemos.

—Eso suena como un buen plan. —Kay se dirigió hacia la puerta mientras el personal asignado comenzaba a aparecer, y los dirigió hacia la pantalla.

Momentos después, un semicírculo de doce oficiales miraba fijamente las imágenes proyectadas, con rostros serios mientras escuchaban al oficial de armas de fuego.

—El Sistema Nacional de Gestión de Licencias de Armas de Fuego es lo que usamos cada vez que recibimos una consulta de alguien que desea solicitar un permiso de escopeta o arma de fuego —comenzó Daniel—. En teoría, nadie debería estar en posesión de una escopeta, arma de fuego o munición sin un permiso válido. Y antes de que preguntéis, las armas impresas en 3D también están cubiertas por la legislación.

Mientras hablaba, pasaba por las diferentes secciones de la base de datos. —La mayor parte de la información que vais a necesitar para este proceso inicial de revisión se puede encontrar aquí. Toda persona que solicita debe poder presentar una buena razón para necesitar un arma de fuego o escopeta. Eso significa una razón legítima de trabajo, como ser guardabosques o trabajador de la Comisión Forestal, deporte o algo como colecciones en museos. Una buena razón también podría incluir recreación histórica, coleccionistas de antigüedades o clubes de tiro al blanco.

Kay se apoyó contra un escritorio libre mientras escuchaba, tan absorta como sus colegas.

—El sistema también captura los nombres de personas cuyos permisos han sido revocados, así como solicitudes rechazadas, por lo que esos son elementos que estarán revisando junto con los propietarios legítimos —dijo Daniel.

—¿Qué tipo de razones causarían la revocación de un permiso?

Kay se volvió para ver a Phillip Parker frunciendo el ceño, con el bolígrafo suspendido sobre su libreta, y asintió levemente.

Era una buena pregunta.

—Cualquier denuncia que involucre violencia doméstica, un cargo por conducir ebrio, problemas médicos, informes de un titular de permiso perdiendo los estribos… básicamente cualquier cosa que nos dé motivo de preocupación y nos dé una razón justa para sospechar que esa persona no debería estar a cargo de un arma de fuego de ningún tipo —dijo Daniel. Presionó con el dedo el teclado del portátil y la imagen cambió—. A todos se os dará acceso temporal a la base de datos y cuando lleguéis a vuestros escritorios, IT debería haberos enviado por correo electrónico vuestros datos de inicio de sesión para que podáis configurarlo en vuestros ordenadores y comenzar. Jefa, ¿cómo quieres dividir la carga de trabajo?

—Creo que si lo dividimos alfabéticamente en grupos de letras, eso nos da una mejor oportunidad de revisar todo esto —dijo Kay después de un momento de consideración —. ¿La base de datos refleja muertes recientes y casos en los que las personas han dicho que han vendido sus armas de fuego?

—Sí, lo hace. Realizamos una purga completa del sistema esta mañana temprano, así que sabemos que hemos capturado todo hasta la información de ayer.

—Bien, pues si pudieras asegurarte de que cada persona sepa cómo filtrar a esas personas de su búsqueda, eso ahorraría tiempo. ¿Cuántos titulares de permisos de armas de fuego hay en Kent?

—De memoria, más de 17.000 personas son titulares —dijo Daniel, reconociendo los silbidos sorprendidos que se filtraron a través del grupo—. Y eso no incluye los permisos de escopeta. Si estuviéramos mirando esos también, está más cerca de 70.000.

Un silencio conmocionado recibió sus palabras, y los hombros de Kay se hundieron al darse cuenta de que no habría un resultado rápido.

Recorrió con la mirada al equipo. —Sé que algunos de vosotros os estáis preguntando por qué habéis sido asignados a esta tarea y algunos os sentiréis excluidos de las otras investigaciones que estamos manejando como parte de esta investigación de asesinato. Dejadme deciros ahora que la información que necesitamos de esta base de datos es imprescindible para descubrir quién es nuestro asesino, así que no subestiméis la importancia de lo que se espera de vosotros. No importa cuánto tiempo tome, necesitamos que esta información sea verificada. ¿Está claro?

Algunos de los agentes más veteranos cerca de la parte trasera se irguieron un poco más mientras un murmullo de asentimiento la envolvía, y luego asintió hacia Laura.

—Son todos tuyos.

Salió al pasillo cuando su móvil comenzó a sonar, y respondió tan pronto como vio el nombre mostrado en la pantalla.

—¿Harriet? ¿Cómo va?

—Estamos empacando en el pub —dijo la investigadora de la escena del crimen—. He tenido a dos de mi equipo actuando como mensajeros durante toda la noche llevando evidencia al laboratorio, y gracias a que Sharp llamó para pedir algunos favores y dada la naturaleza de este caso, ya están trabajando en lo que tienen.

—Gracias a Dios por eso —dijo Kay, pasándose una mano por el pelo mientras miraba por la ventana hacia la calle de abajo.

Allí, los peatones se movían de un lado a otro por la acera ajenos a la frenética actividad dentro de la comisaría, y observó cómo una mujer se detenía para hablar con otra, sus rostros animados mientras cotilleaban.

Todo era tan normal, tan alejado de la escena a la que se había enfrentado anoche, que podía imaginar dos mundos separados pasando uno al lado del otro sin saber que el otro estaba allí.

—¿Kay?

—Perdona, Harriet, tengo un millón de tareas pasando por mi cabeza en este momento, y he perdido a un miembro clave del equipo que se ha ido a la central. ¿Qué decías?

—He conseguido tomar prestado un experto en balística de la Policía Metropolitana; es alguien con quien solía ir a la universidad y uno de los mejores expertos en un radio de ochenta kilómetros de aquí.

—Esas son excelentes noticias. ¿Cuándo puede él…?

—Estará aquí a las tres de la tarde, tan pronto como termine de dar testimonio en el Old Bailey. —La voz de Harriet se volvió apagada, y Kay escuchó a alguien más hablando en el fondo antes de que la líder del equipo de investigación de la escena del crimen volviera—. Te volveré a llamar tan pronto como tengamos más noticias, pero tengo que irme; tenemos los últimos hisopos que registrar como evidencia, y necesito comenzar con mi informe inicial para ti.

—Gracias, Harriet. Te debo una.

Kay bajó el móvil, luego se inclinó hacia adelante y apoyó la frente contra la frescura del cristal privado de la ventana.

—Estoy tan fuera de mi elemento con este caso —murmuró.

CAPÍTULO 7

Ian Barnes guardó sus gafas de lectura en el bolsillo de su chaqueta, se estiró por encima de la consola central y abrió la puerta del pasajero para Kay, quien salía por la puerta trasera de la comisaría y se apresuraba hacia el coche.

Ella arrojó una carpeta manila y su bolso en el hueco de los pies y subió, abrochándose el cinturón de seguridad mientras él se incorporaba al tráfico de doble carril.

Se arriesgó a echar un vistazo de reojo.

Se veía cansada, lo cual era comprensible dada la noche que todos habían tenido, pero había un agotamiento subyacente en su postura, como si la tensión del incidente del tiroteo y la carga de trabajo sin precedentes ya estuvieran pasando factura.

Especialmente ahora que Gavin iba camino a Northfleet con Sharp.

Negociando el sinuoso sistema de sentido único, dando la vuelta por la circunvalación, el coche finalmente salió disparado por la A20 hacia Bearsted detrás de un autobús de un solo piso vacío empeñado en saltarse todos los semáforos en rojo para salir de la ciudad.

Bajó la ventanilla un poco, dejando que el aire cálido le hiciera cosquillas en el cuello y perdiendo algo del aire viciado del interior del vehículo, que estaba seguro había sido utilizado para vigilancia encubierta en algún momento de la semana pasada, a juzgar por el olor subyacente a comida rápida.

—¿Laura ya está instalada, entonces? —se aventuró, con los ojos en el GPS del salpicadero.

—Sí.

La única palabra salió en un suspiro, y luego su colega se rio entre dientes.

—Lo siento, he estado un poco preocupada esta mañana. ¿Cómo estás después de lo de anoche? ¿Todo bien?

Él se encogió de hombros, luego giró a la izquierda después de pasar un paddock lleno de parafernalia de gymkhana. —Es mucho para asimilar, jefa. El caso más grande en el que hemos trabajado juntos hasta ahora, ¿no? Y el hecho de que tengamos a un hombre armado aún suelto es preocupante.

—Lo es. Gracias a Dios que Sharp estaba disponible para asumir el papel de comandante de oro. No me gustaría manejar esto con alguien que no conociera. Quiero decir, tenemos todos los procedimientos a seguir, pero marca una gran diferencia trabajar con un equipo familiar. —Miró el GPS mientras la suave voz computarizada le indicaba que tomara el siguiente giro a la derecha—. ¿Dónde viven Lydia Terry y su marido en relación con la ubicación del pub?

—A unos cinco kilómetros al este. Es tan pequeño que ni siquiera tiene nombre de lugar, solo el nombre del camino donde está su casa. Deberíamos llegar en cinco minutos.

—Dado que los entrevistaste a ambos anoche antes de que yo llegara, ¿quieres liderar esta? Al menos proporcionará algo de continuidad.

—Sin problema. —Tamborileó con los dedos sobre el volante—. Sé que ambos estaban en shock anoche, Lydia en particular, pero me interesa saber cuánto más comunicativa podría ser.

Kay resopló. —Estoy segura de que Len Simpson se ha metido en muchos negocios turbios en su vida. Supongo que depende de si Lydia y Martin se han beneficiado alguna vez de algunos de ellos.

—Es un gran salto de cazar unos cuantos faisanes aquí y allá a asesinar a un pobre tipo, ¿no? —Redujo la velocidad, anticipando la casa de campo de los Terry en los próximos cientos de metros—. Y dado que Lydia ha tenido unas horas para pensarlo, y tiempo para hablarlo con su marido, tal vez decidan que es hora de decir algo.

—Quizás. —Kay se enderezó y señaló a través del parabrisas—. ¿Es ese el lugar?

Barnes se detuvo suavemente junto a una hilera de cinco casas de trabajadores agrícolas, la tosca mampostería golpeada y magullada por los elementos.

Tejas de pizarra cubrían el techo, y cada propiedad tenía un porche de madera en varios estados de deterioro que proporcionaba un mínimo de protección contra los elementos ante el clima inclemente.

—Bonita vista —dijo.

Frente a las casas, la cuneta daba paso a un panorama de colinas ondulantes, cebada dorada meciéndose y ondeando mientras una brisa ondulaba el paisaje en suaves olas. A medio kilómetro de distancia, un tractor verde oscuro arrastraba un remolque a través de un campo detrás de una cosechadora, levantando una nube de polvo en el aire mientras las máquinas trabajaban.

—Espera hasta el invierno, cuando ese viento suba directamente hasta aquí y entre en tu sala de estar —dijo Kay—. Espero que estén bien aisladas.

—Nos han visto. —Barnes observó cómo se movía una cortina en la ventana de la planta baja de Weavers Cottage—. ¿Vamos?

Para cuando llegaron a la puerta principal, Martin Terry estaba de pie en el umbral, con el ceño fruncido.

—No lo han atrapado todavía, ¿verdad? —dijo.

—Es solo cuestión de tiempo —dijo Barnes, con voz neutral—. ¿Cómo están los dos?

Terry se encogió de hombros. —Tan bien como se puede esperar. Lydia está en la sala. Insiste en ver la cobertura de las noticias, aunque sigo diciéndole que no es una buena idea.

—Necesito saber. —Una voz llegó desde una puerta a la izquierda del pasillo, y luego apareció Lydia.

Sin el maquillaje de la noche anterior, su rostro pálido era casi translúcido contra su cabello oscuro, y Barnes pudo sentir el estrés que emanaba de ella.

—No les quitaremos mucho tiempo —dijo—. Solo necesitamos hacer unas cuantas preguntas más.

—Pasen. —Lydia giró sobre sus talones, tomó el control remoto de la televisión de una mesa baja junto a un sillón y silenció el comentario del presentador de noticias.

Barnes notó las mismas imágenes repetitivas en la pantalla que habían estado reproduciéndose en las emisoras locales y nacionales desde que se había emitido el comunicado de prensa, y reprimió la creciente frustración por la cantidad de especulaciones que se estaban imponiendo a una población local ya preocupada.

—¿Les gustaría sentarse?

Apartó la mirada de la televisión al oír la voz de Martin y vio al hombre señalando un sofá color champiñón bajo la ventana delantera, y esperó hasta que Kay se sentó antes de posarse en el brazo y desabrocharse la chaqueta.

Hojeando sus notas mientras la pareja se acomodaba en sillones a juego, echó un vistazo alrededor de la habitación.

En comparación con el White Hart, su casa estaba limpia y ordenada, con estanterías a ambos lados del televisor y una ecléctica colección de baratijas y recuerdos encajados entre los libros de bolsillo.

Las paredes parecían haber sido pintadas recientemente, con un color brillante que contrarrestaba la orientación norte y acentuaba las láminas enmarcadas sobre una repisa de piedra.

Cuando volvió su atención hacia Lydia, ella lo observaba atentamente.

—¿Qué quiere saber, detective? Le di mi declaración anoche.

—Y se lo agradezco —respondió él—. Lo que me gustaría hacer ahora es repasar lo que sucedió, simplemente porque estoy seguro de que se sorprendieron por los acontecimientos en el pub. A menudo ocurre que una vez que hemos tenido la oportunidad de descomprimirnos después de un encuentro estresante, recordamos detalles adicionales, y esos detalles podrían ser cruciales para nuestra investigación.

Lydia asintió, juntando las manos en su regazo. —De acuerdo. Eso tiene sentido.

—Antes de empezar, ¿cómo se encuentran ambos hoy?

—Bien, supongo. —Lydia miró a su marido, quien asintió levemente—. No nos acostamos hasta casi las tres de la madrugada...

Hizo una pausa cuando un helicóptero retumbó sobre sus cabezas, haciendo temblar las ventanas. Después de que pasara, le dirigió una sonrisa irónica. —No hace falta decir que fue casi imposible dormir.

—Me lo imagino. ¿Aparte de eso?

—Como ella dijo, estamos bien —dijo Martin, extendiendo la mano para tomar la de su esposa y apretarla —. Estuvimos hablando de ello esta mañana, y mientras atrapen a quien lo hizo, todo estará bien, ¿no?

—Bien. —Barnes sonrió—. Pero hablen con su médico de cabecera si lo necesitan. Pueden ponerlos en contacto con las personas adecuadas si encuentran que se vuelve abrumador. Entonces, volvamos a anoche. Lydia, ¿a qué hora entraron los dos hombres al pub?

La mujer frunció los labios. —Estaba ocupada sirviendo en el otro extremo de la barra y tenía la espalda hacia la puerta principal, así que realmente no los vi al principio. Solo tomaron una bebida cada uno. Yo las serví, pero después de eso no les presté mucha atención hasta que Martin mencionó que estaban discutiendo sobre algo.

—¿Logró escuchar algo de lo que decían, Martin?

El otro hombre hizo una pausa por un momento, mirando fijamente la alfombra. Luego dijo: —He estado tratando de recordar. Estaban haciendo todo lo posible por mantener sus voces bajas, pero creo que escuché fragmentos de la conversación. Alguna palabra aquí y allá, ¿sabe? Me dio la impresión de que solo vinieron al pub para tener esa conversación.

—¿Qué le hace decir eso?

—Uno de ellos dijo algo así como "nadie nos conoce", algo por el estilo. —Levantó la mirada, con una expresión avergonzada cruzando su rostro—. Intenté escuchar después de eso. Despertó mi interés por alguna razón.

—¿Por qué fue eso?

—No estoy seguro. Quizás porque no los había visto antes, y, bueno, no es un secreto que el local de Len tiene fama de problemático, ¿verdad? —Martin dirigió su atención a su esposa—. Nunca me ha gustado que Lydia trabaje allí. Siempre me preocupa que se vea envuelta en medio de algo y salga herida. Es por eso que trato de pasar cuando vuelvo del trabajo cuando ella está allí, solo para vigilarla.

—Oh, cariño… —Lydia se secó las lágrimas y forzó una sonrisa antes de enfrentar a Barnes—. Nunca he tenido problemas con los locales antes, y Len siempre me cuida…

—Pero usted dijo que los dos hombres que estaban allí anoche no eran locales, ¿verdad? —dijo Kay, inclinándose hacia adelante.

—No. Bueno, no locales del pub. —Lydia se encogió de hombros—. Quiero decir, podrían ser de por aquí, pero no los había visto beber en el Hart antes.

—Dado que uno de los hombres fue asesinado anoche, ¿alguno de ustedes reconocería al otro si lo viera de nuevo? —preguntó Barnes.

La pareja se miró por un momento, luego Lydia habló.

—No creo.

—Yo podría —dijo Martin—. Quiero decir, estaba tratando de no ser obvio al respecto, pero como me dio la impresión de que podría estar a punto de comenzar una discusión, sí eché un vistazo cuando pensé que podía salirme con la mía.

—¿Alguno de ellos lo notó?

El hombre negó con la cabeza. —Fuera lo que fuera que estaban discutiendo, no estaban interesados en nadie más allí. De vez en cuando, uno de ellos miraba por encima del hombro solo para asegurarse de que nadie estuviera escuchando, pero me aseguré de que no me notaran.

—Los disparos que escucharon. ¿Qué pueden recordar sobre ellos?

—Cuando escuché el primero, no estaba segura de lo que estaba oyendo —dijo Lydia, con voz temblorosa—. Quiero decir, se escuchan escopetas por aquí todo el tiempo, gente cazando conejos o faisanes. Simplemente sonó tan diferente viniendo del estacionamiento, y tan cerca.

—Len fue el primero en reaccionar —añadió Martin—. Es casi como si supiera de inmediato lo que estaba pasando. Nos dijo que nos tiráramos al suelo, y una fracción de segundo después escuchamos el segundo disparo.

—¿Qué tan separados estaban los dos disparos?

—Estaban muy juntos —dijo Lydia—. Anoche, pareció que todo se ralentizó después de que escuché el primer disparo, pero supongo que eso fue solo la conmoción de escucharlo.

—Sí, definitivamente estaban muy juntos —dijo Martin—. Tal vez uno o dos segundos entre ellos.

—¿Qué pasó después de que escucharon el segundo disparo?

—Nos quedamos en el suelo. —Lydia se estremeció—. Estaba tan asustada de que volviera a entrar y nos matara.

—¿Qué estaba haciendo Len durante ese tiempo?

—Se arrastró hasta detrás de la barra y desapareció por atrás un rato —dijo Martin.

—¿Qué estaba haciendo?

—No estoy seguro, supuse que estaba cerrando la puerta de la cocina para que nadie pudiera entrar por allí.

—El caso es que no entendemos por qué tardó tanto en llamar a emergencias —dijo Kay—. Dado que había un hombre armado en su estacionamiento, dos disparos y probablemente un hombre herido o moribundo allí afuera, no llamó hasta treinta minutos después. Ni ustedes tampoco. ¿Por qué fue eso?

—Len nos dijo que nos quedáramos quietos y no nos moviéramos, así que eso hicimos —dijo Martin. Alzó el mentón—. Mi móvil estaba en mi chaqueta, que colgaba de una percha debajo de la barra, y el de Lydia estaba en su bolso detrás de la caja registradora. No podíamos alcanzarlos sin levantar la cabeza…

—Y de ninguna manera iba a hacer eso mientras pensaba que todavía había un hombre con una pistola dando vueltas por ahí —dijo Lydia.

—¿Cuándo volvió Len a la barra?

—No lo sé, pareció un buen rato. No podía oír lo que estaba haciendo.

—¿Seguía en la cocina?

—Creo que lo oí subir las escaleras —dijo Martin—. Pensé que tal vez estaba echando un vistazo por la ventana de arriba para ver qué estaba pasando. Supongo que unos veinte minutos después volvió a entrar…

—¿Ya no estaba agachado esta vez?

—No, por eso supuse que quien fuera que estuviera ahí afuera se había ido. Len tomó su móvil de donde lo había dejado en la barra y llamó a los suyos.

—¿No se llevó el móvil cuando salió a la cocina?

—Supongo que estaba más preocupado por asegurarse de que la puerta trasera estuviera cerrada.

—De acuerdo, es comprensible. —Barnes se puso de pie—. Haremos que uno de nuestros dibujantes venga más tarde hoy mientras su memoria aún está fresca. Le agradecería que trabajara con él para describir a ambos hombres lo mejor que pueda; sería muy útil para nuestra investigación.

—Por supuesto. —Martin le dio otro apretón a la mano de su esposa, luego acompañó a los dos detectives fuera de la habitación, cerrando suavemente la puerta tras de sí. Al llegar a la puerta principal, bajó la voz mientras se volvía hacia Barnes.

—Aún no le he dicho nada a Lydia, pero voy a preguntar por ahí para ver si puedo encontrarle un trabajo en otro lugar —murmuró—. No sé qué habría hecho si le hubiera pasado algo anoche. No dejo de darle vueltas en la cabeza…

—Intente no preocuparse, señor Terry —dijo Barnes—. Ella está a salvo ahora, y aquí con usted.

Estrechó la mano extendida del hombre, con un apretón firme.

—Asegúrese de atrapar a quien mató a ese hombre —dijo Martin—. Entonces sabré que estamos a salvo.

CAPÍTULO 8

A pesar de tener solo cuatro pisos de altura, la estructura de hormigón y cristales oscuros de privacidad de la sede de la Policía de Kent en Gravesend proyectaba una larga sombra sobre Gavin mientras caminaba por la explanada desde el aparcamiento junto a Sharp.

Detrás de ellos, un flujo constante de vehículos uniformados rugía hacia la autovía, haciendo sonar las sirenas tan pronto como se encontraban con el tráfico que pasaba por el parque industrial.

Los bolardos de acero a ambos lados de las losas de pavimento resecas creaban una guardia de honor, reluciendo bajo el resplandor del sol y haciéndole entrecerrar los ojos ante la luz intensa.

Su mochila negra de lona golpeaba contra su hombro derecho, cargada con varias carpetas de manila que contenían documentos informativos y su portátil. Abrió un bolsillo lateral cuando se acercaron, sacó su tarjeta de seguridad de Northfleet y la enganchó a su cinturón mientras Sharp pasaba la suya por un panel de seguridad a la derecha de la puerta.

Tan pronto como siguió al comisario al atrio, exhaló.

El aire acondicionado fresco eliminó la humedad de su nuca, y se enderezó la corbata.

—¿En qué piso estamos, jefe? —dijo, siguiendo a Sharp hacia los dos ascensores junto a una máquina expendedora e intentando ignorar las tentadoras latas de gaseosas detrás del cristal.

—Tercero. —Sharp entró en el ascensor vacío y presionó el botón—. La comisario jefa Greensmith estará presente, así como el comandante de área de la División Este.

Gavin tragó saliva, la idea de tantos oficiales superiores en una habitación hacía que su corazón palpitara. Miró de reojo a Sharp, quien lo observaba de cerca.

El comisario le guiñó un ojo. —No te preocupes. Si alguien va a recibir una patada en el trasero en esta ocasión, seré yo. Solo asegúrate de tener a mano la información que necesito cuando me la pidan, y estarás bien. Esto será una buena experiencia para ti, en todo caso.

Esbozando una débil sonrisa, Gavin observó los números sobre las puertas del ascensor parpadear de izquierda a derecha mientras ascendían. —Intentaré recordar eso, jefe.

Hubo un ligero golpe cuando el ascensor se detuvo, y luego estaba siguiendo al comisario pasando filas de escritorios divididos, cada uno ocupado por un oficial de aspecto agobiado.

Sonaban teléfonos, las voces se llamaban unas a otras a

través de la sala, y cuando se acercaron a la última fila antes de una serie de oficinas privadas, vio que la enorme pantalla en la pared más cercana a él mostraba una vista aérea en vivo del pub.

El volumen había sido silenciado, pero parecía que el helicóptero de la policía estaba volando en una ruta circular que abarcaba el campo al norte de la M20 entre Maidstone y Lenham, su progreso metódico.

—Uf... Mire por dónde va.

Tropezó, volviendo su atención hacia donde caminaba. —Lo siento mucho.

Agachándose para recoger los papeles que ahora cubrían las baldosas de la alfombra como confeti barato, con las mejillas ardiendo, miró hacia arriba a la mujer con la que había chocado.

Llevaba un uniforme que parecía haber sido planchado hasta el extremo, y cuando se puso de pie, su corazón se hundió al ver las insignias en sus charreteras.

—Agente Piper, le presento a la subjefa de policía Tess Bainbridge —dijo Sharp—. La subjefa actúa como nuestra comandante de armas de fuego en esta ocasión, dada su experiencia en operaciones antiterroristas.

Gavin entregó los papeles, seguro de que el volumen de las conversaciones en la sala había disminuido a su alrededor mientras todos miraban. —Lo siento, señora.

Ella arqueó una ceja perfectamente depilada en respuesta. —¿Con prisa por llegar a nuestra reunión, detective Piper?

—Yo... sí, lo estoy. —Señaló hacia la pantalla—. ¿Es esa una transmisión en vivo?

—Lo es. Hemos tenido el helicóptero en el aire a

intervalos regulares usando equipo de imagen térmica desde que recibimos la llamada anoche. —Los labios de Bainbridge se tensaron—. Aún no hemos tenido suerte, pero la comisario jefa ha aprobado el presupuesto, así que seguiremos buscando.

Miró por encima de su hombro mientras el bullicio en la sala aumentaba. —¿Toda esta gente está atendiendo llamadas del público, o…?

—No. Este es nuestro centro de mando táctico, únicamente para gestionar la búsqueda y el arresto. Tenemos otro equipo abajo atendiendo llamadas del público y los medios, especialmente entrenados para el papel. —Sus ojos se suavizaron—. Tal vez en otra ocasión le daré el gran recorrido, pero dada la situación actual…

—Por favor, guíe el camino —dijo Sharp.

El corazón de Gavin se hundió cuando el comisario le dirigió un ligero movimiento de cabeza antes de ponerse al paso junto a Bainbridge.

Los dos oficiales superiores se apresuraron, con las cabezas inclinadas en conversación.

—Bien hecho, Piper —murmuró—. A este paso, Laura será sargento antes que tú.

Tres puertas más allá del espacio abierto, entró en una gran sala de conferencias llena de oficiales superiores.

Una mesa ovalada de color ceniza ocupaba el centro de la sala, con doce sillas colocadas alrededor a intervalos y una pantalla más pequeña en la pared junto a la puerta mostrando las mismas imágenes aéreas que había visto un momento antes.

Esta vez, sin embargo, el sonido estaba activado y después de tomar asiento junto a Sharp con la espalda hacia la ventana, su atención volvió al comentario en curso.

—El piloto es del Servicio Aéreo de la Policía Nacional. Él y la tripulación están hablando con otro equipo abajo —murmuró el comisario—. Se mantendrán en el aire durante tres o cuatro horas, pararán para repostar y volverán al sitio.

—¿Alternan los miembros de la tripulación, jefe?

—Sí. —Sharp miró su reloj—. Creo que esta es la segunda tripulación en el aire ahora si la aeronave ha sido utilizada toda la noche.

Tess Bainbridge se apartó del grupo de oficiales superiores con los que había estado hablando y alzó la voz.

—Bien, si todos pudieran tomar asiento, por favor, comenzaremos. La comisario jefa quiere emitir un comunicado antes del mediodía proporcionando una actualización, así que será mejor que nos aseguremos de que tiene algo que decir. ¿Puede alguien silenciar la pantalla?

Momentos después, la puerta se cerró y un silencio cayó entre los oficiales reunidos.

—Si pudiera comenzar con una actualización de su parte, Devon —dijo Bainbridge, abriendo una libreta encuadernada en cuero—. Trabajaremos ascendiendo en la cadena de mando primero, y luego procederemos con lo que se necesita hacer para detener a este sospechoso.

Sharp se aclaró la garganta. —En este momento, tenemos oficiales realizando investigaciones puerta a puerta en las inmediaciones del White Hart. Eso incluye todas las propiedades dentro de un radio de tres kilómetros, incluyendo las casas de vacaciones. Estamos trabajando bajo la premisa de que, aunque hablamos con muchos propietarios anoche, fue imposible realizar búsquedas exhaustivas en edificios anexos y terrenos privados hasta que amaneciera. Paul Disher está dirigiendo nuestro equipo táctico local de armas de fuego, y está en espera por si descubrimos alguna actividad sospechosa.

—Paul es un excelente oficial —dijo Bainbridge, asintiendo para sí misma mientras tomaba notas—. He trabajado con él en un par de operaciones antes y es el hombre adecuado para tener cerca cuando las cosas se complican.

—Es bueno saberlo, señora. Por lo que la inspectora Hunter me contó anoche sobre cómo manejó la situación, no tengo duda de que es un activo para nuestra investigación.

—¿Kay Hunter es la comandante de plata en este caso?

—Lo es, y el oficial Ian Barnes es su oficial superior de investigación adjunto.

—¿Cuál es su ámbito de responsabilidad actual?

—Están trabajando con su equipo para entrevistar a todos los que estuvieron en el pub anoche antes del tiroteo, y me han informado que un dibujante estará trabajando con el marido de la mujer que trabaja allí para proporcionar imágenes tanto de la víctima como del sospechoso para esta tarde. También hemos avanzado en la elaboración de una lista de titulares de permisos de armas de fuego en el área divisional y comenzaremos esas entrevistas esta tarde.

—Ese es un buen progreso en el tiempo que han tenido, Devon. Gracias. —Bainbridge se volvió hacia Susan Greensmith—. Eso va a ser un número significativo de personas para cubrir en poco tiempo. ¿Cómo estamos gestionando el personal?

—Las visitas iniciales se mantendrán más cortas para aquellos que viven más lejos de la escena del crimen —explicó la comisario jefa—. Se dará el caso de que a los titulares de permisos se les preguntará sobre sus movimientos de anoche, y se realizará una breve verificación en relación con la seguridad de sus armas de fuego mientras los oficiales estén en las instalaciones. Para los propietarios de armas más cercanos al pub, se llevarán a cabo las mismas verificaciones, pero también hablaremos con las coartadas.

—Bien, gracias. —Bainbridge miró fijamente la gran pantalla en la pared y se inclinó más cerca del teléfono de conferencia en el centro de la mesa—. Agente Woods, ¿puede darnos una actualización desde el aire, por favor?

Sharp se acercó y murmuró al oído de Gavin. —Esa es Erin Woods, una de las oficiales de vuelo táctico a bordo. Está basada con el Servicio Aéreo Nacional de la Policía en su base de Redhill.

Asintió en respuesta, luego escuchó mientras la voz de la mujer se transmitía por los altavoces.

—Señora, continuamos con una vigilancia de todas las rutas principales que pasan por la escena del crimen y coordinando con la división de Tráfico en las carreteras secundarias —dijo ella—. El infrarrojo no ha detectado nada sospechoso en las áreas boscosas alrededor del White Hart, y un caso que tuvimos esta mañana de alguien cruzando un campo fue confirmado por los oficiales en tierra como un local haciendo ejercicio.

—¿Algún vehículo abandonado o actividad sospechosa dentro del radio de ocho kilómetros del pub?

Observando la transmisión en vivo mientras la oficial de vuelo táctico proporcionaba su actualización, el estómago de Gavin dio un vuelco cuando el helicóptero se inclinó y comenzó su siguiente circuito del área.

—Negativo, señora —dijo Erin, alzando la voz sobre el estruendo de los rotores del helicóptero—. El coche quemado que se avistó temprano esta mañana ha sido descartado de las investigaciones y se ha localizado a su propietario. Continuaremos proporcionando actualizaciones regulares a lo largo del día.

—Gracias, agente.

Gavin escuchó mientras la subjefa de policía continuaba trabajando alrededor de la mesa, proporcionando sugerencias a sus oficiales y escuchando sin interrumpir mientras cada persona hablaba.

Finalmente, después de que la última actualización fuera proporcionada por un comisario mayor de la División Este confirmando que no había actividad sospechosa en ese extremo del condado, Bainbridge ordenó los papeles frente a ella y miró a las personas reunidas alrededor de la mesa.

—Tengo que estar de acuerdo con lo que he escuchado esta mañana, en que el consenso general es que este incidente de tiroteo no fue un ataque aleatorio, sino que la víctima era la única persona que el asesino tenía en mente. Dado que no se dispararon tiros hacia o dentro del pub, y no ha habido informes de comportamiento amenazante en el área, debemos asumir que el público en general no está en tanto peligro como se pensó inicialmente. —La subjefa de policía deslizó los documentos en la carpeta de cuero y la cerró con cremallera—. Por lo tanto, me gustaría reducir el nivel de amenaza actual, emitir un comunicado de prensa actualizado informando al público que creemos que se trata de un incidente aislado, y luego concentrar nuestros esfuerzos en el área inmediata alrededor del pub White Hart.

Empujó su silla hacia atrás, enfocando su atención en Sharp. —Devon, me gustaría que continuara actuando como comandante de oro para la búsqueda y arresto del asesino. Espero actualizaciones regulares, y recuérdele a su equipo que no tomen riesgos innecesarios. Una muerte esta semana es suficiente.

Gavin se puso de pie junto al comisario mientras Bainbridge salía de la habitación sin decir una palabra más, sus manos temblando mientras recogía sus notas.

Cuando se volvió hacia Sharp, el rostro del hombre estaba sombrío.

—Ya la oíste, Piper —murmuró—. Asegurémonos de que todos en la sala de incidentes regresen a casa sanos y salvos una vez que esto termine.

CAPÍTULO 9

Comparada con la ordenada casa de los Terry, la destartalada cabaña de Geoff Abbott parecía una choza apolillada.

Situada en medio de un terreno que alguna vez pudo haber sido césped, pero ahora era un enredo de maleza descontrolada, la pequeña vivienda lucía como si pudiera derrumbarse en cualquier momento.

Robles y hayas se apiñaban en el aire sobre ella, un ruido blanco escalofriante llenaba el claro, eliminando todo sonido del camino más allá.

El musgo cubría las tejas del techo que no faltaban, y una tira de lona verde oscuro cubría un extremo sobre un canalón que goteaba constantemente sobre la tierra de abajo, a pesar de que no había llovido en más de una semana.

El yeso se desprendía de la anémica mampostería a cada lado de la maltratada puerta principal, y mientras Kay caminaba por un sendero de ladrillos agrietado y desigual, trató de averiguar qué color había adornado alguna vez las paredes entre el entramado de madera oscura que cruzaba el edificio.

—Maldita sea, jefa —murmuró Barnes—. Deberíamos haber traído cascos.

Kay observó el coche hatchback destartalado que estaba apoyado sobre ladrillos a la derecha del camino, con la ventanilla del conductor rota y un moho verde brillante visible en el volante y la tapicería, luego se volvió y golpeó con los nudillos la puerta.

Una vaharada de humo fétido de cigarrillo se escapó por la rendija cuando se abrió, y entonces apareció Geoff Abbott, entrecerrando los ojos ante la brillante luz del sol que penetraba por las ramas de los árboles.

Las manchas de nicotina coloreaban su pelo gris de un amarillo sucio, y las lesiones salpicaban su nariz y mejillas.

—¿Son ustedes la policía? —dijo, con sus dedos artríticos sosteniendo los restos de una colilla.

Kay mostró su placa y presentó a Barnes.

—Nos gustaría hablar con usted sobre el incidente en el White Hart anoche. ¿Podemos pasar?

—Supongo que sí. —Abbott retrocedió, abriendo más la puerta para que pudieran pasar, y señaló hacia la parte trasera de la casa—. Mejor vayan a la cocina. La sala está un poco desordenada.

Mientras observaba las balas de periódicos apiladas contra la pared del pasillo y las manchas de humedad que se filtraban a través del papel tapiz descolorido, Kay reprimió un escalofrío.

La cocina no estaba mucho mejor, pero al menos una gran ventana sobre un fregadero desordenado dejaba entrar suficiente luz para contrarrestar la penumbra de los árboles.

Un viejo Golden Retriever se puso de pie tambaleándose desde una cama desgastada junto a una estufa, cruzó hacia donde Kay estaba parada junto a una mesa de fórmica astillada y picada, y prontamente se apoyó contra ella.

Mientras sus ojos marrón oscuro la miraban fijamente, ella gimió, lamentando la elección de pantalones negros esa mañana mientras el pelo del perro se desprendía sobre la tela. Luego se inclinó y frotó el suave pelaje entre las orejas del perro.

—¿Cómo se llama? —preguntó.

—Bernard —la voz de Abbott se suavizó—. Tiene trece años ahora, así que no sale tanto como antes. También extraña ir al pub.

Las orejas del perro se enderezaron y Kay se rio.

—Todavía reconoce la palabra, ¿verdad?

—Claro que sí. —El anciano señaló cuatro sillas desvencijadas alrededor de la mesa—. Les ofrecería algo caliente, pero me quedé sin leche y…

—No se preocupe, señor Abbott. Solo tenemos algunas preguntas para usted y luego nos iremos.

Apaciguado, el hombre asintió y tomó asiento junto a Barnes mientras el detective sacaba su libreta de la chaqueta.

—Cuéntenos qué pasó en el White Hart anoche —dijo Kay—. ¿Con quién estaba?

—Con tres amigos. —Abbott se encogió de hombros—. Todos locales. Solemos ir cuatro o cinco veces por semana. Supongo que querrán sus nombres.

—Así es.

—Trevor Shadwell, Barry Peters y Malcolm Cross.

—¿Tiene sus números de teléfono y direcciones?

Kay esperó mientras Abbott los recitaba para Barnes, notando cómo el anciano tocaba y pinchaba la pantalla de su antiguo teléfono móvil, con el ceño fruncido en concentración.

Reconoció los nombres de la lista que Len Simpson les había dado la noche anterior, pero era esencial verificar y aclarar los detalles.

—¿Hace cuánto que los conoce? —preguntó cuando guardó el móvil.

—Barry y yo nos conocemos desde hace treinta años o más. Solíamos trabajar juntos en el ferrocarril en Sittingbourne. Trevor es local, vive calle abajo desde hace unos doce años. No solía beber en el Hart, pero su esposa murió hace cuatro años. Fue Malcolm quien me lo presentó; no recuerdo de dónde se conocen, pero hace tiempo.

—¿Vio a los dos hombres que estaban discutiendo anoche?

—Si estaban discutiendo, no podía oírlos desde donde estaba sentado. —Abbott resopló—. Soy sordo de un oído, así que tengo que concentrarme cuando estoy en el pub para escuchar lo que dicen los muchachos, incluso cuando está más tranquilo. Pero los vi levantarse para irse.

—¿Los vio bien?

Abbott se rascó el lóbulo de la oreja.

—Uno era más alto que el otro. El mayor. El más joven se parecía un poco a un ratón.

—¿Oh? ¿En qué sentido?

—Sospechoso. Sus ojos iban de un lado a otro. Tenía las manos en los bolsillos de su abrigo y parecía que no había dormido en varios días.

—¿Qué me dice de sus edades?

—No lo sé. Es más difícil adivinar la edad de alguien cuanto más viejo te haces. —Abbott le dirigió una tímida sonrisa—. Todos me parecen de unos veinte años estos días.

—Su mejor estimación, entonces.

—Supongo que el joven podría tener entre mediados y finales de los veinte. No más que eso. El hombre mayor… finales de los cuarenta, quizás cincuenta. Solo tenía un poco de canas en el pelo, ¿sabe?

Barnes hojeó sus notas.

—Cuando salió del pub, ¿notó algo fuera de lo común en alguno de ellos?

—No, me fui antes que ellos. Como dije, Trevor vive calle abajo de aquí, así que se ofreció a llevarme. Ese camino tiene demasiadas curvas y vueltas como para arriesgarse a caminar por él de noche. —Abbott se encogió de hombros—. No me importa en verano, pero no ahora que las noches empiezan a acortarse.

—¿Los oyó salir del pub después de usted? —insistió Kay—. ¿O los vio cuando estaba en el estacionamiento?

—No realmente. Trev y yo estuvimos hablando todo el camino hasta el coche, y una vez dentro seguimos con la charla, haciendo planes para esta noche. —Hizo una pausa, frunciendo el ceño—. Creo que pude haberlos visto salir por la puerta, ya sabe, viendo la luz que salía cuando se marcharon. Pero no vi nada después de eso. Trevor no se anda con rodeos, ¿sabe?

—¿Hay algún problema entre los propietarios de armas por aquí?

—No de ese tipo, no. Quiero decir, se oye a la gente disparando a cosas en el bosque por aquí, pero nada grande como eso. Escopetas, principalmente.

Kay reprimió un suspiro, le hizo una señal a Barnes de que la entrevista había terminado y apartó suavemente al perro para poder ponerse de pie.

—Gracias por su tiempo —dijo, entregándole una tarjeta de visita—. Nos pondremos en contacto si tenemos más preguntas, pero si se le ocurre algo mientras tanto que pueda ayudarnos, o si escucha algo, ¿quizás podría llamarme?

—Lo haré, muchacha. —Tomó la tarjeta y la acercó a su cara, examinando el texto—. Cuanto antes descubran quién está detrás de ese asesinato, mejor dormiré por las noches.

—Usted y yo también, señor Abbott.

CAPÍTULO 10

Una energía frenética impregnaba la sala de incidentes más tarde ese día, con un atardecer púrpura y dorado manchando el cielo más allá de las ventanas mientras el equipo de Kay tomaba asiento.

El dulce hedor de las latas de bebidas energéticas llenaba el espacio alrededor de la pizarra, y ella observó a los rezagados mientras daba un sorbo de café fuerte, notando los círculos oscuros bajo sus ojos.

Si no tenía cuidado, estarían agotados antes de que la investigación hubiera comenzado realmente, algo que no podía permitirse en un momento tan crítico.

Se enderezó cuando el último oficial tomó asiento en la parte trasera del pequeño grupo, colocando su taza en la mesa a su lado.

—Gracias a todos. Vamos a terminar con esto y luego aquellos de vosotros que estéis programados para volver aquí por la mañana podéis iros a casa y descansar un poco. —Hizo una pausa para escanear la lista de acciones en la parte superior del último informe que había impreso de la base de datos HOLMES2, y miró su reloj—. Bien, en primer lugar, puedo confirmar que la subjefa de policía y el comandante de oro han informado que la amenaza inmediata para el público en general ha disminuido, y que este tiroteo está siendo tratado como un incidente aislado en lugar de terrorismo o algo similar. En este momento, los medios locales estarán transmitiendo esa información después de una conferencia de prensa que se llevó a cabo en la sede esta tarde. Eso debería significar que las llamadas telefónicas disminuirán un poco, y con suerte, cualquiera que recibamos de ahora en adelante será más útil. Lucas Anderson ha confirmado que realizará la autopsia de la víctima a primera hora de mañana, y si tenemos suerte, tendremos algunas respuestas sobre quién es antes del fin de semana. ¿Puedo tener una actualización sobre las investigaciones casa por casa?

Harry Davis se unió a ella junto a la pizarra y alzó la voz para que sus colegas en la parte trasera del grupo pudieran escuchar.

—Hablamos con todos menos seis hogares dentro de un radio de tres kilómetros del White Hart —dijo—. Dos de esas propiedades son casas de vacaciones, y posteriormente realizamos búsquedas en ellas con la ayuda de las agencias que las administran. Los otros cuatro propietarios están actualmente en el extranjero o de viaje de negocios, y se obtuvo permiso de todos ellos para registrar los jardines y cualquier dependencia en su ausencia. En resumen, no hubo señales de que se hubieran ocultado armas de fuego en las propiedades, ni informes de nadie actuando de manera sospechosa anoche después del tiroteo en el pub. Las cuatro propiedades actualmente vacías tampoco habían sido forzadas.

—Te hace preguntarte si nuestro asesino simplemente se fue directamente a casa después —dijo Barnes, golpeando su bolígrafo contra su libreta—. Si no parecía que estuviera entrando en pánico, no habría llamado la atención sobre sí mismo.

—Jesús, eso es a sangre fría. —Kay exhaló—. Pero es posible. Lo que significa que es completamente plausible que uno de nosotros haya hablado con el asesino hoy y no se haya dado cuenta.

Un silencio conmocionado siguió a sus palabras, y ella sacudió ligeramente la cabeza para volver a enfocarse.

—Todavía no estoy satisfecha con la declaración de Len Simpson sobre por qué tardó tanto en llamar a emergencias —continuó, paseando por las delgadas baldosas de la alfombra—. Por no hablar del hecho de que lavó el vaso de cerveza utilizado por nuestro sospechoso. ¿Qué más sabemos sobre Simpson? ¿Alguien?

Laura dio un paso adelante, sacando una página de la pila de carpetas en sus brazos. —Jefa, he logrado averiguar un poco más sobre la baja del ejército. Me lo dieron extraoficialmente, pero según el cabo retirado con el que hablé, Simpson tenía un carácter fuerte y golpeó a alguien en la cabeza tan fuerte durante una pelea que el tipo terminó en el hospital con una conmoción cerebral grave. Casi no lo logra.

—¿De qué se trataba la pelea? ¿Tu contacto lo sabía?

—Solo una discusión de borrachos que se salió de control, según él. Simpson cumplió seis meses en el calabozo de Colchester, y luego lo echaron. —Laura frunció el ceño—. Me dio la impresión de que había más en la historia de lo que me contaron, especialmente dado que el cabo me dijo que no fue tanto una baja, sino más bien un argumento persuasivo que convenció a Simpson de que no era bienvenido de vuelta en su antiguo regimiento, ni en ningún otro lugar del ejército.

—Muy bien, buen trabajo. Gracias. —Kay se volvió hacia la pizarra y actualizó las notas bajo la fotografía de Len Simpson—. Hablaré con Sharp y veré si puede averiguar algo más de sus antiguas fuentes de la policía militar. Aun así, no responde a la pregunta sobre qué estaba haciendo en los treinta minutos entre el último disparo y la llamada telefónica a nosotros.

—¿Crees que estaba ocultando algo, jefa? —preguntó Gavin.

—Eso es lo primero que se me vino a la mente, sí. Quiero decir, tan pronto como hizo esa llamada, habría sabido que estaríamos revisando ese lugar durante las próximas veinticuatro horas. —Kay se volvió hacia los oficiales reunidos, su expresión pensativa—. Pero la sospecha no es suficiente para obtener una orden de registro, especialmente cuando no sabemos qué estamos buscando, o si tiene alguna conexión con lo que pasó allí anoche. ¿Tenemos los resultados del equipo de Harriet sobre las huellas dactilares tomadas de la mesa que la víctima y su asesino estaban usando anoche?

Phillip Parker levantó la mano. —Patrick llamó desde el laboratorio justo antes de que comenzáramos la reunión, jefa. Hemos trabajado con lo que tenían, y ya hemos encontrado dos nombres que ya están en el sistema. Las otras huellas estaban demasiado borrosas para ser de utilidad.

—¿Quiénes son los dos nombres? —dijo Kay, su ritmo cardíaco acelerándose un poco.

—El primero es Clive Workman, que vive cerca de Thurnham; fue arrestado por agresión hace cuatro años pero recibió una sentencia suspendida... —Phillip hizo una pausa para que los gemidos colectivos se apagaran —... y luego está Mark Redding. Lo atraparon conduciendo ebrio hace dos años y perdió su licencia. Ninguno de ellos estaba incluido en la lista de nombres que nos dio Simpson anoche.

Daniel Westland levantó la mano para captar su atención. —Cuando los comparé con la base de datos de licencias de armas de fuego, ambos aparecen como con permisos revocados hace algún tiempo.

Kay dobló la agenda. —Bien, ese es un buen trabajo de ambos, gracias. ¿Puedes enviarme por correo electrónico los registros de ambos, Phillip?

—Lo haré, jefa.

—Gracias. Barnes y yo entrevistaremos a Mark Redding. Laura y Phillip, quiero que habléis con Clive Workman. El resto de vosotros, sé que ya ha sido un día largo, pero seguid adelante. Estoy dispuesta a apostar que quien hizo esto no planeaba matar a nuestra víctima. Algo salió mal cuando salieron del pub y esa discusión se salió de control. Quien sea que sea, estará entrando en pánico, y cometerá un error. —Kay miró a cada uno de sus oficiales mientras hablaba—. Solo tenemos que asegurarnos de estar allí cuando lo haga para poder arrestarlo.

CAPÍTULO 11

Laura dio un sorbo a la bebida energética tibia e hizo una mueca antes de deslizar la lata medio vacía en un portavasos bajo las rejillas del salpicadero.

—No sé cómo puedes beber esa porquería —refunfuñó—. Es asquerosa.

—Y aun así siempre me robas la mía —sonrió Phillip, conduciendo el coche con destreza a través de una chicana diseñada como medida para calmar el tráfico por el ayuntamiento local, los faros iluminaron un gato esbelto antes de que se zambullera bajo una furgoneta aparcada—. De todos modos, está mejor cuando sale de la nevera.

Pasándose la lengua por los dientes, preguntándose cuánto esmalte acababa de ser erosionado por la dulce bebida, Laura revisó su libreta para comprobar la dirección que Phillip había encontrado.

—La casa de Clive Workman debería estar en la próxima calle después de esta parada de autobús a la izquierda —dijo—. Según sus redes sociales, trabaja para una empresa local de enmarcado de cuadros. Soltero, nunca se ha casado por lo que puedo ver, y no ha publicado nada desde marzo. Aparte de la sentencia suspendida de hace cuatro años, no ha habido nada desde entonces.

—¿Hay algo en el expediente sobre por qué atacó al otro hombre?

—Borracho, por lo que parece. Se metió en una pelea fuera de una de las discotecas de Maidstone, y se puso fea. El otro tipo acabó en el hospital y Workman necesitó doce puntos en la cabeza.

—¿Qué edad tenía cuando fue acusado de agresión?

Ella esperó mientras Phillip negociaba el giro y encontraba un espacio para aparcar unos metros más allá del alojamiento alquilado de Workman, luego escudriñó sus notas de nuevo a la luz de su móvil. —Casi treinta y tres. Cumplió treinta y siete el mes pasado.

—¿Quizás haya madurado desde ese incidente?

Laura se rio mientras se soltaba el cinturón de seguridad y abría la puerta. —Solo hay una forma de averiguarlo.

Siguió a su colega por una acera agrietada e irregular, con cuidado de mantenerse en el medio por miedo a pisar la mierda de perro que podía oler cerca de los setos colgantes de los jardines y las farolas.

La casa de Clive Workman era estrecha y de ladrillo rojo apretujada entre cuatro de sus vecinos, el césped convertido en hormigón y una puerta de PVC desgastada encaramada sobre una losa de piedra que hacía de escalón.

Recorrió con la mirada el cartel escrito a mano que había sido clavado en el buzón advirtiendo contra la publicidad y los visitantes no deseados, y cuando Phillip se estiró para presionar el timbre sucio, notó que usaba el nudillo de su dedo índice.

Un débil repique sonó desde algún lugar dentro de la propiedad, seguido momentos después por una tenue luz de pasillo que se encendió y una sombra que caía sobre el panel de vidrio esmerilado en la parte superior de la puerta.

—Jesús, ¿qué tan alto es este tipo? —murmuró, y luego estiró el cuello cuando la puerta se abrió hacia adentro.

El hombre que los miró con enojo les sacaba una cabeza, sus anchos hombros sobrepasando el hueco del marco de la puerta mientras cruzaba los brazos sobre su pecho, con los bíceps hinchados.

—¿Qué quieren?

—Hablar —dijo Laura, mostrando su placa, su comportamiento imperturbable—. Supongo que usted es Clive Workman.

—No he hecho nada malo.

Laura vio un destello de confusión rozar los ojos del hombre, su mandíbula sobresaliendo con indignación.

—Si pudiéramos pasar, señor Workman —dijo despreocupadamente—. Estoy segura de que esto no llevará mucho tiempo.

Él puso los ojos en blanco, pero retrocedió para dejarles pasar. —Me levanto temprano. ¿No podía esto haber esperado hasta mañana?

—¿Dónde estuvo entre las ocho y media y las once de anoche? —dijo Laura mientras la puerta se cerraba de golpe contra el marco.

Workman se volvió para enfrentarlos, con un gruñido en los labios antes de recordar con quién estaba hablando.

Laura observó cómo se forzaba a adoptar una posición relajada, apoyándose contra el yeso desgastado del pasillo y metiendo las manos bajo las axilas.

—Estaba en el pub con un par de compañeros de trabajo. Había un partido de billar.

—¿Qué pub?

Workman se lo dijo, y ella vio a Phillip anotarlo antes de echar un vistazo a la pila de facturas amontonadas en uno de los peldaños alfombrados de la escalera.

No había nada sospechoso entre los logotipos que podía ver sobresaliendo, solo uno perteneciente a un banco nacional y otro de una compañía de seguros.

Cuando se volvió, el hombre la observaba con interés.

Dejó caer los brazos a los costados. —¿Esto es por ese tiroteo al norte de Bearsted?

—¿Posee un arma de fuego, señor Workman? —preguntó ella.

—No, maldita sea, no tengo una.

—¿Conoce a alguien que posea un arma de fuego?

—Mire, ¿qué está pasando? —Los ojos de Workman se movieron de Phillip a Laura, y luego de vuelta—. Acabo de decirles, no tengo un arma. Vendí la mía después de perder mi licencia.

—Pero ha estado en el White Hart recientemente. —Ella dio un paso adelante—. ¿Cuándo fue exactamente?

Workman parpadeó. —Hace unas semanas. Solo para tomar una copa.

—¿Con quién? —dijo Phillip, con el bolígrafo preparado.

—Matty Oakland. Solía juntarme con él en la escuela. —Apareció una ligera sonrisa—. No es que ninguno de los dos haya envejecido bien desde entonces.

—Necesitaremos un nombre y un número de teléfono —dijo Laura.

—Sí, por supuesto. —Workman sacó su móvil del bolsillo, tocó la pantalla y luego lo giró y lo sostuvo para que Phillip lo viera—. Ahí tiene. Vive por la zona de Folkestone estos días.

—¿Y la fecha en que estuvo en el White Hart? —dijo él—. No lo mencionó.

El hombre frunció el ceño. —Cristo, no lo sé, no es como si lo hubiera puesto en mi agenda ni nada. Matty me llamó de repente y me dijo que estaba en la zona, y que si me apetecía tomar algo.

Phillip no dijo nada, siguiendo la pauta de Laura, quien esperó pacientemente mientras los segundos pasaban.

—Debió de ser hace tres semanas —dijo Workman finalmente—. Sí. Un martes por la noche, así que solo tomé un par de cervezas ligeras. Conducía, ¿sabe? —Su sonrisa se ensanchó—. He cambiado mis costumbres.

Phillip cerró de golpe su libreta mientras Laura se dirigía hacia la puerta.

—Gracias por su tiempo, señor Workman. Nos pondremos en contacto si tenemos más preguntas.

El hombre se detuvo un momento en el umbral, y luego gritó antes de que llegaran al borde más alejado del jardín de concreto.

—Oigan, no le dirán nada a mi jefe sobre su visita aquí, ¿verdad?

Laura miró por encima de su hombro, su rostro

proyectando sombras por la luz de la calle. —No a menos que sospechemos que está involucrado, señor Workman.

—De acuerdo.

Ella miró a su colega mientras el sonido de la puerta de Workman cerrándose de golpe resonaba entre los coches circundantes. —Llamaré a ese tal Matty Oakland, pero no me dio la impresión de que Clive sea nuestro asesino, ¿a ti sí?

Arrugando la nariz, Phillip apuntó el mando a distancia hacia su coche.

—Para ser sincero, todavía estoy asimilando el hecho de que Len Simpson no hubiera limpiado esas mesas en más de tres semanas.

Ella se rio y sacó su teléfono móvil.

—Supongo que tacharemos el White Hart de la lista de posibles lugares para nuestra fiesta de Navidad, entonces.

CAPÍTULO 12

Kay miró hacia arriba cuando el tejado a dos aguas de la casa georgiana de Mark Redding apareció a la vista, y luego maldijo cuando la última barra de recepción de señal desapareció de la pantalla de su teléfono móvil.

Toda la propiedad estaba rodeada de vegetación espesa. Coníferas maduras llenaban el límite a lo largo del camino que los había llevado hasta allí, dando paso a antiguos castaños de Indias y fresnos que proyectaban una oscuridad sobre su coche mientras Barnes lo conducía por el sinuoso camino de entrada hacia la casa.

La grava se ensanchaba en una gran área de estacionamiento que rodeaba una fuente ornamentada en el centro, con el elemento acuático iluminado por focos que proyectaban sombras sobre las juguetonas ninfas talladas en piedra en el centro.

Vio un césped bien cuidado más allá de los faros del coche cuando Barnes frenó hasta detenerse en el extremo más alejado del edificio, y luego divisó la reluciente parrilla delantera de un coche deportivo de alta gama al final de un segundo camino de entrada que corría por el costado de la casa.

—¿Cómo demonios dirige un negocio desde casa si no puede obtener una maldita señal de teléfono? —murmuró.

Barnes sacó las llaves del encendido. Señaló más allá de los focos fijados artísticamente en las paredes de mortero de cal entre la oscura hiedra que se enroscaba alrededor de las ventanas.

Una caja de conexiones sobresalía por debajo de los aleros, conectándose a un cable telefónico que se balanceaba entre la casa y un poste de madera más allá en el camino de entrada.

—Quién sabe. Tal vez tenga que depender de la línea fija aquí fuera.

Metiendo su móvil de vuelta en su bolso antes de colgárselo al hombro, Kay salió y lo siguió hacia la puerta principal, sus zapatos hundiéndose en la gruesa grava.

Una luz de seguridad cegadora se encendió sobre la puerta cuando aún estaban a unos metros de distancia, y ella se cubrió los ojos con la mano para protegerlos del resplandor antes de mirar por encima de su hombro.

—Si viviera aquí, yo también tendría luces de seguridad —dijo Barnes en voz baja mientras se acercaban.

Alcanzó un botón debajo de un panel de seguridad junto a la puerta, y un fuerte zumbido emanó del altavoz de arriba.

Una fracción de segundo después, un perro comenzó a ladrar, el ruido creciendo más fuerte hasta que Kay pudo oír el arañar de garras en un suelo de madera y una respiración pesada al otro lado de la puerta.

—Maldita sea, es el sabueso de los Baskerville —dijo Barnes.

Luego hubo un traqueteo en el otro extremo, y la voz de una mujer se filtró.

—¿Quién es?

—El oficial Ian Barnes y la inspectora Kay Hunter. Nos gustaría hablar con Mark Redding.

—¿Tienen una cita?

—No. Actualmente estamos llevando a cabo una investigación urgente y su nombre nos ha sido dado como persona de interés.

—Un momento.

Un estrépito siguió a sus palabras, y luego ella se fue.

El perro continuó ladrando.

Kay arqueó una ceja a su colega. —¿Crees que nos dejará entrar?

—¿Cómo podría resistirse a mi encanto e ingenio? —Él guiñó un ojo.

—Muy gracioso. ¿A qué se dedica Redding, de todos modos?

—Phillip dice que es el director de un negocio de cursos de formación en línea. Por lo que pudo averiguar, Redding subcontrata el trabajo a diferentes autónomos para escribir e impartir los cursos en vídeo, pero hace todo el marketing y la creación de redes él mismo desde casa. No había registro de ningún otro local.

Kay asintió, luego dirigió su atención a la casa cuando la puerta se abrió lentamente.

—Shh, Benji. —Una mujer de unos cincuenta años se asomó por encima de una cadena de seguridad de latón—. ¿Tienen alguna identificación?

Reconociendo su voz del sistema de seguridad, Kay sacó su placa y esperó mientras era examinada.

Finalmente, la mujer se la devolvió, aflojó la cadena y se hizo a un lado.

—Pasen. Mis disculpas por las precauciones de seguridad. —Les dio una sonrisa de disculpa, sus dedos envueltos alrededor del collar de un Labrador negro—. Viviendo en medio de la nada, no podemos permitirnos ser descuidados.

—¿Han tenido problemas en el pasado? —preguntó Kay, limpiándose automáticamente los zapatos en el felpudo de fibra de coco antes de caminar sobre el suelo de madera de roble.

El perro olfateó su mano extendida, luego presionó su nariz contra la pierna del pantalón de Barnes antes de alejarse trotando, evidentemente satisfecho de que no representaban ningún peligro.

—Nosotros no, pero los propietarios anteriores fueron asaltados dos veces. —La mujer cerró la puerta de golpe y volvió a asegurar la cadena—. Soy Patricia Redding, la esposa de Mark.

—Lamentamos molestarla a una hora tan tardía, señora Redding —continuó Kay—. Pero tenemos algunas preguntas urgentes que nos gustaría hacerle a su marido, y no podían esperar hasta la mañana. ¿Está él en casa?

—Debería estar terminando una conferencia telefónica con Nueva York en cualquier momento. Vengan por aquí.

Un aroma a ajo y romero flotaba en el aire, y una punzada de culpa se elevó en el pecho de Kay ante la idea de que estaban interrumpiendo una rutina familiar normal de un día entre semana.

Apartó el pensamiento, recordando la visión del hombre muerto en el estacionamiento del White Hart la noche anterior.

Siguieron a Patricia Redding a través del amplio vestíbulo y por unas pesadas puertas dobles hasta una antesala, las paredes de yeso a ambos lados de la ventana cerrada con postigos pintadas de blanco hueso para acentuar las obras de arte expuestas a intervalos.

Una gruesa alfombra cubría el suelo, amortiguando sus pasos mientras caminaban hacia una puerta cerrada.

—Un momento, veré si ha terminado.

Patricia desapareció, y Kay contuvo la respiración, escuchando los tonos confusos de la voz de un hombre y la respuesta tranquilizadora de su esposa.

La mujer regresó momentos después y abrió la puerta.

—Pasen. Le expliqué a Mark que es urgente y no puede esperar. ¿Les gustaría un té mientras hablan?

—No será necesario, gracias, señora Redding.

Kay dirigió su atención al hombre que se levantaba de una silla detrás de un gran escritorio.

Hizo una pausa para correr unas gruesas cortinas a través de las ventanas del suelo al techo que ella supuso daban al coche deportivo estacionado, luego cruzó la habitación hasta donde estaban parados.

Varios centímetros más alto que ella, vestía pantalones casuales color caqui y una camisa a cuadros abierta en el cuello.

—Trish me dice que esto es importante —dijo—, y si ella lo dice, estoy entrenado para hacer lo que me dicen.

La piel alrededor de sus ojos se arrugó mientras les hacía señas para que se acercaran a un grupo de cuatro sillones junto a una chimenea vacía. —¿Nos sentamos aquí? Será más cómodo.

—Llámenme si me necesitan. —Patricia les lanzó un alegre saludo con la mano y cerró la puerta.

Kay miró alrededor de la oficina. Aparte de un archivador a un lado, otro armario junto a él con un acabado de fresno a juego y el ordenador instalado en el escritorio, el resto de la habitación se asemejaba a una sala de estar con sus cómodas sillas y el hogar de piedra.

Un juego de herramientas de chimenea de latón muy pulido se encontraba junto a un portaleños vacío a juego, y sus zapatos se hundieron en la gruesa alfombra cuando cruzó hacia la silla más cercana al escritorio.

Redding se dejó caer en el sillón frente a Barnes con un suspiro mal disimulado y se pasó una mano por los ojos cansados. —Lo siento. He estado despierto desde las cinco. Está muy bien tener un negocio internacional exitoso, pero mis contratistas trabajan en diferentes zonas horarias y a veces una conversación cara a cara es mejor que un correo electrónico.

—Sentimos interrumpir su noche —comenzó Kay—. Sin embargo, estamos investigando el asesinato de un hombre en el pub White Hart anoche.

—¿Qué? —Los ojos de Redding se agrandaron—. ¿En serio? Me preguntaba por qué había un helicóptero, ha estado revoloteando todo el día.

—Aún tenemos un sospechoso en libertad.

Los ojos de Redding parpadearon entre Kay y Barnes, apareciendo un ceño fruncido. —¿Por qué necesitan hablar conmigo al respecto?

—Estamos hablando con todos los que visitaron el pub

en las últimas semanas previas al incidente —dijo ella—. Su nombre surgió porque sus huellas dactilares fueron encontradas en una mesa del bar, que coincidían con las tomadas cuando fue acusado de conducir ebrio hace dos años.

La boca de Redding se torció con disgusto. —¿Huellas dactilares? Dios mío, pensé que ese lugar parecía deteriorado, pero si hubiera sabido que estaba tan sucio, no me habría detenido allí.

—¿Qué estaba haciendo allí?

—Puedo asegurarle, detective Hunter, que no fue por elección. Apreciará que no es el tipo de lugar que ni yo ni Patricia frecuentaríamos. —Redding suspiró—. Estaba conduciendo de regreso de Londres cuando recibí una llamada telefónica preguntando si podría reunirme con un cliente potencial al otro lado de Maidstone con poca antelación. En lugar de venir hasta casa solo para volver a salir, me detuve en el White Hart mientras esperaba la confirmación de la reunión.

Hizo una pausa y les dio a ambos una sonrisa tímida. —Solo tomé una limonada, por supuesto. Aprendí mi lección hace dos años, créanme.

Kay inclinó la cabeza hacia el escritorio. —¿A qué se dedica, señor Redding?

—Desarrollo cursos de formación en línea para empresas del NASDAQ y FTSE 250. —Sonrió con benevolencia—. No es muy emocionante, me temo.

—¿Cómo diablos logra eso sin señal de móvil? —dijo Barnes.

Redding se rio. —Solo uso mi móvil para recoger mensajes de voz y textos mientras estoy aquí. Tendemos a usar el teléfono fijo para todo lo demás. Hay un rumor malicioso circulando de que pronto podrían instalar fibra óptica aquí, pero no me lo creo y Trish no me deja instalar una antena en la casa. Dice que hará que el lugar se vea feo.

—Volviendo al White Hart —insistió Kay—. ¿Qué conduce?

—El coche deportivo estacionado en la entrada. Probablemente lo vieron cuando llegaron. —Redding trató y falló en ocultar una sonrisa presumida—. He querido uno de esos desde que era adolescente. Trish lo llama mi juguete de crisis de la mediana edad.

—¿Ha vuelto al White Hart desde ese día?

—Dios, no. —Redding se estremeció—. Como dije, nunca había estado antes y fue solo por conveniencia. El lugar estaba muerto cuando estuve allí, y el tipo detrás de la barra era... descuidado. Ciertamente no volveré a entrar allí. No si ni siquiera han limpiado las mesas en tres semanas. Eso es asqueroso.

—¿Posee un arma de fuego, señor Redding? —preguntó Barnes.

—Ya no. —El hombre cruzó las piernas, deteniéndose para alisar la arruga de sus pantalones—. Perdí mi permiso de armas de fuego cuando fui acusado de conducir ebrio.

—Una última pregunta, señor Redding —dijo Kay—. ¿Dónde estaba el miércoles por la noche entre las ocho y media y la medianoche?

—Aquí —dijo Redding. Hizo un gesto hacia la gran pantalla de ordenador en su escritorio—. Dos videollamadas sucesivas con clientes, una en Chicago y la otra en Minneapolis. Patricia me trajo la cena alrededor de las nueve para mantenerme en pie.

Kay se puso de pie y le entregó una tarjeta de visita. —Gracias por su tiempo esta noche. Le dejaremos continuar con su cena.

—No hay problema, detective. Cuando quiera.

Después de que los acompañaran a la puerta principal, con Benji apareciendo en el pasillo para asegurarse de que los visitantes se fueran, Kay caminó de regreso al coche junto a Barnes e inhaló el aire fresco de la noche.

En algún lugar más allá de los árboles, un búho ululó, y un escalofrío recorrió sus hombros.

—¿Qué piensas, jefa? —dijo Barnes—. Parecía genuinamente sorprendido por el hecho de que se encontraran sus huellas dactilares en el pub.

—Así es. —Kay señaló con la barbilla la baja silueta del coche deportivo mientras llegaban a su propio vehículo —. Y eso habría llamado la atención de la gente si hubiera estado estacionado en el White Hart anoche. No se ven muchos de esos por aquí.

Perdidos en sus pensamientos, llegaron al final de la entrada de los Redding antes de que Barnes hablara de nuevo.

—No me gusta esto, jefa. Veinticuatro horas después, y no tenemos nada.

—Lo sé. —Parpadeó para contrarrestar el cansancio que se filtraba en ella, y bajó un poco la ventanilla—. Esperemos que Lucas tenga algunas respuestas para nosotros en la autopsia mañana.

CAPÍTULO 13

A la mañana siguiente, Kay entró en el último espacio de estacionamiento disponible al costado del Hospital Darent Valley y observó las amenazantes nubes reunidas sobre el imponente edificio.

Como si anticipara su humor sombrío, un trueno retumbó en la distancia cuando apagó el motor, seguido de cerca por un rayo bifurcado que iluminó el cielo más allá de los arcos ondulantes que formaban la entrada a las bahías de accidentes y emergencias.

La lluvia comenzó a salpicar contra los adoquines de concreto mientras se apresuraba hacia una puerta lateral a la izquierda de las ambulancias y el público en general, y cuando empujó la manija cromada, un segundo trueno sacudió los paneles de vidrio a ambos lados.

Aún no había noticias del equipo de Sharp sobre la identificación y aprehensión de un sospechoso, y la atmósfera dentro de la sala de incidentes de Maidstone había sido de creciente frustración durante la reunión informativa de esa mañana.

Revisó sus mensajes de texto mientras el ascensor la llevaba al segundo piso, notó una reunión programada en la sede para el mediodía para actualizar a la comisario jefa, luego guardó su móvil cuando las puertas se abrieron y salió a un pasillo muy pulido.

Voces apagadas se escuchaban detrás de las puertas por las que pasaba, un marcado contraste con la cacofonía de ruidos fuera en la explanada y cuando entró por las puertas dobles al departamento de la morgue, una calma llenó el espacio.

Después de todo, los pacientes que yacían más allá de la puerta interior a su derecha no tenían prisa por ir a ningún lado.

—Buenos días, detective Hunter. —Simon Winter levantó la vista de su pantalla de ordenador y señaló un registro de visitantes en el escritorio a su lado, su cabello castaño oculto bajo un gorro protector azul. Miró hacia la ventana mientras la lluvia se intensificaba—. Parece que llegaste justo a tiempo.

—Es mejor que empaparse. —Kay sonrió y garabateó su nombre en el siguiente espacio disponible. Observó la firma encima de la suya y frunció el ceño—. ¿Quién más está aquí?

—Zachary Taylor —dijo una voz familiar detrás de ella.

Se dio la vuelta para ver a Lucas Anderson poniéndose guantes protectores mientras entraba apresuradamente desde el pasillo, con un gran sobre blanco bajo el brazo.

—¿Quién es él?

—El experto en balística que solicité —dijo el patólogo—. Por suerte pudo venir con poco aviso, no habría podido proceder sin él. Bueno, no a menos que quisiera enfrentar la ira de Harriet después. Se está cambiando. ¿Quieres hacer lo mismo y nos vemos allí?

—Claro.

Diez minutos después, vestida de pies a cabeza con un mono protector sobre sus pantalones de traje y blusa, Kay salió del cubículo y se metió el cabello bajo un gorro de papel.

Simon le dio una sonrisa sombría, luego empujó la puerta hacia la sala de examen.

El aire frío acarició su rostro mientras lo seguía hacia una mesa de acero inoxidable al fondo, su pulso saltándose un latido al acercarse al cuerpo destrozado dispuesto para la autopsia.

El hedor a lejía y fluidos antisépticos invadió sus sentidos, picándole la garganta, y parpadeó para contrarrestar las lágrimas que le escocían por el efecto de los químicos.

Por muy malos que fueran esos olores, no era nada comparado con lo que seguiría en el transcurso de la próxima hora o más.

Dos figuras vestidas idénticamente estaban de pie al fondo de la sala, su atención captada por seis brillantes pantallas blancas fijadas a la pared y un conjunto de radiografías sujetas bajo cada una.

El más bajo de los dos se volvió cuando ella se acercó y le hizo señas para que se uniera a ellos.

—Kay, ven y únete a nosotros —dijo Lucas, su rostro oculto por una máscara—. Este es Zachary Taylor, nuestro experto en balística.

—Llámame Zach.

Kay estrechó la mano enguantada extendida y miró hacia arriba a unos ojos marrones hundidos. —Diría que es un placer conocerte, pero…

—No te preocupes, me pasa todo el tiempo con este trabajo. —La piel alrededor de sus ojos se arrugó con humor—. ¿Cómo va la investigación?

—Va. —Kay trató de mantener la frustración fuera de su voz y fracasó—. Espero que me deis algunas respuestas que nos ayuden esta mañana.

Lucas señaló las radiografías. —Ciertamente podemos intentarlo. Antes de empezar, queríamos echar un vistazo a estas. El equipo de Harriet no encontró fragmentos de bala en la escena, lo que nos dijo que se habían alojado en el cuerpo de nuestra víctima en lugar de atravesarlo.

—Puedes verlas aquí. —Zach tocó la tercera y quinta pantallas—. La del cráneo está atascada donde solía estar la nariz del hombre, y puedes ver la otra entre lo que queda de su esternón.

Kay se acercó más, mirando fijamente las ominosas manchas blancas dentro del enredo de huesos y cartílago. —Apenas se puede decir que son balas.

—Lo que me hace pensar que son proyectiles de punta blanda o puntas huecas en lugar de chaqueta metálica completa —reflexionó Zach—. Es el cuerpo el que captura la potencia cinética de la bala, especialmente a tan corta distancia. Lo que usó tu asesino se parece a lo que se usa para cazar ciervos. Lo sabremos con seguridad una vez que lo abramos.

—Necesitábamos saber dónde estaban antes de empezar —le explicó Lucas a Kay—. No tiene sentido que yo corte una de estas accidentalmente con un escalpelo; podría dañar evidencia vital.

—¿Alguna vez has trabajado en una investigación de tiroteo antes, detective Hunter? —preguntó Zach mientras caminaban hacia la mesa de examen.

—Por favor, llámame Kay mientras estemos aquí. No lo he hecho en mucho tiempo. —Hizo una mueca—. Había olvidado lo malos que pueden ser.

Recorrió con la mirada al hombre tendido listo para la autopsia.

Bajo la cruda iluminación de la morgue, sus heridas eran aún más horribles de ver que cuando lo encontró por primera vez en el estacionamiento del White Hart el miércoles por la noche.

Simon había hecho lo mejor posible para lavar la sangre y cosas peores que se habían adherido a la piel del hombre, pero poco podía hacer por el rostro destrozado y la cavidad torácica.

—Tomamos muestras de sus manos, brazos, cara y ropa antes de pasárselas al equipo de Harriet —le dijo a Kay—. Les ayudará a determinar si hubo más de un arma involucrada y qué tan cerca estaba la víctima de su asesino cuando le dispararon.

—De acuerdo, gracias. ¿Qué hay sobre identificarlo? No apareció en ninguno de nuestros sistemas, y dado el daño a su rostro…

—Mientras hacía estas radiografías, también tomé algunas de los restos de su mandíbula —dijo Lucas—. Lo que quedaba de sus dientes mostraba que se había realizado un trabajo costoso en el pasado, así que he pasado todo a un ortodoncista forense. Obviamente no podemos prometer nada, pero si hay registros disponibles, es posible que podamos darte un nombre en las próximas veinticuatro horas más o menos.

—Crucemos los dedos, entonces.

—En efecto.

—Lucas, antes de que empieces, ¿te importaría si echo un vistazo a las heridas de entrada? —dijo Zach. Levantó una tableta—. También tomaré fotos con esto, si te parece bien. Así podré usarlas para calcular trayectorias y ese tipo de cosas para mi informe.

—Por supuesto. Simon, ¿podrías echarme una mano?

Kay dio un paso atrás mientras el patólogo y su asistente giraban a la víctima sobre su lado derecho, y observó cómo Zach se inclinaba para fotografiar la parte posterior del cráneo del hombre antes de moverse hacia donde un segundo agujero perforaba la columna vertebral.

—Gracias —dijo, enderezándose mientras Lucas reacomodaba a la víctima para el examen. Frunció el ceño, deslizando el dedo por las fotografías—. Más grande que un .22, diría yo.

—Bueno, pronto lo sabremos —dijo Lucas, colocándose una lupa sobre el rostro y seleccionando un bisturí de un carrito junto a la camilla—. ¿Empezamos?

Moviéndose hacia los pies de la víctima y manteniéndose bien apartada mientras los dos patólogos trabajaban, Kay escuchaba mientras proporcionaban un comentario continuo.

Un micrófono colgado de un cable sobre la mesa grababa cada palabra de Lucas, que luego sería transcrita y verificada antes de que su informe llegara a la bandeja de entrada de su correo electrónico más tarde esa semana.

Mientras tanto, ella absorbía el conocimiento que emanaba de los expertos a su alrededor, desesperada por información que ayudara a la investigación.

Se dio la vuelta mientras Lucas usaba pinzas para separar los restos del rostro del hombre, sabiendo que recordaría cada detalle durante años.

Los recuerdos nunca la abandonaban, solo se desvanecían un poco hasta que un pensamiento aleatorio desencadenaba una remembranza.

Sin embargo, nunca dejaría de hacer lo que hacía.

Era la única forma en que podía brindar justicia a la víctima y a sus familias por una vida arrebatada demasiado pronto.

—Aquí está la primera.

La voz de Lucas la sacó de sus pensamientos y miró por encima del hombro para verlo usar las pinzas para sostener un pequeño objeto a la luz.

Cruzó el suelo antideslizante hacia donde él estaba, y esperó mientras Zach tomaba varias fotografías antes de que el patólogo colocara el fragmento de bala en un frasco de evidencia.

Después de sellar la tapa, se lo entregó a ella.

—Una menos, falta una —dijo.

—¿Puedes decirme algo sobre esto? —le preguntó a Zach, examinando el fragmento de metal aplastado—. Quiero decir, es difícil saber cuál era su forma original ahora, ¿no?

—A pesar del daño, sugeriría que tenía razón al decir que es de punta blanda. Munición expansiva, también, diseñada para hacer mucho daño al impactar.

—Entonces, ¿estaríamos buscando a alguien con un rifle de tamaño considerable?

—Sí, sin duda. Algo como un .308; como dije, típicamente usado para cazar ciervos, o quizás jabalíes. —Esbozó una sonrisa sombría—. No es lo que usarías para un problema localizado de conejos o ratas. No quedaría mucho de ellos después. También podría ser semiautomático, algo con un pequeño cargador que contenga media docena de cartuchos.

—Eso explicaría por qué nuestros testigos dijeron que escucharon los dos disparos en rápida sucesión.

—El asesino no habría tenido que hacer una pausa para recargar —coincidió Zach.

Un escalofrío recorrió los hombros de Kay mientras devolvía la evidencia.

—Y si estaba usando un rifle semiautomático con un cargador lleno como sugieres, entonces podría seguir caminando por ahí con un arma cargada —dijo, rebuscando bajo su bata y sacando su teléfono móvil del bolsillo del pantalón—. Necesito decírselo a Sharp.

CAPÍTULO 14

Gavin contuvo un bostezo y sostuvo una taza de cerámica prestada y desportillada bajo la boquilla de la máquina expendedora mientras un líquido negro y viscoso salía a chorros.

Olía a café, pero ya había comprobado que se necesitaban al menos tres sobres de azúcar para que tuviera un sabor parecido al verdadero.

Ni siquiera estaba seguro de que contuviera cafeína, y se preguntaba si el efecto placebo empezaba a desaparecer.

Se dirigió a una mesa vacía, limpió las migas de su superficie laminada con una servilleta y se hundió en una de las sillas de aluminio con la espalda contra la pared del área de descanso.

El yeso había sido pintado de un color crema liso y había tablones de anuncios fijados en varios lugares alrededor de la habitación.

Automáticamente recorrió con la mirada los carteles y otros documentos, pero no había nada nuevo. En su lugar, dirigió su atención al pequeño televisor atornillado a la pared en la esquina, con el sonido bajo. Los subtítulos corrían por la parte inferior de la pantalla, luchando por mantener el ritmo de los dos presentadores de televisión diurna posados en un sofá, con sus brillantes dientes blancos resplandeciendo.

—¿Noche larga?

Parpadeó, desviando bruscamente su atención del último chisme sobre un cantante pop del que nunca había oído hablar.

El agente Paul Solomon estaba de pie junto a una de las sillas libres, con el rostro tan cansado como se sentía Gavin.

El detective había ayudado al equipo de Maidstone con información durante una investigación de drogas hace un año, y había impresionado a todos con su conocimiento de las operaciones locales de contrabando que se estaban desmantelando lentamente.

Empujó hacia atrás su silla, extendió la mano al otro hombre y señaló la máquina expendedora.

—Paul, me alegro de verte. ¿Puedo ofrecerte un café?

—No lo creo. Solo los visitantes beben esa cosa. — Una sonrisa amistosa siguió a sus palabras—. ¿Te importa si me uno a ti?

—Claro que no.

—No me di cuenta de que estabas aquí hasta que escuché a Sharp hablando con mi inspector. ¿Estás trabajando en el caso del tiroteo?

Gavin asintió.

—En la parte de búsqueda y arresto. Kay se encarga de la parte de la víctima desde Maidstone.

—¿Alguna novedad?

—Nada todavía. Aunque la autopsia fue esta mañana, así que con suerte…

—Sí. Oí que no quedaba mucho de su cara. —Paul arrugó la nariz—. Pobre diablo. El rumor por aquí es que estaba intentando huir, además.

—Parece que sí. ¿En qué estás trabajando estos días?

—Estamos a punto de desmantelar una banda de crímenes sexuales a lo largo de la costa norte. Traen chicas del continente y luego las venden.

Gavin apartó su café.

—No sé cómo haces eso todos los días. Tuvimos un caso así hace unos años, y nunca olvidaré algunas de las cosas que vimos.

—Alguien tiene que hacerlo, ¿no? —Paul hizo una pausa cuando un par de agentes uniformados entraron, con las radios lo suficientemente bajas para escuchar la próxima llamada sin interrumpir las conversaciones—. ¿Cómo te estás adaptando por aquí? ¿Te estás instalando bien?

—Sí, gracias. —Gavin exhaló—. No me di cuenta de lo grande que era el lugar. Comparado con Maidstone, quiero decir.

—Se ha llenado rápidamente, en especial después de que cerraran Sutton Road. ¿Estás disfrutando estar en medio de una investigación importante?

—Siempre. Quiero decir, sé que tenemos una víctima y una familia que ha perdido a un ser querido, pero de esto se trata, ¿no? Meterse de lleno, usar todos los recursos que tenemos.

—Cierto. —Mirando por encima del hombro al oír que alguien lo llamaba, Paul esbozó una sonrisa irónica—.

Parece que me necesitan. Escucha, si alguna vez te apetece mudarte aquí permanentemente, avísame. Siempre podríamos usar gente buena en crímenes mayores, y creo que encajarías perfectamente.

—Gracias, amigo. Lo tendré en cuenta.

Gavin observó cómo el otro detective se alejaba para unirse a una mujer de traje negro que lo esperaba en la puerta, y luego ambos se apresuraron hacia donde habían sido convocados.

Las palabras de Paul resonaron en su mente.

Ya había estado escuchando de otros en el equipo de búsqueda y arresto sobre los numerosos puestos disponibles aquí en Northfleet, y no podía ignorar el hecho de que, en comparación, Maidstone era más bien como un satélite de la sede central en estos días.

¿Era por eso que Sharp lo había propuesto para este papel?

¿Estaba poniendo a prueba sus habilidades?

—¿Piper?

La voz de Sharp se elevó por encima de las cabezas de los oficiales reunidos, y Gavin lo vio haciéndole señas.

Empujó hacia atrás su silla, tiró el café sobrante en un contenedor cercano sin pensarlo dos veces, y se apresuró a unirse al comisario.

—¿Jefe?

—Hemos recibido algunas grabaciones nuevas de videovigilancia de uno de los equipos locales —dijo Sharp mientras lo guiaba de vuelta a la sala de incidentes—. Son de una residencia privada a medio kilómetro del White Hart. Aparentemente, los propietarios regresaron de Brujas anoche tarde y solo se enteraron del tiroteo esta mañana.

Se pusieron en contacto y proporcionaron una copia de todas las grabaciones de la semana pasada.

Hizo una pausa, empujó la puerta de la sala de incidentes y luego se dirigió al escritorio libre que Gavin estaba usando.

—Dado que no hemos tenido suerte con los negocios a lo largo de las rutas principales, necesitamos reorientar nuestra búsqueda en las inmediaciones.

—No hay problema, jefe. —Gavin acercó su silla al escritorio y se conectó—. Haré una revisión preliminar de la grabación del miércoles por la noche, y si no veo nada allí, trabajaré hacia atrás un día a la vez en caso de que la víctima o el tirador hayan hecho un reconocimiento previo del White Hart. No será fácil, pero al menos sabemos qué llevaba puesto la víctima y tenemos una descripción aproximada de lo que llevaba puesto su asesino también.

—Buen trabajo. Siempre le dije a Kay que llegarías lejos. —Sharp extendió la mano y le dio una palmada en el hombro—. Este caso va a poner a prueba todo lo que has aprendido hasta ahora, Piper, pero créeme, valdrá la pena.

—Gracias, jefe.

CAPÍTULO 15

Kay devoró lo último de su sándwich de atún, se sacudió las migas del regazo y tragó antes de leer las últimas actualizaciones de Northfleet.

La sala de incidentes de Maidstone estaba llena de teléfonos sonando, gente hablando por encima de los demás y, en algún lugar cerca de la antigua impresora y fotocopiadora, fuertes maldiciones.

Sacudió la cabeza con frustración y se obligó a leer el resto del informe.

A pesar de que había nueva información disponible, sabía de primera mano cuánto tiempo podía llevar procesar las grabaciones de videovigilancia, especialmente cuando los oficiales que las revisaban ya estaban trabajando largas horas frente a sus pantallas de ordenador.

—¿Jefa?

Miró por encima de su pantalla para ver a Barnes colocando el teléfono de su escritorio en su base.

—¿Qué pasa?

—Acabo de recibir noticias del equipo de Daniel:

Mark Redding está libre de sospecha. Tienen una copia archivada del formulario que envió confirmando que destruyó su certificado de armas de fuego. Al parecer, vendió su rifle a un amigo dentro del período de siete días después de ser condenado por conducir ebrio, y también tienen el registro correspondiente del comprador.

—¿Qué hay de Clive Workman?

—No tienen nada en el archivo que sugiera que haya solicitado otra licencia después de perder la original tras esa pelea, ni que haya tenido problemas desde entonces. Su coartada también se confirmó.

—Maldita sea. —Sopló su flequillo de sus ojos—. No podemos tener un respiro, ¿verdad?

—Solo es cuestión de tiempo, jefa.

Kay arrugó el envoltorio de su sándwich y lo lanzó a la papelera debajo de su escritorio. —Necesitamos probar otro enfoque. Solo hemos mirado un grupo demográfico hasta ahora, y creo que es hora de ampliar la búsqueda.

—¿Tampoco están teniendo suerte en Northfleet?

—No parece que la tengan. No según la última actualización de Sharp, de todos modos.

—¿También están investigando el aspecto de las armas ilegales?

—Absolutamente. Mientras tanto, tenemos que eliminar todas las armas de fuego legales. No podemos simplemente descartar que nuestro sospechoso sea un propietario legítimo de un arma hasta que sepamos lo contrario.

—¿Qué estás pensando?

Se puso de pie, se estiró los hombros y luego le hizo un gesto para que la siguiera.

Después de cruzar la habitación hasta la pizarra, se tomó un momento para leer las últimas notas que Barnes había añadido, y luego se volvió hacia su colega.

—Daniel me dijo que hay varios grupos de personas que se consideran bajo el proceso de eliminación de "razón válida" para los certificados de armas de fuego. Hasta ahora, hemos ignorado los grupos de interés especial, así que quiero examinarlos.

Barnes frunció el ceño. —¿Como quiénes, jefa?

—Grupos de recreación histórica, colecciones privadas… —Hizo una pausa—. Ya hemos cubierto los clubes de tiro al blanco en la primera ola de investigaciones para obtener listas de miembros y hemos eliminado a la mayoría de ellos.

—¿Contamos los museos dentro de esas colecciones privadas?

—Podríamos hacerlo. Incluso si nuestra víctima y su asesino no fueran empleados de estos lugares, podrían ser conocidos por ellos. —Bajó la voz, viendo la duda en sus ojos—. Tenemos que intentarlo, Ian. Nos estamos quedando sin opciones.

—Lo sé —murmuró—. De acuerdo. ¿Cómo quieres dividir el trabajo?

—Espera. —Kay miró más allá de él hacia donde Laura estaba de pie en la puerta hablando con Daniel, y le hizo señas para que se acercara, luego vio al agente Kyle Walker pasar con dos cajas de papel en sus brazos—. Kyle, ¿qué estás haciendo en este momento?

Él sonrió. —Siendo mandoneado por Debbie, jefa. Lo está disfrutando.

—Me lo imagino. Dile que necesito mandonearte yo por un rato.

—Lo haré.

Esperó hasta que se unió a ellos, y luego expuso su plan. —Laura, ¿tú y Daniel habéis averiguado si alguien con un arma de fuego con licencia ha reportado un robo en las últimas semanas?

—A todos los que nuestro equipo entrevistó se les pidió que revisaran sus armarios de armas, y no tenemos nada reportado como desaparecido —dijo la agente.

—Bien, quiero pasar el día llenando los vacíos con respecto a las armas con licencia —explicó Kay—. No descartaremos las armas de fuego ilegales, pero necesitamos asegurarnos de que nuestro sospechoso no sea alguien con fácil acceso a un arma de fuego. Por eso me gustaría que ambos liderarais un equipo especial y examinarais a los miembros de grupos locales de recreación histórica y museos. Sin embargo, concentraos en las armas de mayor calibre, porque Zachary Taylor ha confirmado que las rondas eran .308. Barnes, tú estás conmigo: comenzaremos con las colecciones privadas más grandes que no han sido cubiertas por la revisión inicial de Laura y Daniel.

—¿Cómo nos ayuda esto a identificar a la víctima, jefa? —dijo Kyle, frunciendo el ceño—. Si no te importa que pregunte, claro.

—Para nada. Aunque a Sharp se le ha encargado liderar el equipo de búsqueda y arresto, aún necesitamos averiguar cuál es la conexión entre el asesino y nuestra víctima —dijo Kay—. Sharp estará haciendo lo mismo:

algo los vincula, así que tenemos que mirar esto desde todos los ángulos.

Esperó mientras terminaban de actualizar sus notas, y luego extendió la mano para agarrar la manga de Phillip Parker mientras pasaba. —¿Alguna novedad de personas desaparecidas sobre nuestra víctima?

El agente negó con la cabeza. —Nadie que coincida con la descripción de los desaparecidos existentes en la base de datos, o en la de la organización benéfica nacional, jefa, y tampoco ha habido nuevos informes desde el incidente del miércoles.

—Nuestra víctima podría ser alguien sin familia, entonces —sugirió Laura mientras Parker regresaba a su escritorio.

—Aun así, esperarías que tuviera amigos que lo reportaran como desaparecido —dijo Barnes—. No tiene ningún sentido.

—Nada de esto tiene sentido —murmuró Kay. Miró el reloj en la pared sobre la impresora—. Vamos a ponernos manos a la obra. Nos reuniremos de nuevo aquí para el informe de esta tarde. Con suerte, para entonces, tendremos alguna información para compartir con el equipo de Sharp en la sede central.

CAPÍTULO 16

Kay se puso las gafas de sol y se pasó la mano por el pelo para liberar los mechones rebeldes que se habían enganchado en una de las patillas, y comprobó el GPS del salpicadero.

Setos enmarañados y descuidados abarrotaban el coche de la comisaría por ambos lados, mientras el estrecho y serpenteante camino se alejaba de la carretera principal de Staplehurst.

Frenó en lo alto de una pronunciada pendiente, reduciendo la velocidad para negociar un giro brusco a la izquierda, y luego el coche traqueteó al cruzar una rejilla metálica para ganado.

Aparecieron mechones de hierba entre las grietas del asfalto y ella zigzagueó para evitar los peores baches a ambos lados mientras un conejo cruzaba la carretera frente a ella.

—Uno pensaría que el ayuntamiento haría algo con estos malditos agujeros —refunfuñó Barnes, levantando la vista de su móvil—. Mira el estado en que está.

Kay sonrió. —Dejamos la carretera del ayuntamiento hace medio kilómetro. Todo esto es propiedad privada.

Barnes bajó su móvil, con la mandíbula caída mientras paseaba la mirada por el bosque a ambos lados del coche, con la luz del sol filtrándose entre las hojas que empezaban a adquirir un tono dorado.

—Maldita sea. Sabía que este tipo era dueño de algunas tierras, pero no me di cuenta de que era tanto.

—Espera a ver la casa.

Una segunda rejilla para ganado sacudió la suspensión, y entonces la espesa franja de robles y carpes dio paso a los prados. Kay cambió de marcha, reduciendo la velocidad a paso de hombre mientras admiraba el pequeño rebaño de ciervos que pastaba a su izquierda.

El asfalto lleno de baches fue reemplazado por una superficie más nueva y se ensanchó cuando el camino de entrada giró hacia la izquierda, y ella sonrió ante el mal disimulado jadeo de su colega.

Frente a ellos se alzaba una imponente casa catalogada como Grado II de finales del siglo XVII, anidada entre ondulantes prados que lindaban con los campos.

Altas chimeneas de piedra se elevaban hacia el cielo desde cada extremo del tejado a dos aguas, con la luz de la tarde reflejándose en las ventanas superiores.

—¿No dijiste que este tipo tenía unos cuantos cobertizos? —dijo Barnes, finalmente recuperándose de su asombro.

Kay se rio. —Los tiene. Están detrás, fuera de la vista.

—¿Y quién dijiste que era?

—Porter MacFarlane. Ha estado suministrando accesorios y equipos a compañías de producción de cine y televisión durante los últimos cuarenta años. Las cosas grandes también: carruajes tirados por caballos y cosas así. Si tú o Pia han visto un drama histórico últimamente, es probable que hayan visto parte de la colección de Porter en uso. —Apagó el motor—. Y tiene un negocio de armería que suministra armas. Muchas armas.

—Ah, ya veo.

—Así es como lo conocí. Cada vez que una compañía de producción quiere filmar una escena con armas, tienen que notificárnoslo con antelación para evitar problemas. Cosas como que los ciudadanos se asusten pensando que es una situación real y nos llamen para solucionarlo. Me pidieron que diera apoyo en un drama de televisión hace unos años y me puse a charlar con él.

Bajando del coche, los guio hacia el enorme porche delantero donde un hombre robusto de unos sesenta años con una mata de pelo blanco esperaba junto a las puertas de roble abiertas, formándose una amplia sonrisa mientras ella se acercaba.

—Kay, qué encantador verla. —Le estrechó la mano—. Lamento mucho enterarme del ataque a Adam. ¿Cómo está?

—Está bien ahora, gracias Porter. Ese rebaño suyo ha crecido desde la última vez que lo vi.

—Algunas adiciones de un centro de rescate local. Dos de ellos eran demasiado jóvenes para ser liberados en la naturaleza. —Esbozó una sonrisa indulgente—. Están más seguros aquí, al menos.

Kay se volvió hacia Barnes, presentándolo. —Porter es un poco diferente a algunos de los otros terratenientes locales de por aquí. Permite activamente que los ciervos deambulen por su propiedad en lugar de dejar que alguien los cace.

—De ahí que conozca a su Adam. —Barnes estrechó la mano del hombre.

—¿Son ustedes de la policía?

Kay miró más allá de MacFarlane cuando un hombre delgado de unos veintitantos años apareció en la puerta principal, bajándose las mangas de la camisa y enderezándose la corbata mientras caminaba hacia ellos.

—Ah, detective Hunter, le presento a mi hijo, Roman.

Ella asintió al recién llegado. —Estamos aquí para hacerle a su padre algunas preguntas generales en relación con una investigación en curso.

—Entiendo que también tiene una considerable colección de armamento —añadió Barnes.

—Ah, sí. No era una visita social, ¿verdad? —La sonrisa de MacFarlane se desvaneció—. ¿Quieren echar un vistazo?

—Gracias, Porter. —Kay hizo sonar las llaves en su mano—. ¿Deberíamos seguirlo hasta los cobertizos?

—No es necesario. —El hombre señaló hacia un carrito de golf de gran tamaño aparcado junto a los escalones de entrada—. Suban a ese, y los llevaré. Puedo darle a su colega un recorrido por el lugar al mismo tiempo.

Kay reprimió un suspiro, sabiendo cuánto disfrutaba el hombre de su trabajo. —El recorrido *corto*, Porter. Ya he visto cuántas cosas tiene, y desafortunadamente no tenemos todo el día.

—Entendido.

—No olvides que tenemos esa videoconferencia con el

productor de Manchester —dijo Roman—. Ya hemos tenido que posponerla una vez.

—Estaré allí —dijo MacFarlane, haciendo un gesto con la mano a su hijo por encima del hombro mientras arrancaba el carrito—. No te preocupes.

Cinco minutos después, el carrito de golf se detuvo frente a dos cobertizos de chapa ondulada, cada uno del tamaño de un pequeño hangar de aviones y proyectando sombras sobre una explanada de hormigón muy desgastada.

—La forma más rápida es a través del cobertizo de vehículos —dijo MacFarlane, lanzando una mirada de disculpa a Kay—. Lo siento.

—¿Por qué se disculpa? —susurró Barnes mientras esperaban a que el dueño de los accesorios encontrara la llave correcta de un manojo que sacó del bolsillo.

—Probablemente porque sabe cuál va a ser tu reacción cuando veas lo que tiene aquí —respondió ella—. Solo recuerda que tenemos que estar en el otro lugar a las cuatro en punto, de lo contrario habrán cerrado antes de que podamos hablar con el conservador.

—Aquí vamos. —MacFarlane guardó las llaves y abrió una puerta pequeña en un lado de las grandes puertas—. Esperen un momento, hay un interruptor de luz justo… Ah, ahí está.

Kay parpadeó cuando una serie de luces se encendieron en las vigas altas sobre su cabeza.

Cuatro filas de diversos carruajes, vehículos y bicicletas llenaban el espacio hasta donde alcanzaba la vista, con un ligero olor a humedad en el aire. Motas de polvo brillaban a su alrededor a pesar de la pintura y el cromo muy pulidos, evidencia de que la colección se mantenía más que usarse regularmente.

Su mirada se posó sobre un carruaje del siglo XVIII restaurado a su derecha.

—Lo ha repintado —dijo mientras seguían a MacFarlane por el extremo izquierdo.

—Sí, para un trabajo en Northumberland en marzo —respondió MacFarlane, con un dejo de disgusto en la voz—. El director insistió mucho, aunque le dije que los colores no eran consistentes con la época. Al parecer, quería que se viera *bonito*.

Kay observó cómo la mandíbula de Barnes caía al ver un Lancia clásico.

—¿Cuántos años tiene? —logró articular.

—Principios de los años cincuenta. Uno de los pocos que quedan en el país —respondió MacFarlane, hinchando visiblemente el pecho—. Lo he llevado al Goodwood Revival un par de veces en el pasado. Hace mucho tiempo, eso sí. Hoy en día solo lo saco para ocasiones muy especiales.

—¿No lo alquila para bodas, entonces?

—Ni lo mencione, muchacho.

—Los rifles, Porter —le recordó Kay con una sonrisa.

—Oh, sí. Por aquí.

Barnes se apartó del coche clásico a regañadientes y se puso al paso de ella mientras el propietario del atrezo se apresuraba hacia el fondo del cavernoso espacio.

El final del cobertizo parecía más corto por dentro que por fuera, una peculiaridad de diseño que pronto se reveló cuando MacFarlane usó una segunda llave para abrir una puerta interior.

Una ráfaga de aire cálido envolvió a Kay, evidencia de que la sala de seguridad era hermética y estaba calentada por los confines del techo reforzado que protegía la colección.

Al cruzar el umbral, Kay recorrió con la mirada las filas de armarios de acero que cubrían las paredes. Un gran banco de trabajo ocupaba el espacio en el centro de la habitación, con una serie de herramientas alineadas a un lado y el inconfundible olor a aceite de armas en el aire.

—Bien, empecemos —dijo ella—. Dijo por teléfono que todo está donde debe estar, ¿verdad?

—Absolutamente —dijo MacFarlane, abriendo el primer armario para revelar tres filas de rifles de asalto similares a los que había visto usar a Paul Disher y sus colegas el miércoles por la noche—. No hemos tenido una solicitud de armas desde mayo, y la próxima producción programada no requiere nuestros servicios hasta enero.

—¿Su trabajo es siempre durante el invierno? —preguntó Barnes.

—Generalmente, sí. Es más tranquilo, ¿sabe? Hay menos gente alrededor, así que es más fácil para los equipos de filmación trabajar sin interrupciones.

—¿También entrena a los actores? —preguntó Barnes mientras MacFarlane cerraba la puerta del armario y esperaba a que se abriera el siguiente.

—A veces hacemos que los actores vengan aquí primero, especialmente si nunca han manejado un arma antes —respondió, arrugando la nariz—. No hay nada peor que ver a alguien sosteniendo un arma de manera incorrecta. Puro Hollywood, en mi opinión.

—¿Tiene a alguien trabajando con usted?

—Solo mi hijo mayor, Roman, a quien conocieron en la casa. Él se ha hecho cargo de todo el trabajo administrativo, lo que me libera tiempo para reunirme con clientes potenciales y llevar las armas a donde se necesiten para el rodaje. —MacFarlane se movió al siguiente armario—. Con todos los servicios de streaming disponibles, hay una gran demanda de contenido, así que nunca nos falta trabajo.

—Pero no ha tenido nada desde mayo, dijo.

Una sonrisa afable cruzó el rostro del hombre. —Así es. Está un poco tranquilo en este momento, pero estoy seguro de que pronto repuntará. Siempre es así en este negocio.

—¿Somos los únicos visitantes que ha traído aquí recientemente? —preguntó Kay.

—Son los únicos que han visto la colección en los últimos cuatro meses.

—¿No le muestra todo esto a los clientes potenciales, entonces?

—No, la mayoría sabe lo que quiere y simplemente me dice cuándo y dónde. Si no están seguros y quieren ver algo, entonces me reúno con ellos en la casa y traigo tres o cuatro armas de aquí para mostrárselas. —MacFarlane hizo una pausa y sacó un desgastado portátil de un estante entre dos armarios—. Mantenemos un sistema de inventario aquí, y registramos todo lo que se saca de esta habitación. Incluso las muestras que les enseño a mis clientes se registran para que sepamos dónde está cualquier arma en todo momento.

—Algo así como nuestros registros de evidencia.

—Exactamente.

—Necesitaremos una nota de los últimos visitantes —dijo Kay—. Solo para descartarlos.

—Sin problema. Le enviaré sus datos de contacto por correo electrónico cuando vuelva a la oficina. Era una pequeña productora de Leeds.

—Hay una última cosa, Porter, y es algo que le estamos preguntando a todos: ¿dónde estaba entre las ocho y la medianoche del miércoles?

Los ojos del hombre se abrieron de par en par, sus mejillas se sonrojaron y luego balbuceó. —¿Están…? Por supuesto que hablan en serio. Lo siento. Sí, puedo dar cuenta de mi paradero. Estaba aquí, teniendo una videollamada tardía con un colega en Los Ángeles que está enviando uno de mis carruajes a Nueva Inglaterra para una película la próxima semana. Les enviaré los detalles si quieren.

—Gracias, Porter. Lo aprecio.

Después de veinte minutos, el armero cerró la puerta del último armario y se limpió una gota de sudor de la frente con un pañuelo de algodón.

—Vamos a tomar un poco de aire fresco —dijo con una sonrisa.

Barnes le dio una última mirada anhelante al Lancia cuando pasaron junto a él, y luego sacudió la cabeza maravillado mientras Kay le sonreía.

—Ahora entiendo por qué no dejaste que ninguno de los otros viniera aquí —murmuró—. No los habríamos visto en horas.

—Gracias de nuevo por su tiempo esta tarde, Porter —dijo Kay cuando llegaron a la puerta.

—No hay problema en absoluto. Espero que atrapen al

bastardo. —Cerrando el cobertizo, MacFarlane se metió las llaves en el bolsillo y señaló hacia el carrito de golf—. ¿Vamos?

—Solo una pregunta final —dijo Barnes—. Esas llaves. ¿Son el único juego?

—Ciertamente lo son. Y si no las tengo conmigo, se guardan en una caja fuerte ignífuga en la parte trasera de mi armario. —MacFarlane esbozó una sonrisa sombría—. No nos arriesgamos aquí, detective.

CAPÍTULO 17

Laura lanzó una mirada de reojo a Kyle Walker mientras el alto agente de policía salía del coche y entornaba los ojos ante la serie de naves industriales y patios cercados a ambos lados de la carretera privada.

Una fila de enormes camiones articulados estaba aparcada uno al lado del otro al otro lado de una valla de malla metálica, con carteles fijados a la valla a intervalos regulares que advertían sobre cámaras de videovigilancia y alarmas, y en la distancia el siseo y el escupitajo de una manguera de aire en funcionamiento resonaban contra el muro de ladrillo junto a ella.

Más allá de ese negocio, una excavadora mecánica rugía y gemía dentro de los confines de un patio de construcción, su conductor haciendo girar la máquina con tanta destreza como una bailarina mientras trabajaba moviendo una pila de lastre de un lado a otro.

El rugido del tráfico en Sittingbourne Road sustentaba todos los demás ruidos, y se preguntó cómo los trabajadores en las oficinas más allá del polígono industrial lograban concentrarse.

Especialmente con el ruido de la pista de entrenamiento de vehículos pesados al final de la carretera.

De repente, la sala de incidentes con vistas a Palace Avenue no parecía tan mala después de todo.

—Creí que habías dicho que este tipo era un experto en historia de la Segunda Guerra Mundial —dijo Kyle, observando cómo un conductor en prácticas pasaba a toda velocidad por la pista. Hizo una mueca cuando el hombre cambió bruscamente las marchas del tractor mientras el remolque detrás se sacudía de manera alarmante—. ¿No te dijo que estaba reconociendo algunos edificios hoy? No veo nada tan viejo por aquí.

Laura sonrió, luego señaló la entrada de un sendero a pocos metros de distancia.

—Dijo que si seguimos ese camino, lo encontraremos.

—Guía el camino, entonces.

El sendero era poco más que piedras sueltas y tierra, pero al menos estaba seco.

Después de unos metros, el muro de ladrillo dio paso a una valla de alambre que ofrecía una vista clara a través de la amplia extensión de la pista de pruebas.

Durante los meses de verano, el lugar se utilizaba para exposiciones y ferias al aire libre, la extensión de césped llena de miles de personas de todo el condado y más allá.

Sonrió, recordando las asignaciones como agente uniformada ayudando a manejar las multitudes que se agolpaban en las puertas de entrada día y noche.

En pocos pasos, el sendero dio paso a un camino

embarrado y cubierto de maleza que serpenteaba alrededor de la parte trasera del viejo aeródromo y hacia una zona boscosa. A pocos metros, divisó grandes trozos de hormigón desechado y muros rotos cubiertos de musgo, con raíces de árboles arrastrándose como dedos posesivos sobre las estructuras en descomposición.

Haciendo una pausa por un momento, levantó la mano hacia Kyle y bajó la voz.

—No me gusta esto. Dijo que nos encontraría aquí, pero esto se siente raro.

Las facciones bronceadas de Kyle palidecieron.

—¿Crees que esto es una trampa? Podría ser nuestro sospechoso. Quiero decir, estamos a solo unos kilómetros del White Hart.

—Sonaba bien por teléfono.

Su colega resopló por lo bajo.

—Dicen que los peores asesinos en serie son las personas más educadas que podrías conocer.

Laura tragó saliva, luego sacó su móvil y comprobó la señal.

Una barra vacilaba en la esquina superior izquierda de la pantalla.

—Hay alguien allí, junto a ese montón de piedras.

Miró hacia donde Kyle señalaba mientras un hombre calvo de mediana edad vestido con vaqueros y una sudadera verde oscuro emergía de lo que parecía ser un agujero en el suelo.

Levantó una mano en señal de saludo, se puso un desgastado sombrero de lona en la cabeza y atravesó la hierba alta hacia ellos.

—¿Son ustedes los detectives? —gritó.

—Sí. —Laura esperó hasta que estuvo más cerca, y luego levantó su placa e hizo las presentaciones.

—Elliott Windlesham —dijo él—. Entiendo que querían hablar conmigo sobre armas. Supongo que esto es sobre el tiroteo que salió en las noticias.

Laura exhaló, observando la apariencia desaliñada del hombre.

No parecía un asesino, y su alegre saludo alivió un poco sus temores.

—Así es, sí. Solo queríamos hacerle algunas preguntas sobre los miembros de su club.

Windlesham echó los hombros hacia atrás.

—Puedo asegurarle, detective, que todos son miembros respetables de sus respectivas comunidades, y nos tomamos la seguridad muy en serio.

—Estoy segura de que lo hacen —dijo Laura en tono tranquilizador—. Sin embargo, como comprenderá, tenemos que asegurarnos de haber hablado con todos en el área que tienen acceso a armas de fuego.

—Por supuesto. —El hombre se relajó un poco, luego dio una tímida sonrisa—. ¿Les importa si continúo trabajando mientras me hacen sus preguntas? Como dije por teléfono, estoy corto de tiempo y si no termino esto hoy, es posible que no tenga otra oportunidad hasta la primavera.

—¿Qué es lo que está haciendo? —dijo Kyle.

—Detección de metales alrededor de este viejo búnker. —La sonrisa de Windlesham se ensanchó—. No se ha hecho en un tiempo, y los propietarios de los terrenos de alrededor no suelen darnos la oportunidad de explorar.

Laura miró hacia donde el hombre había surgido y frunció el ceño.

La antigua estructura defensiva de la guerra era irreconocible comparada con los edificios en forma de caja que había visto esparcidos por el campo de Kent: la pared frontal se había derrumbado hacia adelante y ahora estaba enterrada bajo un antiguo tronco de árbol, y un retoño de fresno sobresalía a través de lo que quedaba del techo.

—¿Espera encontrar algo?

—El suelo puede cambiar con el tiempo, así que tengo la esperanza de poder desenterrar algunos nuevos hallazgos para el museo. Ya no les gusta que entremos por si se derrumba el resto, pero no pude resistir echar un vistazo —dijo, y guiñó un ojo.

—Bueno, intentaremos no apartarlo demasiado tiempo de sus exploraciones. —Laura asintió a Kyle mientras sacaba su libreta de su chaleco utilitario—. En primer lugar, ¿podría decirnos dónde estaba el miércoles por la noche entre las ocho y la medianoche?

Windlesham juntó las manos detrás de la espalda.

—Estaba presidiendo la reunión mensual de nuestro grupo histórico en el salón del pueblo en Detling. Bastante lleno, además, siempre es reconfortante verlo. Algunos meses, solo vemos a media docena, pero tuvimos un orador invitado del Ministerio de Defensa. Fascinante.

—¿Y a qué hora salió del salón del pueblo?

—Para cuando recogimos todo, eran casi las diez y media. Después de eso, yo y otros dos miembros del club fuimos a tomar una copa en Thurnham de camino a casa. Llegué alrededor de las once y diez; mi esposa puede confirmarlo. Estaba viendo el final de una comedia romántica en la tele.

—Si pudiera darnos también los nombres de las personas con las que salió a tomar una copa, por favor.

Esperó mientras él desplazaba la pantalla de su móvil para encontrar los números. —¿También está usted involucrado con uno de los grupos de recreación histórica aquí? ¿Alguno de sus miembros tiene licencias de armas de fuego?

—Sí, yo y otros cuatro tenemos licencias. Solo usamos los rifles para demostraciones con munición de fogueo. Todo se mantiene bajo llave en mi casa.

—¿En Detling?

—Sí. El armero está en la antigua habitación de mi hijo. Se fue de casa hace unos cinco años para estudiar en Estados Unidos y nunca regresó... Sospecho que se está divirtiendo demasiado.

Sonrió, pero Laura pudo percibir la soledad detrás del comentario.

—¿Ha habido algún problema con los miembros del club recientemente, señor Windlesham?

—No, no que yo haya notado.

—¿Qué tal discusiones o desacuerdos?

Negó con la cabeza. —No, nada de eso. Solo somos quince, y únicamente cuatro con licencias de armas. No somos suficientes, y no nos reunimos con la frecuencia necesaria como para que alguien tenga motivos para pelearse, supongo.

—¿Alguien más tiene acceso a ese armero? —preguntó Kyle, sonrojándose al cruzar su mirada con la de ella.

Ella negó ligeramente con la cabeza; no le importaba quién hiciera las preguntas, siempre y cuando obtuvieran las respuestas que necesitaban.

—Ni siquiera mi esposa —dijo Windlesham—. Los otros muchachos no tienen un lugar lo suficientemente seguro para guardar sus rifles, por eso están todos en mi casa. Su equipo de armas de fuego está al tanto de la situación; los he mantenido informados sobre la colección.

—Y se lo agradecemos —dijo Laura. Levantó la barbilla cuando una brisa fresca agitó las ramas sobre su cabeza—. Al igual que su tiempo esta tarde. Lo dejaremos antes de que oscurezca.

—Gracias. Espero que atrapen al bastardo. —Windlesham se estremeció—. No quiero ni pensar en un hombre deambulando por ahí disparando a la gente así. Simplemente no sucede por aquí, ¿verdad?

—Estamos haciendo todo lo posible. Gracias de nuevo.

Mientras caminaba de regreso por la maleza hacia el sendero, Laura luchó contra su frustración al reproducir la conversación en su mente.

No creía que el entusiasta de la recreación histórica pudiera ayudar con su investigación, pero aceptó la tarea como una que debía realizarse para eliminar a cualquiera que pudiera tener conocimiento de su sospechoso o de su víctima.

—Espero que los demás hayan tenido más suerte que nosotros —refunfuñó Kyle a su lado.

Laura sonrió mientras pasaban nuevamente por la pista de pruebas, divisando el vehículo policial al final del camino.

—Yo también. Así es como van las cosas a veces, ¿no?

—Demasiado a menudo.

Atrapó las llaves que él le lanzó. —Vamos bien de tiempo. ¿Te apetece parar a tomar un café de camino a la comisaría?

—Pensé que nunca lo preguntarías.

CAPÍTULO 18

El estrecho camino estaba tranquilo cuando Kay le agradeció a Barnes por llevarla a casa y cerró la puerta del pasajero.

Observó hasta que las luces traseras de su coche desaparecieron al doblar la curva junto a la casa de secado de lúpulo convertida, y luego rebuscó en su bolso las llaves y se arrastró por el camino de entrada hacia la puerta principal.

Le dolía la espalda, tenía el trasero entumecido por estar sentada en una videoconferencia de dos horas con la sede central, y sus pensamientos empezaban a arremolinarse uno tras otro con toda la información que intentaba procesar.

La puerta principal se abrió antes de que pudiera insertar la llave, y sonrió.

Adam Turner, su pareja desde hacía más de una década, sostenía una copa de vino en una mano y lucía una sonrisa traviesa.

—Supuse que necesitarías esto.

Se quitó los zapatos junto a las escaleras, cerró la puerta principal y suspiró, disipándose parte del estrés de los últimos tres días.

—No te equivocas —dijo, entrando en su abrazo. Hundiendo la nariz en su camiseta, cerró los ojos—. Estoy agotada.

—Barnes dijo que venías de camino a casa. He preparado un baño y he hecho sopa antes. —Le apretó los hombros y luego le besó la coronilla—. Venga, sube. Subiré en un rato para asegurarme de que no te hayas quedado dormida en el agua.

—Te debo una. —Frunció el ceño cuando se separaron—. ¿Qué es ese olor?

—Un pequeño incidente con una vaca preñada esta mañana. Solo estoy esperando a que termine la primera carga en la lavadora y luego lavaré mi mono de trabajo.

Kay arrugó la nariz. —Caca.

—Y lo demás —sonrió—. Venga, sube.

Cinco minutos después, Kay estaba sumergida en agua caliente, con burbujas hasta las orejas y su copa de vino colocada a su lado.

A pesar de la advertencia de Adam sobre no quedarse dormida, cerró los ojos.

Podía oírlo abajo, el zumbido de la secadora comenzando momentos antes que la lavadora, y luego él silbando una melodía de uno de los programas de televisión que habían visto compulsivamente durante el verano.

Todo normal, y todo un marcado contraste con la realidad que la esperaba en unas horas.

—Sabía que te quedarías dormida.

Sus ojos se abrieron al instante, sus manos chapoteando en el agua mientras se estabilizaba antes de dirigir una mirada culpable a Adam.

Él estaba asomado por la puerta, sonriendo. —Esa agua debe estar fría ya. Ven a tomar un poco de sopa; no le servirás a nadie mañana si te vas a la cama con hambre.

En respuesta, su estómago rugió y él puso los ojos en blanco.

—Fuera —dijo, riendo mientras desaparecía, sus pasos resonando en las escaleras.

Kay sonrió mientras se secaba con la toalla y luego se ponía unos vaqueros viejos y una sudadera mientras el agua se iba por el desagüe.

Cuando entró en la cocina, Adam estaba sirviendo sopa de tomate y albahaca en dos cuencos en la encimera central, con un trozo de pan crujiente en platos a su lado.

Enjuagó su copa de vino, se sirvió un poco de agua y se hundió en uno de los taburetes de la barra, cogiendo una cuchara.

—¿Te he dicho cuánto te quiero? —dijo.

—Lo has hecho, y yo te quiero a ti. —Se sentó frente a ella y tomó un sorbo de vino—. ¿A qué hora tienes que entrar mañana?

—A las seis y media. También estoy de guardia.

—¿Alguna novedad?

Negó con la cabeza entre bocados. —Nada aún. Creen que es un incidente aislado y que quien disparó a nuestra víctima se ha escondido.

—Eso es algo, supongo. ¿Definitivamente no fue un tiroteo al azar, entonces?

—Parecía que se conocían; quiero decir, estaban

bebiendo juntos en el pub antes de que sucediera. —Partió más de su pan y lo pasó por la sopa—. ¿Cómo es que estás despierto tan tarde?

—¿Aparte de por lavar la mierda de vaca de mi ropa, quieres decir? —sonrió—. Estaba viendo una película antigua de los ochenta en la tele, y luego pensé que tendrías hambre cuando llegaras. Cenar esta noche me ahorra preocuparme por el desayuno de todos modos; tengo un cliente que viene temprano mañana a la clínica con un Spaniel que está hospedado con nosotros por unos días.

Kay tragó lo último del pan y miró alrededor de la cocina. —Me sorprende que no haya nada aquí para recibirme.

—Honestamente, después de las vacas esta semana, no tengo energía. —Se pasó una mano por los rizos oscuros, sus ojos cansados—. Si surge algo, he acordado con Scott que él se encargará. Tal como están las cosas, tengo que intentar ponerme al día con las visitas a la granja que se suponía que iba a hacer hoy.

Bostezando, Kay recogió su cuenco junto con el de él, los puso en el lavavajillas y luego se tambaleó de vuelta a donde él estaba sentado.

—Esto no va a sonar muy salvaje —dijo, echando los brazos alrededor de sus hombros—. Pero ¿te apetece acostarte temprano?

—Sí. —Se rio—. Dios, nos estamos haciendo viejos.

CAPÍTULO 19

Ian Barnes se frotó la mano por la mandíbula recién afeitada y miró con el ceño fruncido a la pantalla de su ordenador.

La brillante luz matutina se colaba a través de las persianas de las ventanas de la sala de incidentes, calentándole la espalda y suavizando el resplandor de las bombillas LED del techo.

La conversación a su alrededor estaba amortiguada en ese momento, el volumen aún no había alcanzado el nivel que tendría una vez que todos los demás llegaran para comenzar sus turnos dentro de una hora. El actual tono de fondo proporcionaba un relajante ruido blanco mientras él leía por encima los nuevos correos electrónicos, su mirada pasando del ordenador al teléfono y viceversa.

Parpadeó para contrarrestar la arenilla bajo sus párpados, lamentó el hecho de haber pasado la mayor parte de la noche despierto y se preguntó cómo le estaría yendo a Gavin en la sede central.

—¿Sin noticias?

Levantó la vista cuando Kay dejó caer una bolsa de papel bajo su nariz, el inconfundible aroma de un sándwich de beicon le hizo la boca agua.

—Aún no, y gracias.

Ella se movió alrededor de su escritorio, encendiendo su ordenador. —¿A qué hora llegaste?

—Hace como media hora. Pensé que así evitaría el tráfico. —Hizo una pausa, abriendo la bolsa y dando un bocado al sándwich antes de señalar su pantalla—. Además de intentar adelantarme con estos.

—¿Algo útil?

Negó con la cabeza, luego miró su reloj. —¿A qué hora esperas a Sharp?

—Ahora.

Barnes dio un respingo al oír la voz.

El comisario sonrió mientras se sentaba en el escritorio de Kay. —Supongo que no tendrás más de esos por ahí, ¿verdad?

—Lo siento, jefe, no. —Miró hacia la puerta—. Puedo ir a buscarte algo si quieres.

—No te preocupes, sobreviviré. —Sharp se encogió de hombros—. Además, Rebecca está intentando que me porte bien.

Barnes tragó, luego tiró el envoltorio a la papelera debajo de su escritorio. —¿Alguna noticia sobre la búsqueda de esta mañana, jefe?

—No, y si no conseguimos un avance hoy, los medios nos crucificarán en la rueda de prensa de esta tarde. Supongo que aún no habéis tenido éxito en averiguar quién es la víctima, ¿verdad?

—Todavía no, pero estamos a punto de comenzar la

reunión informativa si quieres unirse a nosotros —dijo Kay—. Al menos así tendrás la última actualización antes de volver a Northfleet. Hay mucha información llegando de diferentes equipos; todos estuvimos fuera ayer entrevistando a propietarios de armas con licencia.

—Suena bien. —Sharp se puso de pie—. Daré una vuelta y hablaré con algunas caras conocidas mientras reunís a todos.

Veinte minutos después, Kay había repasado con su equipo la agenda de la mañana, asignado tareas para el día y estaba terminando la reunión cuando vio a Barnes levantar la mano.

—Estuve pensando anoche, jefa…

—Me alegro de no ser el único que no durmió mucho.

Un murmullo de risas llenó la sala, y ella le dirigió una sonrisa cómplice a uno de los agentes. Todos ellos habían estado trabajando largas horas desde la noche del miércoles, y sin embargo, sabía que ninguno descansaría hasta que el asesino de la víctima estuviera bajo custodia.

—Y tienes razón —continuó Barnes—. Lo que me preocupa es que hemos agotado la lista de propietarios legales de armas, y nadie ha planteado ninguna preocupación importante. Hemos dado un par de advertencias sobre la antigüedad de sus armeros, pero todos con los que hemos hablado nos han dado una coartada, y no hemos visto nada que sugiera que falten armas. Eso nos deja con las armas ilegales.

Observó cómo Kay se apoyaba en un escritorio cercano como para estabilizarse, su mirada permanecía fija en la pizarra y su red de notas y fotografías.

—Parece que tú y yo hemos estado teniendo las

mismas pesadillas —dijo finalmente—. Y si tenemos razón, entonces se amplía el alcance del motivo también. Hasta que no sepamos quién es nuestra víctima, no podemos descartarlo.

—Puedo ayudarles con eso, jefa.

Barnes giró en su asiento al oír la voz de Kyle Walker resonando por la sala de incidentes.

El agente sostenía su portátil en el hueco del brazo, con emoción en los ojos.

—¿Qué tienes? —dijo Kay.

—Acabamos de recibir un correo electrónico de Lucas Anderson. Ha recibido respuesta de su experto en ortodoncia, y tienen una coincidencia para nuestra víctima.

La sala de incidentes explotó con voces mientras el equipo comenzaba a hablar al mismo tiempo, hasta que Kay levantó la mano.

—Silencio. —Esperó hasta que el ruido disminuyera, luego se volvió hacia Kyle—. ¿Quién es?

—Un hombre de treinta y cuatro años llamado Dale Thorngrove. Hicieron coincidir las muestras con los registros dentales de una clínica en Sevenoaks. Tuvo que ponerse un implante hace tres años después de perder un diente delantero en una pelea fuera de un pub en Rochester.

Barnes abrió su libreta y anotó los detalles. —¿Tienes el nombre del dentista que hizo el trabajo?

—Te lo enviaré por correo electrónico ahora —dijo Kyle.

—Gracias, los llamaré para averiguar si tienen una nota del pariente más cercano y una dirección de Thorngrove.

—Iré contigo cuando hables con ellos. —Kay ya estaba actualizando la pizarra, y miró por encima del hombro cuando Sharp pasó detrás de ella—. ¿Te vas?

El comisario tenía el móvil en la oreja y asintió. —Actualizaré a mi equipo allí, y comenzaremos a investigar esa pelea en el pub de hace tres años. Podríamos averiguar el nombre de nuestro sospechoso de esa manera.

—Te llamaré más tarde. —Volvió su atención a sus oficiales—. Bien, más acciones para hoy. Laura, ¿puedes conseguir una buena foto de Thorngrove que podamos usar, y luego llevar a Kyle contigo y hablar con Len Simpson en el White Hart? Tal vez la foto ayude a refrescar su memoria sobre si lo ha visto antes de la noche del miércoles. Ian, hablaremos primero con el dentista para obtener los detalles del pariente más cercano y luego entrevistaremos a la familia. Debbie, ingresa esa actualización de Lucas en HOLMES2 y luego divide al equipo. Necesito que el grupo de Daniel averigüe si los datos de Thorngrove aparecen en su base de datos, y quiero que su foto se muestre en tiendas de armas, distribuidores y clubes de tiro de la zona.

Hizo una pausa para tomar aire, esperando mientras ellos se ponían al día con sus notas. —Y si eso no funciona, entonces mostraremos su fotografía a todos con los que hemos hablado estos últimos tres días. Nos estamos acercando.

Barnes empujó su silla hacia atrás después de que Kay terminara la reunión, una energía renovada recorriéndole el cuerpo.

De repente, ya no se sentía cansado.

CAPÍTULO 20

Kay tamborileaba con los dedos sobre el volante, deseando que el semáforo se pusiera en verde, y se preguntaba quién habría logrado garabatear un chiste obsceno entre la suciedad en la parte superior de la puerta del remolque del camión articulado frente a ella.

—¿Qué has logrado averiguar sobre Dale Thorngrove? —Echó un vistazo a Barnes, que estaba revisando correos electrónicos en su móvil.

Él bajó el móvil y señaló la carretera cuando el semáforo cambió, y ella metió la primera.

—Nuestra víctima tenía treinta y cuatro años cuando murió, soltero por lo que Kyle pudo deducir de sus perfiles en redes sociales, y trabajaba como montador de neumáticos en un taller de Aylesford desde hace dos años.

—¿Y qué hay de una dirección?

—La que figura en la base de datos de la Agencia de Licencias de Conducir y Vehículos es de un piso de un dormitorio en Snodland de hace seis años. Alquilado. —Guardó el móvil en el bolsillo de su chaqueta y sacó su libreta, hojeándola—. He hablado con la empresa administradora, pero creen que Thorngrove no ha vivido allí en los últimos tres años y medio. Espero que el dentista tenga una dirección más actualizada. O si no, sus padres deberían saberlo. También logramos obtener sus datos de los perfiles de redes sociales.

—¿Dónde están?

—En Burham.

—Interesante. Me pregunto por qué no actualizó su dirección con la Agencia de Licencias de Conducir y Vehículos.

—Tal vez se le olvidó.

—O estaba evitando a alguien. —Kay maniobró en una rotonda y se incorporó a la A20 hacia su primer destino—. Me pregunto por qué fue a un dentista en Sevenoaks. Quizás es ahí donde ha estado viviendo.

—Tendremos que preguntarle. —Barnes frunció el ceño—. Me sorprende que no haya nada en nuestro sistema sobre la pelea si Thorngrove resultó tan gravemente herido.

—Tal vez se disipó antes de que alguien tuviera la oportunidad de reportarlo. Ya sabes cómo puede ser: piensan que meterse en una pelea lo resuelve todo hasta que se dan cuenta de que no es como lo ven en las películas y que duele como el infierno.

Su colega se rio entre dientes. —Cierto. Mira, toma la siguiente a la izquierda allá por el semáforo; será más rápido a esta hora del día.

Hizo lo que le sugirió, observó el GPS en el tablero mientras recalculaba la ruta, y divisó el letrero de la clínica dental dos minutos después.

Aparcando en un espacio libre en un amplio camino de asfalto, siguió a Barnes hasta la puerta principal de un bungalow con buhardilla que había sido convertido para uso comercial al menos una década antes.

Al entrar en el área de recepción, el olor a antiséptico de grado clínico asaltó sus sentidos y sirvió como un recordatorio no deseado de que tenía pendiente una revisión.

Apartó el pensamiento, pasó junto a los dos clientes que esperaban sus citas y mostró su placa a la veinteañera detrás del mostrador.

—Tenemos una reunión con la Dra. Sharman —dijo.

La veinteañera le lanzó una sonrisa de alto voltaje, sin duda ayudada por los últimos productos blanqueadores. —Acaba de terminar con un paciente, así que le avisaré que están aquí.

—No te preocupes, los vi llegar.

Kay se volvió al escuchar la voz de la mujer y dio un paso atrás. —¿Jasmina?

La dentista sonrió en respuesta y se acercó para tomarla del brazo después de despedir a su paciente. — Vengan conmigo a mi oficina.

—No hice la conexión con el nombre… —logró decir Kay mientras Barnes les seguía por un corto pasillo y luego subía unas escaleras—. ¿Cómo estás?

—Jodidamente ocupada, pero no os preocupéis, entiendo que necesitáis ayuda. —La dentista les hizo pasar a una oficina en la parte superior de las escaleras y cerró la puerta—. Así está mejor. No hay necesidad de que los clientes nos oigan chismorrear sobre los viejos tiempos.

Kay le devolvió la sonrisa y presentó a Barnes. —Ian,

te presento a la Dra. Jasmina Sharman; solíamos ser vecinas en mis días de uniforme.

—Gracias por recibirnos con tan poca antelación —dijo él, estrechándole la mano—. Eso fue en Tonbridge, ¿verdad?

—Hace mucho tiempo, o al menos eso es lo que parece. —Jasmina señaló dos sillas para visitantes—. Y Kay, necesito disculparme por no devolver sus llamadas. La vida ha sido… interesante estos últimos dos años. De ahí el cambio de apellido.

—La llamaré de nuevo una vez que termine esta investigación y nos pondremos al día como es debido, no se preocupe.

—Suena bien. Ahora, ¿qué necesitaban saber sobre Dale Thorngrove? —La dentista tecleó en su ordenador, mirando la pantalla—. Tengo sus registros aquí, y su colega, Kyle, ¿no es así?, prometió que enviaría por correo electrónico la orden judicial apropiada tan pronto como fuera posible. Normalmente no haría esto, pero haré una excepción; supongo que es urgente, ¿verdad?

—Así es. En confianza, hemos hecho que un ortodoncista compare los registros que envió con los de la víctima de un tiroteo el miércoles por la noche…

—Lo escuché en las noticias…

—Y estamos seguros de que esa víctima es Thorngrove. —Kay se reclinó en su silla—. Ahora tenemos que reconstruir sus últimos días e intentar averiguar quién tenía motivos para matarlo. Me doy cuenta de que fue hace tres años, pero ¿recuerda si dijo algo sobre la pelea en Rochester?

—No en ese momento. —Jasmina esbozó una sonrisa

irónica—. Para ser honesta, estaba con demasiado dolor y luego aliviado una vez que todo terminó. No estaba muy hablador en aquella ocasión.

—¿En aquella ocasión? ¿Ha vuelto desde entonces?

—Sí, hace cuatro meses. Es por eso que mi recepcionista pudo recuperar sus datos tan rápidamente para ustedes; reconoció el nombre.

—¿Es un cliente habitual entonces? —dijo Barnes.

—No, para nada; se astilló el implante que le puse y quería que se lo reemplazara.

—¿Tiene una dirección actual de él? —dijo Kay, ya sacando su libreta de su bolso.

—Sí, la tengo. Está en Walderslade.

Después de anotar los detalles, trazó dos líneas debajo y frunció el ceño. —¿Alguna idea de por qué usaría un dentista en Sevenoaks si no vivía por allá?

—En ese momento, yo era la única disponible para hacer el trabajo con tan poco aviso un sábado por la mañana. —Jasmina sonrió—. Mi consulta solo llevaba abierta unos meses y todavía estaba formando mi propia lista de clientes después de dejar aquel lugar en Tonbridge.

—¿Cómo lo notaste la última vez que lo viste hace cuatro meses?

La dentista se encogió de hombros.

—No era tan hablador como algunos de mis clientes. A veces es difícil lograr que se callen lo suficiente para hacer el trabajo. Me parece recordar que fue educado, eso es todo.

—¿Tuvo la impresión de que pudiera tener algo en mente?

—Nada que me llamara la atención. Hicimos el trabajo

y lo enviamos de vuelta. Le sugerí que necesitaba ver al higienista pronto porque sus dientes estaban en un estado lamentable, pero nunca lo volvimos a ver. —Jasmina suspiró—. Lamento saber que es su víctima. Qué manera tan horrible de morir.

CAPÍTULO 21

—Odio esta parte.

Barnes se metió las manos en los bolsillos y esperó en la acera mientras Kay recuperaba su bolso del asiento trasero del coche, y arrastró una pelota de tenis desechada de un lado a otro bajo su zapato antes de apuntarla hacia la base de un seto de ligustro cercano.

—Lo sé. —Se unió a él junto a una verja metálica abierta y comprobó que su móvil estuviera en modo silencioso, luego miró el bonito jardín más allá—. Yo también.

—¿Lista?

—Tanto como puedo estarlo.

Su colega cuadró los hombros y se dirigió hacia la puerta principal, golpeando con los nudillos contra un panel de vidrio en la parte superior.

Un hombre de unos sesenta años la abrió en segundos, con sus tupidas cejas fruncidas y sus ojos verdes perplejos.

—No estoy interesado en comprar nada, quienquiera

que... —se interrumpió cuando le mostraron sus placas para que las inspeccionara—. ¿Policía?

—Inspectora Kay Hunter, y mi colega el oficial Ian Barnes. ¿Es usted Derek Thorngrove?

—Sí. ¿De qué se trata?

—¿Podemos pasar, por favor?

La perplejidad se convirtió en miedo cuando el hombre retrocedió y Kay entró en un pasillo de colores brillantes, notando un jarrón de petunias sobre una pequeña mesa debajo de un espejo.

—¿Quién es, Derek?

—Policía. —Señaló una puerta detrás de Kay—. Mejor pasen a la sala de estar.

Cuando entró en la habitación, una mujer se levantó de un sillón con la ayuda de un bastón de aluminio, su pelo castaño claro veteado de gris y despeinado.

—¿Qué sucede? —exigió—. ¿Es sobre Dale?

—Por favor, señora Thorngrove, ¿le gustaría volver a sentarse? —dijo Kay. Se colocó junto a un radiador para poder mirarlos a ambos—. Lamento mucho ser portadora de tan terribles noticias, pero creemos que su hijo fue asesinado en un incidente el miércoles por la noche.

Una pausa conmocionada siguió a sus palabras, y luego Derek se sentó en el brazo del sillón de su esposa, con las manos temblando mientras buscaba las de ella.

—¿El miércoles, dice? ¿Por qué han tardado tanto? ¿Están seguros de que es Dale?

—Sabía que algo andaba mal —se lamentó su esposa. Sollozó mientras las lágrimas corrían por sus mejillas—. Lo sabía. Intenté llamarlo ayer, pero me saltó directamente el buzón de voz. Nunca me devolvió la llamada. Siempre devuelve las llamadas.

Derek la rodeó con un brazo, enterrando su rostro en el cabello de ella mientras lloraba.

—Mi muchacho...

Kay les dio unos momentos más, cruzó hacia el sofá y se sentó frente a ellos.

—Todo lo que puedo decirles en este momento es que Dale fue asesinado tras una discusión en un pub al norte de Maidstone. Le dispararon.

—Dios mío. —Derek se limpió los ojos, moviéndose para mirarla—. Escuchamos sobre eso en las noticias. ¿Están seguros de que es él?

Ella bajó la mirada hacia sus manos.

—Pudimos comparar sus registros dentales hoy temprano. Sí, estamos seguros de que es Dale.

—Quiero verlo.

—Sarah, cariño... puede que no quieran que lo hagamos.

Kay tomó una respiración profunda.

—No es que no queramos que lo hagan, señora Thorngrove. Es simplemente que pensamos que en este caso podría ser traumático, y que quizás prefieran recordar a Dale...

—U-usted dijo que le dispararon. —Sarah se secó los ojos—. ¿Quiere decir... en su cara?

—Así es, sí.

Sus palabras fueron recibidas con renovados sollozos.

—No hemos revelado ninguno de esos detalles a los medios para mantener la privacidad tanto de ustedes como de nuestra investigación —dijo—. De nuevo, lo siento mucho.

—¿Qué podemos hacer para ayudarles a encontrar a quien asesinó a nuestro hijo? —Derek abrazó a su esposa, besó la parte superior de su cabeza y luego se puso de pie. Cruzó hacia el sofá y se sentó junto a Kay, volviéndose para mirarla—. Dígame.

Ella miró a Barnes, que estaba de pie junto a la puerta con su libreta lista, y luego volvió a mirar al padre de Thorngrove.

—¿Saben de alguien que quisiera hacerle daño a su hijo? ¿Ha mencionado a alguien que le preocupara en las últimas semanas?

—No, no me ha mencionado nada.

—A mí tampoco. —Sarah sorbió, luego rebuscó en el cajón de una pequeña mesa de roble junto a su sillón y sacó un paquete de pañuelos. Se sonó la nariz y luego miró a Kay a través de ojos enrojecidos—. Y nunca nos guardaba secretos. Éramos muy cercanos, especialmente después de que decidieran divorciarse.

—¿Cuándo fue eso?

—Hace seis meses —dijo Derek. Suspiró—. Él y Amy estuvieron casados solo un par de años.

—Nunca debieron haberlo hecho —dijo Sarah, su boca torciéndose en una mueca—. Le dije que ella no era buena para él… y mira dónde lo llevó.

—¿Siguen en contacto con ella?

—No. No nos caía bien, y el sentimiento era mutuo.

—¿Cuál es su nombre completo? —Barnes levantó la vista de su libreta—. Necesitaremos hablar con ella, solo como parte de nuestras investigaciones en curso.

—Amy Evans. Todavía alquila su antigua casa en Snodland. Dale no podía esperar para irse de allí.

—Tenemos una dirección en Walderslade para su hijo, ¿es correcto? —dijo Kay.

—Lo es. —El padre del hombre se levantó y cruzó hacia un aparador, alcanzando un pequeño plato de cerámica azul y blanco antes de regresar.

Extendió una sola llave de latón gastada en un llavero de cuero con mano temblorosa.

—Nunca la usamos… él solo quería que la tuviéramos, para emergencias, dijo.

—Deberíamos contactar a la agencia de alquiler —agregó Sarah, secándose los ojos con un pañuelo—. Querrán volver a alquilar el apartamento pronto, supongo.

—Primero tendremos que ordenar todas sus cosas, cariño.

Kay le entregó la llave a Barnes antes de volver su atención a la pareja.

—Asumo que no les importa si echamos un vistazo al hogar de Dale.

—Si ayuda a encontrar quién lo mató, no hay problema.

—Gracias. Haremos eso y nos encargaremos de devolverles la llave lo antes posible. ¿Hay otros familiares a los que podamos contactar por ustedes?

—No —dijo Derek—. Tenemos vecinos maravillosos, y solo está la tía de Sarah en Glasgow, aunque apenas sabe quiénes somos estos días, así que…

—Haré que uno de nuestros oficiales de enlace familiar venga a proporcionarles el apoyo que necesiten —dijo Kay—. No estarán solos pasando por esto, se lo prometo.

CAPÍTULO 22

—¿Encontramos el coche de Thorngrove?

Kay se apresuró tras Barnes, levantándose el cuello del abrigo para contrarrestar la brisa que azotaba un lamentable intento de jardín paisajístico que separaba la acera del complejo de viviendas.

Latas desechadas, envoltorios de chicles y más basura revoloteaban de un lado a otro con el viento, y ella arrugó la nariz ante el distintivo hedor a excremento de perro.

Un sendero de asfalto agrietado conducía desde el coche hasta los bloques de pisos, con una barandilla metálica de color pálido a la derecha de Kay que los separaba de una rampa que descendía hacia una hilera de garajes frente a los edificios residenciales.

—No estaba en el pub —dijo él, marcando un ritmo acelerado—. Espero que encontremos una llave de uno de esos garajes en el piso; quizás lo haya aparcado allí.

—Así que no sabemos cómo viajó desde aquí hasta el White Hart.

—Todavía no.

Un desaliñado borde de césped invadía el lado izquierdo del camino, y ella notó que algunos de los residentes habían colocado macetas junto a las puertas principales comunes en un esfuerzo por añadir algo de color a la mampostería, por lo demás monótona.

Barnes inclinó la cabeza hacia el primer bloque.

—Hay cuatro apartamentos en cada bloque. Parece que el número nueve es el tercero.

Abrió la puerta principal para ella, y entraron en un estrecho pasillo con un suelo de baldosas desgastado y paredes de bloques de hormigón desnudos.

—Encantadora decoración —murmuró Kay.

—¿Escaleras o ascensor? —dijo Barnes.

—Escaleras, solo es un piso.

Mantuvo las manos en los bolsillos, precavida de las manchas grasientas que cubrían los pasamanos laminados, y lideró el camino hacia arriba. Cuando llegó al final de las escaleras, el rellano giraba hacia la derecha con una puerta de salida de emergencia a su izquierda.

El sonido de algo siendo arrastrado por el suelo de baldosas resonó en las paredes desnudas, y alguien gruñó por lo bajo.

Al doblar la esquina, vio a una mujer de espaldas a los dos detectives, arrastrando una caja de cartón hacia el ascensor.

La puerta del apartamento de Dale Thorngrove estaba completamente abierta.

—¿Quién es usted?

La mujer se sobresaltó al oír la voz de Kay y se giró para enfrentarlos, con los ojos muy abiertos.

—¿Quién… quiénes son ustedes? —logró decir,

ajustándose un cárdigan de cachemir alrededor de la cintura, su expresión pasando del susto a la culpabilidad.

—Yo pregunté primero.

—Amy Evans. Mi marido…

—Ex marido, según nos han dicho. —Kay mostró su placa, luego se acercó a donde estaba la mujer y se inclinó, abriendo la parte superior de la caja de cartón.

Estaba llena de libros y baratijas.

—¿Puede explicar por qué está sacando esto del piso del señor Thorngrove?

—Son mis cosas.

—¿Puede demostrarlo?

—Pregúntele a él. Se lo dirá. —Amy miró fijamente a Kay y se echó su largo cabello castaño sobre un hombro—. Cuando se fue de nuestra casa, se llevó algunas de mis cosas. Las quiero de vuelta. De lo contrario, el divorcio se finalizará y nunca las volveré a ver.

—¿Quién le dio una llave?

—¿Qué?

—¿De dónde sacó una llave?

—Yo, em… —La otra mujer se sonrojó—. Tomé su llave de repuesto la primera vez que estuve aquí.

—¿La robó?

—¡No! Solo… la tomé prestada. —Sus ojos se movieron entre Kay y Barnes—. Iba a devolverla, de verdad.

—Es un poco tarde para eso —dijo Barnes.

—¿Qué quiere decir?

—Dale Thorngrove fue encontrado muerto el miércoles por la noche.

—¿Muerto? —Amy se tambaleó sobre sus tacones y se apoyó en la pared para estabilizarse—. ¿Cómo?

Kay hizo un gesto hacia la puerta abierta.

—¿Podemos discutir esto dentro del piso? ¿Lejos de los oídos de los vecinos?

—No voy a levantar eso de nuevo. Es demasiado pesado.

—Déjeme a mí. —Barnes levantó la caja y los guio hacia el interior del piso, colocando la colección de libros y adornos junto a la puerta mientras Kay la cerraba.

Amy pasó junto a él con paso airado.

—Dejé mi bolso aquí dentro —murmuró.

La estrecha cocina era funcional y destacaba por su fealdad.

Armarios beige estaban fijados a las paredes, amontonados sobre encimeras poco profundas con una placa eléctrica al fondo, mientras que un fregadero de acero inoxidable estaba a la derecha bajo una ventana. A través de las cortinas de gasa, Kay podía ver un centro comercial más allá de la carretera de doble sentido que atravesaba la urbanización, el ruido del tráfico penetrando los cristales de doble acristalamiento.

Un solo plato, cubiertos y un vaso de pinta boca abajo estaban en el escurridor, mientras que el barato suelo de baldosas crujía bajo los zapatos de Kay mientras su mirada recorría la habitación, con migas esparcidas junto a una tostadora muy usada y la falta de vajilla sugiriendo que Dale Thorngrove podría haber tenido tendencia a caminar mientras desayunaba.

—¿Cuándo vio por última vez a Dale? —dijo, volviéndose hacia Amy.

La mujer se colgó un bolso color canela al hombro antes de pasar una mano por la encimera, trazando un camino entre las migas de tostada.

—El lunes. Tuvimos una reunión con nuestros abogados.

Kay frunció los labios mientras salía de la cocina y recorría el pasillo hacia la sala de estar.

El propietario también había optado por el beige aquí.

Thorngrove había hecho poco más que añadir un par de sillones desgastados a la habitación frente a un gran televisor y una delgada mesa de café abarrotada de mandos a distancia.

Unas cortinas disparejas colgaban de la ventana.

Revisando una pequeña pila de sobres desechados y facturas de servicios públicos, Kay observó por el rabillo del ojo cómo aparecía Amy, con la boca torcida hacia abajo.

—¿Cuándo fue la última vez que habló con su ex marido? —preguntó.

—El lunes. —La mujer se quedó de pie con la espalda hacia la ventana, los brazos cruzados sobre el pecho—. Luego nos enviamos un par de mensajes de texto el martes.

—¿Sobre qué?

Amy se encogió de hombros.

—Solo algunas cosas relacionadas con el divorcio. Creo que pensaba que podría convencerme de no hacerlo.

—¿Dónde estaba usted el miércoles por la noche entre las ocho y la medianoche?

—¿Qué?

—Conteste la pregunta, por favor.

—¿Cree usted que yo lo maté?

—¿Lo hizo?

—¡Por supuesto que no, maldita sea!

—¿Dónde estaba?

—En casa, cenando con un par de amigas que vinieron.

—Necesitaremos nombres y números de teléfono.

Amy puso los ojos en blanco, luego sacó su móvil del bolso y le recitó los detalles a Barnes. Soltó un resoplido amargo cuando él le dio las gracias. —Tengo que irme. Le dije a mi jefe que solo estaría fuera una hora.

—Nos pondremos en contacto si tenemos más preguntas —dijo Kay, extendiendo la mano—. Y me quedo con esa llave, gracias.

—Lo que sea.

Amy se la lanzó, luego giró sobre sus talones y se dirigió airada hacia la puerta, ignorando la caja.

Barnes esperó hasta que la puerta se cerró de golpe, luego exhaló. —Bueno, ¿no era ella un rayito de sol?

—Sí, no hay amor perdido allí. —Kay dejó caer las facturas de nuevo sobre la mesa—. ¿Puedes pedirle a Phillip que busque su nombre en el sistema, solo para asegurarnos de que no haya problemas de los que debamos estar al tanto?

—Lo haré.

—Gracias. Espero que los otros estén teniendo más suerte que nosotros.

CAPÍTULO 23

Cuando Laura entró con el coche en el aparcamiento del White Hart, soltó un silbido bajo.

—Vaya manera de aprovechar… —dijo Kyle a su lado.

—Ya te digo.

Seis nuevas mesas circulares de madera con sillas a juego ocupaban ahora las cuatro plazas de aparcamiento bajo las ventanas frontales del pub, cada una con una sombrilla roja y blanca ondeando en la brisa y dando sombra a los bebedores del sol del inicio de la tarde.

La puerta del pub estaba completamente abierta y cuando Laura sacó las llaves del contacto y caminó hacia ella, un flujo constante de clientes iba y venía de la barra, con las copas recién rellenadas y diversas bolsas de aperitivos bajo el brazo.

—A este paso hasta podrá permitirse una limpiadora —murmuró.

—Yo creo que es demasiado tacaño para eso. —Kyle echó un vistazo a las paredes a ambos lados del marco de la puerta—. Aunque ha puesto cestas colgantes, mira.

Al entrar en el pub, Laura parpadeó para contrarrestar la repentina penumbra que la envolvió y divisó a Len Simpson puliendo una mesa a su derecha, de espaldas a ella.

Lydia Terry estaba detrás de la barra, con la cara sonrojada mientras servía pintas y las alineaba frente a cuatro clientes, todos con el dinero en alto intentando ser atendidos primero.

Sus ojos se abrieron de par en par cuando vio a los dos policías en el umbral y le gritó a Simpson.

—Len, alguien ha venido a verte.

Él frunció el ceño al darse la vuelta, no dijo nada y señaló con la barbilla hacia una mesa cerca del fondo del pub antes de ir tras ellos arrastrando los pies.

—Día ajetreado, señor Simpson —dijo Laura alegremente—. Ahí fuera parece completamente distinto.

—Me llevó todo el jueves limpiar la sangre del aparcamiento con la manguera —dijo, con el labio inferior sobresaliendo—. Y no pueden estar aquí, asustarán a la clientela.

—Oh, creo que usted es bastante capaz de hacer eso por sí solo, señor Simpson, especialmente cuando vean lo que sale de esa cocina suya.

Él la fulminó con la mirada en respuesta.

Kyle sacó su móvil del chaleco táctico y se lo mostró.

—¿Le reconoce?

Simpson entrecerró los ojos mirando la pantalla, luego se metió la mano en el bolsillo superior de la camisa, se puso unas gafas de lectura sucias y lo intentó de nuevo.

—Me suena. ¿Quién es?

—El hombre al que dispararon en su aparcamiento el miércoles por la noche.

El dueño levantó las manos y miró por encima de su hombro.

—Baje la voz, ¿quiere?

—Señor Simpson, creo que se da cuenta de que esta gente solo está aquí *por* lo que pasó el miércoles por la noche, ¿no? —dijo Laura—. ¿Le resulta familiar este hombre?

—No lo sé. No estoy seguro. —Se encogió de hombros—. Como le dije a los suyos esa noche, solo me fijé en ellos cuando se levantaron para irse, y solo le vi la espalda.

—De acuerdo. Se lo preguntaremos a Lydia. —Laura echó hacia atrás su silla, pero luego bajó la mirada cuando Simpson la agarró del brazo.

—Espere aquí. Iré a buscarla.

Se bamboleó hasta la barra, apartó a Lydia de los grifos de cerveza con el codo y señaló hacia Laura.

La mujer se limpió las manos en la parte trasera de sus vaqueros y se apresuró hacia ellos.

—No sé qué quieren, pero será mejor que sea rápido: está de un humor de perros.

Kyle miró por encima de la cabeza de Lydia mientras ella sacaba una silla.

—¿Por qué? Probablemente este sea el día más concurrido que ha tenido este lugar en años, ¿no?

—Lo es, pero a Len le gusta saber quién bebe aquí. No le gusta que aparezcan extraños, aunque le estén dando dinero a manos llenas. Especialmente después de lo que pasó la semana pasada.

—Interesante. —Laura observó mientras el dueño terminaba de servir.

Lo vio fulminar con la mirada las espaldas de los bebedores mientras salían, y entonces se fijó en los carteles de "reservado" colocados en el centro de las mesas dispersas por el bar.

—¿Esperan alguna fiesta aquí o algo así? —dijo.

Lydia resopló por lo bajo.

—No quiere a ninguno de ellos aquí dentro. Dice que esas mesas son para los clientes habituales.

—Claro. Hay muchos de esos ahora mismo, ¿verdad?

—Mire, ¿qué quiere? Ya se lo he dicho: está de un humor de perros.

—¿Reconoce a este hombre? —preguntó Kyle, tocando la pantalla de su móvil para activarla y luego girándola hacia Lydia.

—Sí, de hecho sí. Es uno de los tipos que estuvo aquí el miércoles por la noche, ¿no? ¿Es el que recibió el disparo?

—Se llama Dale Thorngrove. ¿Le suena? —dijo Laura.

—No. ¿Es de por aquí?

—De Walderslade.

—No está muy lejos, entonces. —Lydia frunció el ceño—. Pero eso no explica por qué vendría aquí, ¿verdad? Hay un montón de otros pubs entre aquí y Snodland. O al norte de allí.

—¿Le había visto alguna vez por aquí antes del miércoles por la noche?

—No. —La mujer torció la boca—. No es el tipo de lugar que visitas dos veces a menos que seas de la zona.

Laura suspiró.

No podía rebatir la lógica de Lydia.

Mirando por encima de su hombro, vio a Len observándolos y se puso de pie.

—Vale, gracias, le dejaremos seguir con lo suyo. Aquí tiene mi tarjeta. Si se le ocurre algo que pueda ayudarnos, mi número directo está ahí.

Mientras caminaban hacia el coche, podía sentir las miradas de la gente reunida alrededor de las mesas. Sin duda, habría más cotilleos publicados en las redes sociales segundos después de que se fueran.

—No te des la vuelta —le susurró a Kyle—. Lo último que necesitamos es que nuestras caras aparezcan por todo internet.

Él frunció el ceño.

—Me alegro de que el único espacio de aparcamiento libre estuviera al final. ¿Qué quieres hacer ahora?

Laura esperó hasta que estuvieron en el coche, revisó su móvil en busca de llamadas perdidas y luego señaló hacia el camino.

—Vamos a ver a Geoff Abbott. No vive muy lejos, y quiero averiguar si conoce a Dale Thorngrove.

CAPÍTULO 24

Gavin levantó la vista de sus notas cuando Paul Solomon salió de la M2 y dirigió el coche hacia Rochester.

—¿Dónde vive tu primer tipo? —dijo, tamborileando con los dedos en la parte superior del volante mientras miraba con enfado un semáforo en rojo que estaba tardando una cantidad exagerada de tiempo en cambiar.

—Justo después de Wouldham Road, pasando la tienda de *fish and chips*. Es una de las calles a la izquierda en dirección al río.

Solomon metió la marcha cuando el semáforo se puso verde y se colocó en el carril izquierdo.

—Está a unos cinco minutos. Avísame cuando veas el número de la casa.

—Lo haré. —Contuvo un bostezo, estiró la mano hacia la lata de bebida energética en el bolsillo junto al asiento del pasajero, y luego maldijo en voz baja al darse cuenta de que estaba vacía.

—¿Necesitas otra de esas primero?

—Mejor no. Esa era mi tercera hoy.

Solomon le lanzó una mirada de reojo.

—Eso no es saludable.

—Lo sé, pero con las horas que estamos haciendo en este caso y el tipo de la habitación de al lado del hotel teniendo llamadas ruidosas con su ex esposa a las dos de la mañana, necesito la ayuda.

—No sabía que te estabas quedando por la zona.

—Sharp pensó que tenía sentido dada la sensibilidad de este caso; si tenemos un avance repentino, ambos estaremos disponibles de inmediato, en lugar de tener que viajar desde Maidstone.

—Bueno, si se prolonga mucho más y quieres un lugar más tranquilo para dormir, mi esposa y yo tenemos una habitación de invitados que puedes usar.

—Gracias, lo tendré en cuenta. —Gavin se enderezó y señaló a través del parabrisas—. Aquí estamos. El número once debería estar por aquí a la derecha.

—¿Cómo se llama?

—Peter Jones. Fue arrestado por agresión tres meses después de la pelea con Dale Thorngrove, recibió una amonestación cuando la otra parte se negó a presentar cargos, y parece que se ha estado portando bien desde entonces.

—De acuerdo, pues prefiero que estes al mando en esta.

—Siéntete libre de intervenir si se me escapa algo obvio. —Gavin aflojó su cinturón de seguridad—. Después de todo, tú eres el local.

Momentos después, estaban en el escalón de entrada de una casa adosada de los años 30 con un arco de ladrillo rojo que formaba un porche que protegía la puerta, y ventanas salientes que sobresalían de la planta baja y el primer piso.

Gavin arrugó la nariz ante el feo revestimiento de guijarros que cubría las paredes, pero se fijó en el jardín delantero bien cuidado y la pintura fresca y supuso que Jones, o alguien en su casa, al menos estaba haciendo un esfuerzo.

La puerta se abrió y un hombre de unos treinta y tantos años con entradas frunció el ceño al ver su aspecto.

—¿Policía? ¿Qué quieren?

—Detective Gavin Piper, y mi colega, el detective Solomon. ¿Es usted Peter Jones?

—Sí. ¿De qué se trata?

—¿Podemos hablar dentro?

—Preferiría que no. —Jones bajó la voz—. Mi esposa está en el trabajo y acabo de conseguir que la bebé se duerma. ¿Pueden hacer esto rápido por si se despierta?

Gavin levantó su móvil.

—¿Reconoce a este hombre?

—Me resulta familiar, pero no estoy seguro de dónde.

—Usted y un amigo suyo se pelearon con él hace tres años. Necesitó trabajo dental después.

Jones se frotó la mandíbula y suspiró.

—No fue uno de mis mejores momentos. Me rompí dos dedos esa noche.

—Sin embargo, se metió en otra pelea poco después.

—Sí, y luego dejé de beber. He estado limpio desde entonces. —Jones devolvió el móvil y frunció el ceño—. ¿De qué se trata esto?

—Dale Thorngrove, el tipo de la foto, fue asesinado el miércoles por la noche. —Gavin ignoró la expresión de sorpresa que cruzó el rostro de Jones—. ¿Dónde estaba usted?

—Al teléfono con ese servicio gratuito de salud pública. Charlotte tenía fiebre y estábamos preocupados de que pudiera ser algo serio. —Jones exhaló—. No lo era, pero no quiero otro susto como ese.

—¿Y su esposa confirmará eso?

—Por supuesto. Llámenla y pregúntenle. —Jones recitó su número—. Estará fuera en este momento, pero pueden dejarle un mensaje y ella les devolverá la llamada.

—¿Ha tenido algún contacto con Dale Thorngrove desde la pelea?

—No, ¿por qué lo haría?

—¿De qué se trató la pelea?

—Dios sabe. Fue hace mucho tiempo. Conociendo cómo era yo con la bebida en ese entonces, podría haber sido por cualquier cosa.

—El otro tipo que estuvo involucrado, Owen Chard, ¿es un buen amigo suyo?

—Ya no. —Jones metió las manos en los bolsillos de sus jeans—. Una vez que dejé la bebida, me mantuve alejado del antiguo grupo.

—¿A qué se dedica su esposa?

—Dirige una empresa inmobiliaria en Chatham. Le va muy bien, además.

Gavin escuchó la nota de orgullo en la voz del hombre.

—¿Y usted?

—Padre a tiempo completo. —Jones sonrió ampliamente—. El mejor trabajo del mundo.

Miró por encima de su hombro cuando un niño comenzó a llorar en el fondo.

—Le dejaremos volver a lo suyo —dijo Gavin—. Gracias por su tiempo.

—Un personaje reformado, ese —comentó Solomon mientras caminaban de vuelta al coche—. Una lástima que no todos terminen así.

—Tenía la sensación de que esto sería una pérdida de tiempo. Quiero decir, es un gran paso de golpear a alguien hace tres años a dispararle dos veces a quemarropa, ¿no?

Solomon sonrió.

—Aun así hay que hacerlo. ¿Dónde vive el segundo tipo?

—A unos veinte minutos de aquí. —Gavin bostezó—. Y será mejor que nos detengamos a tomar un café de camino.

CAPÍTULO 25

La oscuridad ya había invadido el pueblo cuando Kay llamó la atención de su equipo y los condujo hacia la pizarra blanca.

La reunión informativa ya llevaba una hora de retraso debido a la gran cantidad de información que llegaba a la sala de incidentes, y ella quería que se fueran a casa y descansaran listos para otro comienzo temprano.

Se notaba un cansancio evidente mientras tomaban asiento, sus movimientos lentos y sin entusiasmo, y ella sabía que necesitaría otro avance pronto para mantenerlos enfocados.

—Primero lo primero —comenzó tan pronto como el trasero de la última persona encontró una silla—. Zach, si quieres unirte a mí aquí arriba y explicar sus hallazgos sobre la balística de la escena del crimen, entonces podemos responder cualquier pregunta sobre eso antes de pasar a otros asuntos.

Volteó la pizarra blanca para que se mostrara la parte

trasera en blanco, y luego esperó mientras el experto en balística conectaba su portátil al proyector.

Zach presionó un botón y apareció un boceto del White Hart y el diseño de su estacionamiento en la pantalla improvisada. Tomando un bolígrafo de Kay, se aclaró la garganta y se dirigió a los oficiales reunidos.

—Lo siguiente se basa en el informe de la autopsia, la información actual del equipo forense y una visita al sitio que realicé hoy temprano para tomar medidas —comenzó. Hizo una pausa para dibujar dos figuras de palo en la pizarra —. Lo primero que puedo confirmar es que la trayectoria de lo que consideramos el primer disparo era correcta. Thorngrove estaba de espaldas al tirador cuando se disparó el rifle por primera vez. Según mis estimaciones, y basándome en dónde cayó, estaba parado aquí cuando la bala lo alcanzó.

Zach borró una de las figuras de palo y luego la dibujó más lejos de la otra. —El tirador estaba parado aquí, en los bordes del estacionamiento, cuando hizo el primer disparo. No había vehículos estacionados en este lado del estacionamiento, así que debemos considerar hacia dónde se dirigían los dos hombres cuando salieron del pub.

Kay cruzó los brazos sobre el pecho y miró fijamente el boceto.

—Thorngrove logró tambalearse unos metros antes de que el segundo disparo lo golpeara en la parte posterior de la cabeza —dijo Zach.

—¿Cómo es eso posible? —preguntó Laura—. Ya tenía un maldito agujero enorme en el pecho para entonces.

—Toma un tiempo para que el mensaje llegue al

cerebro y el cuerpo se apague —dijo Zach—. Es lo mismo si se mata un ciervo: a menudo continuará corriendo unos metros antes de caer al suelo. Tal como está, y basándome en las medidas que he tomado, el asesino dio unos pasos adelante para hacer el segundo disparo.

—Tal vez pensó que había fallado la primera vez —dijo Barnes.

—No estoy tan seguro —dijo Zach. Señaló las dos figuras en la pizarra—. Por las trayectorias, creo que sabía que había matado a Thorngrove con el primer disparo. Este segundo disparo fue solo para asegurarse.

—¿Thorngrove estaba armado en ese momento? —dijo Kay.

—No había residuos de pólvora en sus manos o ropa, así que no disparó un arma contra su atacante. Tampoco se encontró nada en la escena del crimen, y Harriet y su equipo realizaron una amplia búsqueda en el área. Si llevaba un arma, debo suponer que su asesino se la llevó cuando huyó de la escena.

—No hemos recibido informes de que se hayan encontrado armas en el área —dijo Laura—. Así que quien sea el asesino, todavía la tiene.

—Y eso será vital como evidencia. —Kay agradeció a Zach mientras regresaba a su asiento, y volteó la pizarra. Después de agregar los comentarios del experto en balística a la creciente lista de notas, se enfrentó a su equipo—. Debbie, ¿puedes asegurarte de que se envíe una copia del informe de Zach a Gavin y al comisario Sharp antes de que te vayas hoy, y hacerles saber que también estamos buscando el arma de fuego? De esa manera, si encuentran a nuestro sospechoso, pueden asegurarse de que se conserve su ropa para que pueda ser analizada en busca de residuos de pólvora.

—Lo haré, jefa.

—Bien, hagamos una rápida actualización de las tareas de hoy y luego podréis descansar un poco. Laura, Kyle, ¿cómo os fue con Len Simpson?

—Dice que nunca antes había visto a Thorngrove en el White Hart, jefa —dijo el agente de policía—. Lydia Evans lo reconoció de la noche del miércoles, pero confirmó que no es un cliente habitual y que tampoco lo había visto antes.

—Tuvimos un poco más de suerte con Geoff Abbott —agregó Kyle—. Dijo que pensaba que Thorngrove le resultaba familiar, pero no podía precisar de dónde.

—Tengo una nota para hacer un seguimiento con él el lunes para ver si algo ha refrescado su memoria —dijo Laura.

—Haz eso, gracias. ¿Dónde estamos con respecto al coche de Thorngrove, Ian?

—Los uniformados lo encontraron en el garaje al lado de los apartamentos una vez que conseguimos que un cerrajero abriera la puerta —dijo Barnes—. Llamé a varias empresas de taxis en el área de Walderslade, y uno de los despachadores confirmó una recogida desde el complejo residencial hasta el White Hart la semana pasada. La tarjeta de débito utilizada era de Thorngrove, así que eso explica cómo llegó allí.

—Bien, bien. —Kay revisó sus mensajes de texto—. Gavin habló con los dos hombres involucrados en una pelea con nuestra víctima hace tres años, pero dice que podemos descartarlos. Ambos han enderezado sus vidas desde entonces y ambos tienen coartadas sólidas para la noche del miércoles. ¿Cómo nos fue con las armerías locales? ¿Alguien allí reconoció a Thorngrove?

—No lo hicieron, jefa, pero hay algo que surgió mientras procesaba los informes de hoy. —La voz de Phillip se elevó por encima de las cabezas de sus colegas, y ella le hizo un gesto para que se acercara.

—¿Qué tienes?

—Pasé los datos de la ex esposa de Thorngrove por el sistema por curiosidad y obtuve algo que podría interesarle. Hace cuatro meses, fue a su médico de cabecera con moretones en el brazo. —Las mejillas de Phillip se sonrojaron—. Eso me generó preocupación, así que lo verifiqué con Daniel, y confirma que alrededor de la misma época, Thorngrove había solicitado un permiso de armas de fuego. Se lo negaron…

—Debido a la acusación de violencia doméstica —dijo Kay—. Su médico de cabecera habría tenido que firmar la parte médica del asunto y si compartían el mismo médico, él nunca habría permitido que se aprobara a Thorngrove sabiendo que tenía una veta violenta.

—Amy Evans no nos dijo nada cuando la vimos hoy —dijo Barnes, frunciendo el ceño—. Seguramente lo habría mencionado, una vez que supo que su ex había sido asesinado.

—Hay algo más, jefa —dijo Phillip—. Revisé el sistema para ver si ella había presentado una queja contra Thorngrove, y no hay nada. Incluso hablé con algunos miembros de nuestro equipo de violencia doméstica para ver si alguna vez habían hablado con ella, pero no lo habían hecho.

—¿Qué quieres hacer, jefa? —dijo Barnes.

Kay golpeó la punta de su bolígrafo contra su barbilla por un momento, luego tomó su decisión.

—Traed a Amy Evans para una entrevista formal a primera hora de mañana. Averigüemos qué más omitió decirnos.

CAPÍTULO 26

Kay contuvo la respiración mientras un hombre de unos veinte años con un ojo amoratado y manchas de vómito en la camiseta pasaba frente a ella, luego dirigió su atención a los papeles que tenía en la mano.

La comisaría estaba concurrida para ser un domingo por la mañana, con todas las personas arrestadas en el pueblo durante la noche siendo procesadas y liberadas para futuras comparecencias ante el tribunal o conducidas para pasar un tiempo en prisión preventiva hasta que se escucharan sus casos.

Tarareó en voz baja para contrarrestar el ruido de la violenta discusión que continuaba más adelante en el pasillo hacia las celdas mientras hojeaba la escasa información que su equipo había recopilado sobre Amy Evans.

Laura y Kyle tenían la tarea de recoger a la mujer de su casa en Snodland temprano esa mañana, y mientras esperaba que aparecieran, se tomó un momento para anotar algunas preguntas que le preocupaban en primer plano.

—¿Me está tomando el pelo?

Levantó la vista de la página al oír la voz de Amy y la puerta gruesa entre la recepción y las salas de interrogatorios golpeando contra la pared para ver a la mujer irrumpiendo hacia ella, con Kyle Walker siguiéndola.

—Lo siento, jefa, irrumpió tan pronto como abrí la puerta.

—Está bien, Kyle. Creo que la señora Evans se ha calmado ahora —dijo Kay, mirando a la mujer—. ¿No es así?

—¿Qué significa esto? Él y una mujer golpeando mi puerta a las siete en punto, exigiendo que viniera aquí, ¿por qué?

—Jefa, se lo pedimos educadamente —dijo Kyle—. Dadas las circunstancias y eso.

—¿Todo bien, jefa? —Laura se apresuró por el pasillo hacia ella, con una carpeta manila apretada en sus manos —. La oí estallar…

—Estamos bien. Y vamos a hacer que el resto de esta conversación sea formal dadas las circunstancias. —Kay empujó la puerta de la sala de interrogatorios dos y le hizo un gesto a Amy para que entrara—. Kyle, si pudieras esperar aquí fuera, por favor.

Amy se dirigió a una de las sillas que rodeaban una mesa de metal atornillada al suelo y la sacó, las patas raspando las baldosas. —Que sea rápido. Ni siquiera he tomado un café esta mañana.

—¿Le gustaría un poco de agua? —dijo Kay.

—No.

La mujer cruzó los brazos sobre el pecho e hizo un

puchero mientras Laura preparaba el equipo de grabación y leía la advertencia formal.

—¿Necesito un abogado?

—¿Le gustaría uno? —preguntó Kay—. No está bajo arresto en este momento.

—Oh. —Frunció el ceño—. ¿Qué quieren entonces?

Kay levantó los documentos en su mano a modo de respuesta. —Tengo algunas preguntas más para usted.

—¿Sobre qué?

—La solicitud de permiso de armas de fuego de su ex marido.

Amy frunció el ceño. —Nada que ver conmigo. No sabía que tenía uno.

—No lo tiene. Y eso tiene *todo* que ver con usted. — Kay juntó las manos sobre la carpeta manila—. ¿Cuándo comenzó el abuso, Amy?

—¿Eh?

—¿Fue físico? ¿La lastimó? Escuchamos que su médico de cabecera estaba preocupado por los moretones en su brazo, por eso se rechazó la solicitud de licencia de Dale.

La mirada de Amy pasó de Kay a Laura, y luego de vuelta, sus ojos abriéndose. —No, nada de eso.

—Está bien, Amy. Puede decirnos. ¿Por qué no lo denunció? Podríamos haberla ayudado.

Una lágrima rodó por la mejilla de la mujer, y sorbió. —No fue mi intención.

Kay suspiró y abrió la carpeta, esperando.

—Y-yo solo quería vengarme —dijo Amy finalmente. Ahogó un sollozo—. Solo quería hacerlo pagar.

—¿Qué dice? —Kay se echó hacia atrás en su asiento—. ¿Mintió sobre la violencia?

Silencio.

Kay golpeó la palma contra la mesa, el sonido reverberando en las paredes.

Amy saltó en su asiento, un grito de sorpresa escapando de sus labios.

—¿Mintió sobre que su ex marido fuera violento con usted?

—S-sí. —Amy asintió, su rostro arrugándose—. Mentí. No quería que tuviera un arma.

—¿Por qué no?

—No quería que tuviera *nada*. Solo quería vengarme de él por dejarme. Me hizo quedar como una estúpida frente a todos nuestros amigos. Lo odiaba.

—¿Qué hay de los moretones en su brazo?

Amy sorbió. —Me los hice yo misma. Quería que pareciera real.

Respirando profundamente, forzándose a mantener la calma, Kay esperó hasta que la mujer levantó la cabeza, luego la fulminó con la mirada.

—¿Sabe a cuántas mujeres no logramos salvar debido a personas como usted que hacen acusaciones falsas solo para vengarse de alguien? —dijo, con la voz temblorosa—. En lugar de andar siguiendo una pista como esta, tengo oficiales trabajando a todas horas arriba que podrían haber estado ayudando a colegas a ayudar a mujeres y niños a escapar de algunas de las peores situaciones que pueda imaginar.

—Lo sien…

—Ni se atreva —gruñó Kay—. Ni se atreva a decir que

lo siente. Sabía exactamente lo que estaba haciendo cuando mintió a su médico de cabecera y le dijo que su marido abusaba de usted. Tiene suerte de que no la acuse de malgastar el tiempo de la policía.

Cerró de golpe la carpeta y empujó su silla hacia atrás.

—Entrevista terminada a las ocho cincuenta y tres. Acompaña a la señora Evans a la puerta, detective Hanway. Puede volver a casa por sus propios medios.

CAPÍTULO 27

—¿De verdad hizo que Amy volviera a casa en autobús?

Barnes miró de reojo a Laura, que fruncía el ceño ante la pantalla de su móvil, y luego volvió a concentrarse en la carretera.

Una señal azul de la autopista pasó volando, y él levantó el pie del acelerador, cambiándose al carril izquierdo y tomando la salida hacia Aylesford.

—Bueno, le dijo que se las arreglara para volver a casa por su cuenta. Supongo que o bien esperó un autobús o cogió un taxi. —Laura sonrió—. Tendrías que haber visto su cara cuando le mostré la puerta. Para entonces ya había empezado a llover, además.

—Parece que casi valdría la pena pedirle a Hughes que me enseñe las imágenes de las cámaras de seguridad de la recepción.

—Pensé que Kay iba a estrangular a Amy cuando confesó que se había inventado lo de la violencia doméstica. Incluso yo me asusté.

—Menos mal que estaremos fuera un rato. Al menos

para cuando volvamos para la reunión informativa de esta tarde, quizás se haya calmado. —Barnes negó con la cabeza—. No hay mucho que pueda cabrearla, pero eso sin duda lo haría. Bien, ¿dónde vive el jefe de Thorngrove? Es la segunda a la izquierda aquí, ¿verdad?

—Ajá. Luego busca un sauce llorón, dijo. Aparentemente su casa está por un camino a la derecha de ese árbol. Y dijo que no nos preocupáramos por el perro que suele andar por ahí; al parecer es viejo y no le quedan muchos dientes.

—Bueno saberlo —murmuró Barnes. Notó el cartel antes de ver el camino, sus letras negras desvanecidas casi perdidas en el tiempo contra un fondo de madera blanqueada, y soltó un gruñido de sorpresa—. No me di cuenta de que vivía en un parque de caravanas.

—Aparentemente es dueño de uno de los chalés, no de una caravana. Número diecisiete; gira a la izquierda después de que pasemos por la puerta aquí abajo.

Redujo la velocidad para ajustarse al límite pintado a mano en un cartel a su izquierda y observó los bien cuidados bordes de flores que bordeaban el camino, saludando con la cabeza a una pareja de ancianos que levantaron las manos en señal de saludo cuando pasaron.

—Un lugar amistoso.

—Tranquilo, también. —Laura se desabrochó el cinturón de seguridad mientras Barnes aparcaba frente a un chalé de un azul intenso—. Aunque no estoy segura de poder soportar ese color a primera hora de la mañana. Me recuerda a una caseta de playa.

El suelo tembló cuando Barnes salió del coche, y entonces un tren pasó como un rayo por detrás de la hilera de coníferas tras el chalé, sus ramas inclinándose a su paso.

Resopló. —Tanto para ser tranquilo.

—Te acostumbras.

Se giró para ver a un hombre de unos cincuenta años apoyado en una barandilla de madera que recorría todo el ancho de la pequeña casa, su posición elevada formando una pequeña terraza sobre los dos espacios de aparcamiento.

El hombre sonrió, enderezándose cuando llegaron a los tres escalones que conducían a la puerta principal.

—Supongo que usted es el detective Barnes —extendió una mano—. Gerry Harlington.

—Gracias por recibirnos con tan poca antelación. Y en domingo.

Laura se presentó, y entonces Harlington hizo una mueca.

—Es lo menos que podía hacer dadas las circunstancias. Me pregunté si algo malo le había pasado a Dale cuando no se presentó a trabajar ayer. No pude obtener respuesta en su teléfono cuando lo intenté.

—¿No el jueves o el viernes? —preguntó Barnes mientras Harlington los guiaba a través de una puerta corredera de patio hacia una estrecha sala de estar.

—Pidió unos días libres cuando terminamos el martes. Dijo que tenía que resolver unos asuntos personales —suspiró—. Supuse que se refería a su ex esposa. ¿Saben que se estaban divorciando?

Barnes captó la mirada de advertencia de Laura, y supuso que el recuerdo de la reacción de Kay ante los problemas maritales de Thorngrove aún estaba fresco, a pesar de sus comentarios despreocupados. Se aclaró la garganta.

—Habíamos oído que tenían algunos problemas, sí.

—Amy *era* el problema. Honestamente, esa mujer era una pesadilla. —Puso los ojos en blanco, luego se movió hacia una pequeña cocina en la parte trasera del chalé y levantó una tetera—. ¿Quieren un té?

—No, estamos bien, gracias. —Barnes metió las manos en los bolsillos y observó una serie de fotografías enmarcadas en la pared sobre un sillón muy usado. En cada una, se había captado una motocicleta inclinándose en una curva, la velocidad evidenciada por el fondo borroso y el piloto vestido con brillantes colores de carreras—. ¿Es usted?

Harlington miró y pausó el movimiento de aplastar una bolsa de té contra el lado de una taza. —Hace toda una vida. Bueno, al menos unos treinta años.

—¿Esto fue en Brands Hatch?

—Así es.

—¿Cómo pasó de eso a dirigir un taller? —Barnes se unió a Laura junto a una mesa de picnic plegable de metal y tomó asiento mientras Harlington se les unía.

—Solo hay tantas veces que puedes deslizarte por una pista de carreras sobre tu trasero antes de darte cuenta de que ya no rebotas tan bien como antes —dijo con una sonrisa melancólica—. Me fue bastante bien con las victorias en las carreras a lo largo de los años, y conseguí algunos patrocinadores, así que cuando lo dejé, empecé el negocio de los neumáticos. El lado de los servicios ocurrió por accidente, y antes de darme cuenta tenía cuatro tipos trabajando para mí.

—¿Algún problema con Dale mientras trabajó para usted? —dijo Laura.

—Ninguno en absoluto. Ha sido fiable. —Harlington hizo una pausa para sorber su té—. Era de confianza y bueno con los clientes también. El tipo de hombre al que podías dejar a cargo durante unos días si querías tomarte un descanso. Voy a echarlo de menos, maldita sea.

Barnes le dio un momento al hombre antes de volver su atención a la tarea en cuestión. —¿Parecía preocupado o quizás distraído el miércoles?

—No realmente. Aunque estábamos ocupados. Había pedido un par de días libres y aunque tengo a los otros tres trabajando para mí, uno de ellos todavía es aprendiz. Dale quería asegurarse de terminar un par de trabajos de mantenimiento y una ITV para que tuviéramos menos cosas de las que preocuparnos mientras él estaba fuera. —Golpeó con los dedos el costado de la taza—. Estábamos demasiado ocupados para que yo notara si algo le preocupaba. Ahora me siento mal por eso.

—¿Era el tipo de persona que le habría dicho si tenía algo en mente? —dijo Laura.

—Supongo que depende de qué le estuviera molestando. Quiero decir, no hablaba mucho de la ex esposa o del divorcio. Me daba la impresión de que estaba avergonzado por ello, para ser honesto.

—¿Actuaba de manera inusual o usaba su móvil más de lo normal, tal vez? —preguntó Barnes.

Harlington se reclinó en su silla, su mirada moviéndose hacia las fotografías en la pared.

—Hubo una llamada telefónica ahora que lo menciona —dijo finalmente—. El lunes por la mañana, habría sido alrededor de las diez y media porque Sam, que es el aprendiz, estaba ayudando con una entrega que acababa de llegar. Sonó el móvil de Dale, y él echó un vistazo a la pantalla y salió para contestar.

—¿Cree que era su ex esposa?

—No, porque asomé la cabeza por la puerta después de diez minutos para decirle que necesitaba que terminara una inspección de un automóvil antes de que regresara el cliente, y él estaba caminando de un lado a otro en el patio y gritándole a quien fuera que estuviera al otro lado de la línea.

—¿Puede recordar lo que estaba diciendo?

Harlington asintió.

—Solo porque era impropio de él, entienda. No tengo la costumbre de espiar a mis empleados. Como dije, todo se basa en la confianza.

—Entendido. ¿Qué dijo?

—Dejó de gritar cuando me vio, pero debe de haber habido un momento de silencio en el tráfico que pasaba, porque definitivamente lo escuché decir "vas a pagar por esto".

Barnes levantó la vista de su libreta.

—¿Esas fueron sus palabras exactas?

—Sí.

—En ese caso, señor Harlington, me gustaría entrevistar al resto de su personal. Hoy mismo.

CAPÍTULO 28

Laura caminaba de un lado a otro por el suelo de concreto manchado de grasa del taller de Harlington, alternando entre revisar nuevos mensajes de texto y mirar a través de las puertas abiertas hacia el patio exterior.

En lugar de intentar localizar a los tres hombres que trabajaban para Harlington, el dueño había sugerido llamarlos y arreglar que fueran entrevistados en el taller para ahorrar tiempo, algo que ella y Barnes habían aceptado con entusiasmo.

Su colega estaba actualmente entrevistando al mayor de los empleados restantes junto a un banco de acero cubierto de herramientas eléctricas, sus voces un murmullo mientras se sentaban en un par de taburetes muy usados.

A pesar de las puertas abiertas, el aire estaba viciado con los aromas penetrantes de aceite de motor, lubricante y (en anticipación al invierno temprano pronosticado) anticongelante.

Se estremeció cuando el viento cambió y se coló por el hueco de las puertas, y metió su móvil en el bolsillo antes de abotonarse el abrigo de lana y levantar el cuello para contrarrestar la corriente.

El sonido de un coche acercándose despertó su interés, y salió al patio cuando un deportivo azul entró desde la carretera con el sistema de sonido a todo volumen.

Un hombre delgado bajó del coche, frunciendo el ceño al verla, y se puso una sudadera por la cabeza.

—¿Es usted la detective? —preguntó, apuntando el mando a distancia hacia el coche y acercándose a donde ella esperaba.

—Agente Laura Hanway —dijo ella, mostrando su placa—. Usted debe ser Sam Hennant.

—Así es.

—Gracias por venir en su día libre.

Él se encogió de hombros, ajustando la pequeña coleta en la nuca.

—Supongo que Dale habría hecho lo mismo por mí si estuviera en mi lugar.

—Vamos, entremos. Está moderadamente más cálido adentro.

—Usted nunca sería una buena mecánica, detective.

—Créame, lo sé.

Sonrió y lo guio a través de las puertas hacia un par de sillas de jardín de plástico que Harlington había encontrado en la parte trasera del taller, ahora colocadas en la esquina opuesta a donde Barnes y el otro empleado estaban hablando.

Sam saludó con un gesto a su colega, metió las manos en el bolsillo canguro de su sudadera y se sentó frente a ella.

—¿Qué quiere saber?

—¿Trabaja aquí a tiempo completo?

—A tiempo parcial. Hago cuatro días aquí y uno en la universidad. Solo me quedan ocho meses más y estaré completamente cualificado. —Sonrió tímidamente—. Gerry ya me ha ofrecido un trabajo a tiempo completo cuando termine.

—Eso es bueno. Supongo que quita algo de estrés al terminar el curso.

—Sí, lo hace. —Sam se removió en su silla y se inclinó más cerca—. Entonces, ¿saben quién disparó a Dale?

—Es una investigación en curso. Lo que estamos tratando de hacer hoy es entender por qué mataron a Dale y qué estaba haciendo en el White Hart. ¿Parecía fuera de sí la semana pasada, quizás nervioso por algo?

—No que yo notara. Estuvimos ocupados el lunes; el martes es mi día libre, así que no puedo decirle nada sobre ese día; y el miércoles estuvimos a tope. Es por eso que me gusta trabajar aquí. El tiempo pasa muy rápido.

—Gerry mencionó que Dale recibió una llamada telefónica el lunes pasado y se puso bastante acalorado. ¿Recuerda eso?

Sam se cruzó de brazos y frunció el ceño.

—Sí, lo recuerdo porque nunca lo había visto así antes, tan enojado. Se suponía que yo debía estar ayudando a descargar un pedido, pero no pude evitar notarlo. Estaba caminando de un lado a otro allá afuera, diciéndole a quien fuera que estuviera al otro lado de la línea que pagarían por algo.

—¿Alguna idea de por qué?

—No. —Se encogió de hombros—. Para ser honesto, no quise preguntar. Volvió aquí de un humor de perros.

—¿Se llevaba bien con Dale?

—Sí, todos nos llevábamos bien con él. Me estaba enseñando muchas cosas, especialmente cuando Gerry estaba demasiado ocupado.

—¿De qué tipo de cosas hablaban, aparte del trabajo?

—De fútbol, mayormente. Y de cosas que habíamos visto en la tele.

Laura hizo una pausa cuando Barnes se acercó, el hombre con el que había estado hablando salía por las puertas abiertas del taller con un gesto de despedida hacia Gerry.

—¿Dale alguna vez mencionó interés en las armas? —preguntó.

Sam asintió.

—Quería empezar a practicar tiro por alguna razón y no sabía por dónde empezar, pero dijo que uno de nuestros clientes se ofreció a llevarlo a probar para ver si le gustaba el mes pasado.

—¿Y le gustó? —dijo Barnes.

—No dejó de hablar de ello la semana siguiente. Nos aburrió hasta la muerte. —Gerry les hizo un gesto para que se acercaran a un conjunto de taquillas metálicas en la parte trasera del taller, sacó una llave de su bolsillo y abrió una en el extremo—. Esta es una llave maestra. Y estas son todas las cosas de Dale; no estaba seguro de qué hacer con ellas.

—¿Sabe qué cliente fue el que le ofreció la sesión de prueba?

—No tengo ni idea, lo siento.

—¿Sam?

El aprendiz negó con la cabeza en respuesta mientras Gerry sacaba del casillero una pila de revistas junto con una botella de bebida vacía y una bolsa de lona.

Abriendo la bolsa de lona, Barnes levantó una camiseta arrugada.

—Ropa de gimnasio, por lo que parece.

Laura volteó las revistas, pasando su mirada por los títulos.

—Estaba leyendo sobre rifles y caza, ¿entonces?

—Sí. Todo el tiempo. No podía esperar para obtener su licencia. —Sam frunció el ceño—. Se quedó destrozado cuando los suyos le dijeron que no podía tener una porque su ex esposa había puesto una queja o algo así.

—¿Podemos llevarnos esto?

—Pueden llevárselo todo si quieren. —Gerry exhaló —. Quiero decir, no creo que su ex quiera nada de esto, y en algún momento voy a tener que poner un anuncio para buscar un reemplazo para Dale. No vamos a poder arreglárnoslas de otra manera.

—Gracias. —Barnes se echó la bolsa de lona al hombro—. Y gracias por organizar que todos vinieran. Nos ha ahorrado mucho tiempo.

—Solo descubran quién lo mató, ¿de acuerdo? No merecía morir así.

Laura recogió las revistas y las llevó al coche, mirando por encima del hombro al oír pasos para ver a Sam siguiéndola, lanzando las llaves de su coche de una mano a otra.

—Gracias por su ayuda hoy.

—No hay problema. —Le guiñó un ojo—. Y vuelva cuando quiera. Tiene mi número.

Laura se dio la vuelta antes de que él pudiera ver su cara enrojecer, y le dio un codazo a Barnes en las costillas cuando empezó a reírse.

—Creo que tienes un nuevo admirador, Hanway —dijo él, desbloqueando el coche.

—El muy descarado —siseó ella.

CAPÍTULO 29

Mientras su equipo se reunía alrededor de la pizarra para la reunión informativa del lunes por la mañana, Kay observó sus rostros abatidos, escuchó la agitación que se filtraba a través de sus conversaciones murmuradas, y se preguntó cómo demonios lograría mantenerlos enfocados y motivados.

Cuadrando los hombros, colocó la agenda en un escritorio libre a su lado y alzó la voz.

—Empecemos. Laura y Barnes, deduzco por los informes que presentasteis anoche que habéis logrado averiguar más sobre Dale Thorngrove, ¿no es así?

—Así es, jefa —dijo Barnes—. Para resumir para todos los presentes, cuando entrevistamos a sus colegas en el taller donde trabajaba, nos mostraron algunas revistas de armas que guardaba en su taquilla, y nos dijeron que uno de sus clientes había hablado con Dale sobre rifles no hace mucho.

—Actualmente estamos esperando que su jefe nos dé una lista de clientes que han utilizado el taller en los últimos seis meses para poder cotejar los nombres con los registros de certificados de armas de fuego de Daniel.

—Intentaré asignar un par de oficiales para que ayuden —dijo Kay, actualizando la pizarra—. Supongo que todos os enterasteis de lo de Amy Evans, ¿verdad?

—¿Podemos acusarla de hacernos perder el tiempo? —preguntó Debbie una vez que se apagó un rumor de voces descontentas.

—Supondría más papeleo de lo que vale —dijo Kay—. Anoche consulté con un contacto en la Fiscalía de la Corona, y cree que nunca llegaría a los tribunales. Sin embargo, hemos puesto una nota en el sistema contra su nombre para futuras referencias. Mientras tanto, he hablado con Sharp en la central, y desafortunadamente están reduciendo el personal en esta investigación. La subjefa de policía considera que se trata de un incidente aislado, por lo que ahora nuestro enfoque se centra en averiguar cuál de los asociados de Thorngrove lo mató. Ian, ¿dijiste que ibas a consultar con Gerry Harlington sobre un enfoque en eso?

—Cuando Laura habló con Sam, el aprendiz, mencionó que alguien había interesado a Thorngrove en las armas e incluso llegó a invitarlo de cacería hace unas semanas.

—Eso definitivamente vale la pena investigar —dijo Kay—. ¿Puedes presionar a Harlington si no obtienes esa lista de nombres para primera hora de la tarde? Me gustaría dividirlos entre el equipo y comenzar las entrevistas telefónicas lo antes posible.

Barnes asintió en respuesta.

Exhalando, Kay miró la agenda y luego volvió a sus

oficiales al escuchar una exclamación sorprendida de Laura.

—¿Qué tienes?

—Un mensaje de texto de Hughes de abajo, jefa. Alguien acaba de entregar un teléfono móvil que se encontró en la cuneta a medio kilómetro del White Hart.

—Ve. Ahora.

La agente no necesitó que se lo dijeran dos veces. Dejó caer su móvil y libreta en su silla y salió corriendo de la habitación.

—Harriet nunca encontró un móvil o cartera en la escena del crimen —dijo Phillips—. Así que tal vez sea de Thorngrove.

—O de su asesino, si es un móvil desechable. —Kay caminaba por las delgadas baldosas de la alfombra, incapaz de quedarse quieta. Levantó la vista cuando Laura regresó, ligeramente sin aliento y sosteniendo una bolsa de evidencia de plástico.

—Aquí tienes, jefa.

—Bien, toma una foto de esto y envíasela a Gerry Harlington. Pregúntale si él o sus empleados lo reconocen como el de Thorngrove. ¿Hughes obtuvo los datos de la persona que lo entregó?

—Sí, una mujer llamada Nancy Allen. Lo encontró mientras paseaba a su perro.

—Ian, quiero que la llames y averigües exactamente dónde lo recogió —continuó Kay—. Lleva a un uniformado contigo y registra la zona para ver si también tiraron allí la cartera de Thorngrove.

—En ello. —Barnes corrió hacia su escritorio,

arrebatando la nota adhesiva que Laura le tendía al pasar junto a ella.

—¿Quieres que llame a Andy Grey en el departamento de forense digital para decirle que se lo enviaremos por mensajería? —preguntó Debbie.

Kay negó con la cabeza y miró la bolsa de evidencia en su mano. —No hay tiempo, Debs. Voy a llevarlo yo misma a Northfleet ahora.

CAPÍTULO 30

Kay pasó su tarjeta de seguridad y atravesó el vestíbulo de la sede de la Policía de Kent en Northfleet, levantando la mano para saludar a otro inspector de la División Este, y se dirigió hacia las escaleras.

Subiendo los escalones de dos en dos, ignorando las expresiones perplejas que recibió de tres miembros del personal administrativo al pasar corriendo junto a ellos, llegó al siguiente piso y se apresuró por un pasillo estrecho.

La puerta de seguridad al final se abrió antes de que llegara, y Andy Grey se hizo a un lado.

—Cuando dijiste que venías en camino, detective Hunter, no me di cuenta de que ibas a estirar el continuo espacio-tiempo para llegar tan rápido.

—La A2 estaba despejada por una vez.

—¿Has estado tomando clases extra de conducción con Barnes y Gavin? —sonrió, y luego extendió la mano—. Muy bien, dámelo.

Ella le entregó la bolsa que contenía el teléfono móvil

y observó mientras él se ponía guantes protectores, firmaba el formulario de cadena de evidencia y luego rompía el sello.

—¿Crees que esto pertenecía a tu víctima? —dijo el técnico forense mientras se acercaba a un ordenador y conectaba el móvil.

—Eso creemos. —Kay se apartó el flequillo de los ojos, su ritmo cardíaco volviendo lentamente a la normalidad—. Lo encontraron a unos ochocientos metros del pub, así que…

—Las probabilidades son buenas. —Frunció el ceño—. Está protegido con contraseña.

—¿Puedes descifrarla?

—Podría, pero llevaría tiempo. Podrías llamar a la ex esposa y ver si ella la sabe.

—No estamos exactamente en buenos términos en este momento. —Le contó lo que había sucedido—. Además, seguramente habría cambiado la contraseña si se habían separado, ¿no?

—Es un tío. —Andy sonrió—. No nos gusta el cambio. Pregúntale.

Kay hizo la llamada, y después de una respuesta cortante, Amy Evans confirmó que efectivamente conocía la contraseña del teléfono de su ex marido y la recitó de memoria.

Andy sonrió cuando ella terminó la llamada. —¿Se ha redimido la ex esposa?

—No del todo. —Frunció los labios—. Vas a odiarme por esto, pero ¿cuánto tiempo te llevará revisar estos registros telefónicos?

El jefe de forense digital suspiró. —Llevará un tiempo.

—Eres un genio.

—Eso sigues diciéndome. Me ayudaría si supiera si hay algo en particular que estás buscando.

—Thorngrove recibió una llamada telefónica alrededor de las diez y media de la mañana del lunes pasado. Sus compañeros de trabajo informaron de una conversación acalorada, y su jefe nos dijo que le oyó decir "vas a pagar por esto". Ese es nuestro punto de partida; si ves algo más allí que deba saber, también lo tomaré.

—De acuerdo. Ve a tomar un café y espera mi llamada. Veré qué puedo encontrar. Y no le digas a nadie que me has visto; se supone que es mi día libre.

————————

—Entonces, ¿cómo le va a Gavin?

Kay siguió a Sharp hasta una mesa en el lado opuesto de la sala a la máquina expendedora y abrió el envoltorio de un sándwich de queso y tomate de aspecto sudoroso.

Arrugando el labio ante la comida procesada pero resignada al hecho de que no había nada más disponible, le dio un mordisco mientras el comisario sorbía su café.

—Está impresionando a algunas personas —dijo finalmente—. No es que me sorprenda.

—A mí tampoco. —Tragó—. Pensé que tirarlo al agua profunda por un tiempo le haría bien a su confianza.

—No creo que haya un problema con su confianza, solo falta de experiencia en algunas áreas. —Sharp miró alrededor a los oficiales reunidos y suspiró—. Además, me preocupa que si se aburre en Maidstone, lo perdamos por completo.

Kay hizo una pausa, con el sándwich a medio camino de su boca. —¿Has oído algún rumor?

—No, solo una corazonada.

—Eso es peor.

—Come tu comida. No creo que se vaya a ninguna parte por ahora.

Le dio lo que ella sospechaba que él pensaba que era una sonrisa tranquilizadora, pero su apetito había disminuido.

Dejó caer el resto del sándwich de vuelta en el envoltorio.

—¿Cómo le va al resto de tu equipo allí? —dijo Sharp—. Oí que tienes algunas caras nuevas ayudando. ¿Alguien a quien valga la pena vigilar?

—Phillip Parker es un oficial sólido, confiable, quiero decir. Sin embargo, no estoy segura si es material de detective. Nunca ha mostrado interés en tomar los exámenes, digámoslo así. Hay otro agente uniformado... Kyle Walker. —La mirada de Kay se dirigió hacia la ventana mientras hablaba—. Fue el primero en llegar a la escena de una sobredosis que tuvimos que atender hace un tiempo. Me impresionó su atención al detalle en ese entonces, y ciertamente se ha adaptado bien a este caso.

—Revisaré su expediente cuando tenga un momento tranquilo.

—¿Y tú? ¿Cómo te las arreglas con un equipo reducido?

—Por mucho que me frustre, puedo verlo desde el punto de vista de la subjefa de policía. Estamos tan faltos de personal como siempre, y Paul Solomon ha estado trabajando en un caso de tráfico con un equipo esquelético estos últimos meses. Están a punto de desmantelar una banda de contrabando, así que eso tuvo prioridad, como debería ser, por supuesto. —Su labio superior se curvó—. Sin embargo, desearía que hubiéramos tenido más éxito en rastrear al asesino de Thorngrove primero. A pesar de todos los recursos que teníamos, él aún logró escapar.

—O ella.

—¿Perdón?

Kay empujó su café tibio a un lado. —Solo mantengo mis opciones abiertas.

Los ojos de Sharp se estrecharon. —¿Crees que la ex esposa tuvo algo que ver?

—No lo sé. —Bostezó—. Quizás me afectó más de lo que pensé ayer.

—¿Sigues enojada con ella por hacernos perder el tiempo?

—Sí.

—Es un gran paso de robar cosas del piso de tu exmarido a dispararle dos veces con un .308, sin embargo.

—Creo que... —Se interrumpió cuando su móvil comenzó a sonar.

El nombre de Andy aparecía en la pantalla.

—Eso fue rápido —dijo.

—Tuve suerte —respondió él—. Y puede que tenga un nombre para ti.

—Voy para allá ahora mismo.

Sharp observó cómo ella recogía sus cosas y se levantaba de la silla. —¿Progreso?

—Dios, eso espero, jefe. Hablamos luego, ¿vale?

Para cuando había corrido por el pasillo y llegado al rellano del entresuelo, Andy ya estaba en lo alto de las escaleras, con su mochila colgada al hombro y un casco de motocicleta en el brazo.

Le tendió un trozo de papel cuando llegó hasta ella, apartándose a un lado para dejar pasar a un sargento uniformado.

—Gracias —dijo Kay, y luego contuvo un jadeo al leer su caligrafía cursiva.

—Supongo que conoces a este tipo, ¿no? —dijo Andy, guiando el camino escaleras abajo hacia la salida.

—Hablamos con él la semana pasada —dijo ella, cruzando el vestíbulo y empujando la puerta principal para abrirla—. Mark Redding tiene muchas explicaciones que dar.

CAPÍTULO 31

—¿Jefa?

Kay colgó el teléfono de su escritorio al escuchar la voz de Barnes y vio al oficial apresurándose hacia ella.

—Sea lo que sea, Ian, tendrá que esperar. Tenemos a Mark Redding abajo para interrogarlo y su abogado acaba de llegar.

Él levantó una bolsa de evidencias. —El equipo de Harriet encontró la cartera de Thorngrove a un par de metros de donde Nancy Allen recogió su móvil esta mañana.

—¿Hay algo ahí que nos pueda ayudar?

—Desafortunadamente no. Solo había algunas tarjetas bancarias y un permiso de conducir. Un poco de efectivo, no mucho.

—En ese caso, te necesito conmigo. —Recogió su libreta y una carpeta que contenía la declaración previa de Mark Redding, y se las entregó a su colega—. Andy Grey confirmó que la llamada telefónica que Thorngrove recibió el lunes pasado por la mañana fue con Redding. Su número aparece en la lista de llamadas recientes del móvil a la misma hora que su jefe…

—Gerry.

—Sí, él. —Kay esperó mientras Barnes firmaba la entrega de la cartera a Debbie para que la registrara en el sistema, luego se dirigió hacia la puerta—. El momento coincide con cuando se vio a Thorngrove discutiendo con alguien por teléfono.

Su colega sacó la corbata del bolsillo de su chaqueta y se la puso alrededor del cuello antes de ajustarse el cuello de la camisa mientras bajaban las escaleras. —¿Quién lo representa?

—Andrew Gillow de Blake Arrow.

—Dios, si puede permitírselo, entonces ese negocio suyo debe estar yendo mejor de lo que pensaba.

—Lo que también significa que tiene mucho que perder.

Barnes puso su brazo frente a la puerta de las salas de interrogatorio antes de que ella pudiera alcanzar el panel de seguridad. —¿Motivo?

Ella se encogió de hombros y no dijo nada.

—De acuerdo. —Bajó el brazo y tecleó el código en el panel—. Veamos qué tiene que decir.

Cuando Kay entró en la sala de interrogatorios número cuatro, Mark Redding interrumpió su conversación con su abogado y esperó hasta que Barnes puso en marcha el equipo de grabación y recitó la advertencia formal.

—Mi cliente es un hombre ocupado, detectives —dijo Gillow bruscamente—. Espero que este asunto pueda resolverse de manera oportuna.

—Eso depende de la disposición del señor Redding a cooperar —respondió Kay.

Vestido con un traje gris claro y una camisa azul, Redding se pasó una mano por el lado de la cabeza, alisándose el cabello antes de levantar la mirada para encontrarse con la de Kay.

—Háblenos sobre Dale Thorngrove —dijo ella.

—¿El tipo del taller de Harlington?

—Ese mismo.

—Se encarga de mi coche.

—¿Socializa con él?

Redding miró a su abogado, quien asintió levemente, y luego se aclaró la garganta. —Solo en una ocasión. Había estado cazando ese fin de semana y conseguí un ave para un amigo. Iba camino a su casa cuando pasé por el taller para programar la ITV del coche. Dale vio el ave en el asiento del pasajero y nos pusimos a hablar. Estaba interesado en probar, así que hicimos planes para que viniera con nosotros un domingo cuando no estuviera trabajando.

—¿Cuándo fue eso? —preguntó Barnes.

—Hace… oh, unas cuatro semanas.

—¿Qué estaban usando?

Redding sonrió indulgentemente. —Solo un pequeño rifle del 22. Cualquier cosa más grande, y no quedaría mucho pájaro para cocinar.

Kay abrió la carpeta, sacó una sola página y la giró para que Redding y Gillow la vieran. —¿Podría explicar cómo estaba usando ese rifle dado que su licencia de armas fue revocada cuando lo atraparon conduciendo ebrio?

Redding extendió las manos. —Mire, hoy en día solo

voy a cazar si me invitan a hacerlo en terrenos privados, y sé con certeza que las dos personas que me invitan tienen permisos de armas de fuego. Eso no está mal, ¿verdad?

—Lo está, si usted está asumiendo la responsabilidad por otra persona que invitó —dijo Barnes.

—Ellos respondieron por Thorngrove también. Pregúnteles, ellos mismos se lo dirán.

—Lo haré. ¿Cuáles son sus nombres?

Kay esperó mientras su colega tomaba los detalles, luego miró de nuevo al hombre frente a ella, ignorando la mirada fulminante de su abogado. —Recuérdeme dónde estaba usted el miércoles pasado por la noche entre las ocho y la medianoche.

—Ya se lo dije. Estaba en reuniones de negocios. Videollamadas. Ambas en diferentes zonas horarias en Estados Unidos. Mi esposa me trajo una cena ligera a las nueve porque me había perdido la cena.

—¿A qué hora terminó su segunda llamada?

—Alrededor de diez minutos antes de la medianoche. —Dio una sonrisa cansada—. No hace falta decir que estaba agotado al día siguiente, especialmente porque tuve que reunirme con un nuevo cliente con base en Singapur a las siete de esa mañana.

—¿Por qué llamó a Thorngrove el lunes pasado?

—¿Perdón?

—El teléfono móvil y la cartera de Dale Thorngrove se encontraron hoy temprano en el camino entre el pub White Hart y su casa —dijo Kay—. Su número estaba en la lista de llamadas recientes, y coincide con una discusión que sus colegas escucharon el lunes por la mañana. ¿Sobre qué estaban discutiendo?

—Dios, no lo recuerdo.

—Puede hacerlo mejor que eso, señor Redding. Actualmente es nuestro único sospechoso.

Él palideció. —Estaba cuestionando la factura del servicio del coche, eso es todo.

—¿No era ese el tipo de conversación que debería haber tenido con Gerry Harlington?

—Dale hizo el trabajo. Quería consultarlo con él.

—¿Cuál era el problema?

—Reemplazó el colector de escape sin pedir permiso. —Redding resopló—. Podría haberme ahorrado la desagradable sorpresa en la factura, eso es todo. Se puso bastante irritado; para ser honesto, desearía haber hablado con Gerry. Él habría sido mucho más comprensivo.

—Actualmente estamos procesando la cartera de Thorngrove en busca de huellas dactilares. Ahora sería un buen momento para decirnos si las suyas van a estar presentes cuando lo hagamos.

—¿Por qué demonios estarían mis huellas dactilares cerca de su cartera? Ya se lo he dicho: no tuve nada que ver con el asesinato de ese hombre. —Se volvió hacia su abogado—. Esto se está volviendo absurdo.

Gillow suspiró, tapó su pluma estilográfica y cerró su cuaderno. —Creo que hemos terminado aquí, detective Hunter. Mi cliente ha reiterado su declaración anterior, le ha proporcionado una explicación clara sobre su llamada telefónica con el señor Thorngrove y, además, le ha proporcionado los nombres de dos colegas que pueden dar fe de la invitación del señor Thorngrove para usar armas de fuego bajo su supervisión. Creo que hemos terminado aquí.

Barnes detuvo la grabación y salió de la sala de interrogatorios, con la mirada baja mientras Redding y su abogado se dirigían hacia la salida.

Kay encendió su teléfono móvil, y su corazón se hundió al leer el nuevo mensaje que apareció en la pantalla.

—Mierda.

—¿Qué pasa? —dijo Barnes.

Ella le mostró el teléfono como respuesta. —Laura llamó a la esposa de Redding mientras hablábamos con él. Ha confirmado lo que dijo sobre llevarle la cena esa noche mientras estaba en reuniones, y la hora a la que se fue a la cama. Ella no podía dormir, así que estaba viendo una película.

Barnes gruñó entre dientes. —Joder, estamos de vuelta en el punto de partida.

CAPÍTULO 32

—Que alguien me dé *algo* para hacer avanzar este caso.

Kay irrumpió en la sala de incidentes delante de Barnes, arrojó la carpeta manila encima de una pila que se acumulaba en la esquina de su escritorio y se puso las manos en las caderas.

Ignoró las miradas de asombro de algunos de los empleados administrativos más jóvenes y se dirigió hacia la pizarra.

—Vamos. Ha pasado una semana y lo único que tenemos es a Mark Redding diciéndonos que su discusión con Thorngrove no fue más que una queja sobre una factura, y dos coartadas para justificar que estuviera en posesión de un arma de fuego sin un certificado válido. Ayudadme aquí.

Phillip se apresuró hacia ella, con un bolígrafo detrás de la oreja y un informe en la mano.

—Jefa, hemos examinado la cartera en busca de huellas. Hemos encontrado coincidencias entre las huellas de Thorngrove y las que teníamos archivadas, pero hasta ahora no hay nada que sugiera que Redding la manipuló, ni tampoco el móvil.

—Por Dios, Phillip, no me refería a eso cuando pedí ayuda. —Kay se pasó la mano por el pelo mientras el rostro del agente se ensombrecía—. ¿Qué hay de esos dos nombres, Barnes?

El oficial levantó la mano, con el teléfono en la oreja, y luego señaló al otro lado de la sala donde Laura también estaba hablando con alguien por teléfono, su voz apenas un murmullo.

Kay miró el cielo oscurecido a través de las ventanas, revisó su reloj y contuvo un bufido de sorpresa.

No era de extrañar que su equipo pareciera exhausto.

Ya eran las siete.

—Phillip, hazme un favor: ve a ver si Daniel todavía está aquí y pídele que compruebe las coartadas de Redding para la cacería de faisanes en su base de datos, ¿quieres?

—Enseguida, jefa.

El agente salió corriendo, con evidente alivio en su expresión por tener una razón para escapar de la sala de incidentes.

—¿Qué se nos escapa? —murmuró Kay, volviendo su atención a la pizarra y mirando fijamente las fotografías del cuerpo inerte de Thorngrove tendido en el aparcamiento del White Hart—. ¿Qué demonios estabas tramando?

—Las coartadas de Redding se confirman, jefa. —Barnes se unió a ella, mirando por encima de sus gafas de lectura—. Hablé con Royce Maxton, es dueño de unas tierras al oeste de Staplehurst, y confirmó que invita a Redding y al otro tipo, Ambrose Weatherley, a ir a cazar de vez en cuando. Laura ha hablado con Ambrose para contrastar los hechos, y ha confirmado lo que dijo Royce, y que Mark llevó a Thorngrove para darle una prueba la otra semana.

—Maldita sea. —Miró más allá de él cuando Phillip reapareció.

El agente negó con la cabeza.

—Así que Redding queda descartado —dijo ella.

—¿Quieres que llame a Andy para ver si ha conseguido sacar algo más del móvil de Thorngrove?

—No, eso será todo por hoy, Ian. Vamos a mandar a todos a casa por esta noche. Mañana nos espera un largo día.

Su móvil sonó mientras caminaba de vuelta a su escritorio, y cuando vio el mensaje de texto de Adam, sonrió a pesar del final tardío.

Te veo en el pub X.

—Me parece una maldita buena idea, Turner —murmuró.

Le envió una rápida respuesta y minutos después atravesaba el escaso tráfico hacia Bearsted, sus pensamientos alternando entre la investigación y la idea de una bebida relajante con él.

Sabía que su equipo estaba haciendo todo lo posible con la información disponible, pero era la falta de pistas a través de los llamamientos en los medios y las investigaciones puerta a puerta lo que la frustraba.

Aparcó frente a su casa y caminó de vuelta por el callejón unos cientos de metros hasta el pub local, donde encontró a Adam en la barra, charlando con el dueño.

El lugar era un agradable contraste con el White Hart,

con un bar público separado en la parte delantera del edificio que solía albergar a los fumadores antes de que la prohibición nacional los enviara al quiosco junto a la puerta principal, y una zona de bar principal más grande que se extendía hasta un comedor.

Sonaba música de fondo y asintió a los habituales reunidos junto a los grifos de cerveza, su amistosa charla intercalada con fuertes risas.

—Aquí está —sonrió el dueño, ya sirviendo una pinta de cerveza para ella.

—Gracias —suspiró mientras parte del estrés abandonaba sus hombros, y besó a Adam, saboreando la cerveza en sus labios—. ¿Llevas mucho tiempo aquí?

Él levantó su vaso.

—Esta es la primera. De verdad.

Esperó hasta que ella tomó un trago de cerveza y señaló una mesa en la esquina.

—Vamos, nos sentaremos allí, apartados.

Hundiéndose en uno de los viejos bancos de iglesia adornados con cojines de felpa, Kay tomó otro sorbo de su cerveza e intentó apartar su frustración con la investigación.

Como si sintiera la tensión bajo la que se encontraba, Adam se acercó más y le tomó la mano.

—¿Tan mal?

—No estamos avanzando. —Lo miró por un momento y luego bajó su vaso—. ¿No era hoy el día en que ibas a entrevistar a un nuevo veterinario?

Sus labios se curvaron.

—¿Recuerdas cuando estabas entrevistando a posibles candidatos para el puesto de oficial hace unos años?

—Sí…

—Ha sido como eso, pero peor.

—Continúa.

Escuchó mientras él le contaba sobre los tres candidatos que él y Scott habían conocido ese día, cada uno progresivamente peor que el anterior, y se cubrió la boca para ahogar sus risitas mientras un par de clientes habituales los miraban por encima del hombro.

—Si eso no fuera suficiente —continuó Adam—, el último candidato comenzó la entrevista diciéndome que había leído mi último artículo en la revista, y luego procedió a decirme todo lo que estaba mal en él. Scott y yo no pudimos meter baza, y mucho menos hacer una pregunta.

Esperó hasta que ella estaba tomando otro sorbo de cerveza.

—A mitad de la entrevista, Theresa llamó a la puerta diciendo que había recibido una llamada urgente de un granjero de Lenham con otra vaca preñada que estaba en dificultades. Dejé a Scott con ello. No podía salir de allí lo suficientemente rápido. Pensé que estar hasta los codos en una vaca otra vez era mejor que seguir escuchando a ese tipo.

A pesar de su irritación por la investigación, y a pesar del cansancio que se filtraba por su cuerpo, Kay soltó una carcajada.

La cerveza se le subió por la nariz y empezó a toser, luego le dio una palmada a Adam en el brazo.

—Cabrón —jadeó—. Esperaste a propósito hasta que tomara un sorbo.

CAPÍTULO 33

Kay resopló; un fuerte e insistente timbre la arrancó de sus sueños antes de que Adam le diera un codazo en las costillas.

—Tu móvil está sonando.

—Mierda. —Apartó el edredón de un tirón, se frotó el sueño de los ojos y miró la pantalla.

—¿Ian? Son las cinco y media, ¿qué está pasando?

—Jefa, tenemos un problema.

—¿Qué ocurre?

—Voy de camino a la casa de Porter MacFarlane. Control acaba de recibir una llamada sobre una sospecha de allanamiento, y dadas las circunstancias, dije que nos encargaríamos. ¿Cuánto tardarás en llegar allí?

Veinte minutos después, lamentando no haber tenido tiempo ni siquiera de llenar un vaso de viaje con café antes de salir, Kay aceleró su coche por el estrecho camino y apretó los dientes.

Las ramas descuidadas golpeaban la pintura y las

ruedas se estrellaban contra baches que normalmente habría tenido cuidado de esquivar.

Hoy no.

Pisó el freno cuando vio la entrada de la propiedad de los MacFarlane; la ira y la frustración por el giro de los acontecimientos se mezclaban con un miedo subyacente de que la situación se estaba deteriorando rápidamente.

Casi una semana después, aún no tenían idea de quién había asesinado a sangre fría a Dale Thorngrove.

Y ahora esto.

La luz del sol brillaba sobre el rocío fresco en los potreros a ambos lados del camino de entrada, y un par de ciervos que pastaban levantaron sus cabezas con curiosidad cuando su coche pasó disparado, levantando polvo y piedras que chasqueaban y escupían desde debajo de los guardabarros.

Podía ver un coche patrulla estacionado frente a la casa de los MacFarlane, y un agente uniformado salió cuando ella se acercó, señalando el sendero que rodeaba la propiedad.

Redujo la velocidad y bajó la ventanilla. —¿Habéis encontrado algo?

—No, jefa. El oficial Barnes está abajo en el cobertizo con los dueños.

Metiendo la marcha, avanzó lentamente por el sinuoso sendero detrás de la casa.

Un pequeño camión con un remolque negro tipo caja estaba estacionado fuera del cobertizo donde los MacFarlane guardaban sus accesorios. Había un logotipo de una productora de televisión estampado en el lateral y dos hombres revoloteaban junto a las puertas traseras abiertas, con expresiones preocupadas mientras la observaban aparcar junto a ellos.

El mayor de los dos se adelantó cuando ella salió del coche. —¿Sabe cuándo podremos ponernos en marcha? Tenemos que estar en Northumberland a las tres en punto.

—Mejor que le avisen a su jefe que van a llegar tarde —dijo, y caminó hacia donde Barnes estaba de pie junto a Porter MacFarlane antes de seguirlos al interior del cobertizo.

Se le puso la piel de gallina en los brazos por el frío del interior, y se abrochó la chaqueta. Después de que sus ojos se adaptaron a la penumbra, vio a Roman terminar de hablar con Kyle Walker al fondo y les hizo señas para que se acercaran.

—Bien, ¿qué está pasando? Barnes dijo algo sobre un allanamiento.

El agente uniformado miró a los MacFarlane, luego dirigió su atención hacia ella. —No había señales de entrada forzada, jefa. Aparentemente las puertas estaban cerradas cuando bajaron aquí con el equipo de producción poco después de las cinco.

—¿Entonces cuál es el problema?

Porter se sonrojó aún más y se acercó. —Parece que hay un error con nuestro sistema de inventario, detective Hunter. Muy inusual.

—¿Qué error?

—Faltan dos rifles del calibre .308 —dijo Roman.

—¿Dos?

—Modelos antiguos, y dos que tenía en mente vender —añadió Porter—. Casi nunca se alquilan estos días, así que pensé que aún podría sacar unos cientos de libras por ellos...

—¿Quién más tiene acceso a este cobertizo?

—Aparte de nosotros, nadie a menos que estén recogiendo material, como estos dos caballeros. Están esperando para llevarse unas espadas réplicas del siglo XVI para un programa de televisión que se está filmando en el norte.

Kay se protegió los ojos del resplandor del sol naciente y miró por las puertas del cobertizo hacia donde el equipo de producción estaba apoyado contra el camión, ambos fumando mientras el mayor de los dos no dejaba de mirar su reloj. —¿Acompañan a sus clientes en todo momento cuando se retira material?

—Sí, la mayoría de las veces —dijo Roman.

—¿La mayoría de las veces? —Se volvió hacia él—. ¿Por qué no en todo momento?

Porter se aclaró la garganta. —Si uno de nuestros clientes habituales aparece y hay mucho que cargar, entonces todos echamos una mano para que se pongan en marcha lo antes posible...

—Podría ser que uno de ellos se llevara los rifles —añadió Roman.

—¿Cómo habrían entrado en la habitación interior? Está cerrada con llave todo el tiempo, ¿no?

—Alguien podría haberse colado mientras estábamos distraídos —murmuró Porter.

—Pensé que usaban un sistema en la nube para llevar un registro de todo su inventario.

—Así es, sí.

Kay se apartó del camino de uno de los agentes

uniformados que llevaba un kit para tomar huellas dactilares. —Entonces, ¿por qué no se actualiza cada vez que se retira un arma de fuego?

—Se hace, pero contra la orden de compra para que sepamos qué tenemos que facturar al final del mes.

—El sistema también nos ayuda a ver qué hemos prestado y qué tenemos en stock cuando estamos negociando nuevos acuerdos —explicó Porter—. Quiero decir, la mayoría de las veces sé lo que hay aquí de memoria. Fue Roman quien organizó todo en una especie de base de datos para facilitar la consulta.

—¿Cuándo fue la última vez que auditaron el inventario?

—A finales de junio. —Porter miró de reojo a su hijo, avergonzado—. Eso es culpa mía. Roman sugirió hace unas semanas que deberíamos revisar todo para asegurarnos de que nuestras licencias estuvieran al día y ver si debíamos vender algunas de las armas de fuego que no tenían demanda. El problema es que quita mucho tiempo del día cuando podría estar buscándonos nuevos trabajos... Solo me puse a hacerlo hoy porque su última visita me recordó lo importante que era.

—Entonces, lo que me está diciendo es que a pesar de tener un sistema de inventario, no tienen idea de cuándo fueron robados los dos rifles.

Ambos hombres arrastraron los pies.

—No, no lo sabemos —dijo Porter finalmente—. Lo siento.

Kay contuvo la maldición que casi se le escapa de los labios. —Mientras me acuerdo... Roman, ¿dónde estuviste el miércoles pasado por la noche entre las ocho y la medianoche?

—Aquí, limpiando el carruaje que acabamos de enviar a Nueva Inglaterra para el rodaje.

Kay miró hacia donde él señalaba y vio un gran espacio donde el carruaje tirado por caballos había estado aparcado el viernes por la tarde.

Ella los guio de vuelta al exterior. —Necesitaremos los datos de contacto de todos los que han entrado en este cobertizo desde la fecha de la última auditoría. No solo nombres de empresas, ojo: quiero nombres, direcciones y números de teléfono de cada persona. Y eso incluye cualquier visita privada que haya dado, Porter.

—Entiendo.

—¿Quién más podría haber tenido acceso a la propiedad? —Señaló los desgarbados castaños de Indias y robles que se agolpaban en el límite de la propiedad—. ¿Todo eso está vallado desde la carretera?

—Es difícil decirlo. Hay un sendero público que cruza diagonalmente nuestro límite a unos ochocientos metros más allá de esos árboles. Hay una valla de alambre que lo bordea, pero supongo que cualquiera podría haberse colado por debajo si sabía lo que había aquí.

—Podrían haber vigilado el cobertizo durante días —dijo Roman, entrecerrando los ojos ante el sol que se filtraba entre los árboles—. Y luego haber tomado los rifles cuando estábamos ocupados con los clientes, supongo.

—Fantástico —dijo Kay, y se volvió hacia Kyle—. Acordona ese bosque y trabaja con Phillip para iniciar la búsqueda.

—¿Qué podemos hacer para ayudar? —preguntó Porter, retorciéndose las manos mientras observaba al agente uniformado alejarse apresuradamente.

—Pueden volver a la casa con nosotros y darnos esa lista de nombres —dijo Kay—. Y puede prepararme un maldito café.

CAPÍTULO 34

Laura golpeaba con los talones las baldosas de la alfombra al ritmo de la música pulsante que sonaba a través de sus auriculares mientras miraba fijamente la imagen satelital en la pantalla de su ordenador.

Después de recibir un mensaje de texto de Barnes a las seis, había corrido al trabajo y llamado a Kyle para ayudar a coordinar la búsqueda en el bosque alrededor de la propiedad de los MacFarlane, y ahora estaba tratando de averiguar cómo alguien podría haber accedido a los cobertizos de almacenamiento desde la carretera más cercana.

Una notificación apareció en la parte inferior de la pantalla para informarle que había recibido un nuevo correo electrónico, y pausó la música.

El remitente era Roman MacFarlane y el mensaje era breve y conciso, simplemente indicando que la lista de nombres y direcciones que Kay quería estaba adjunta.

—Perfecto.

Laura se quitó los auriculares de un tirón y corrió hacia

la impresora mientras esta cobraba vida, arrancando las páginas a medida que aparecían y recorriendo el texto con la mirada.

Había catorce empresas en total, y suspiró antes de acercarse al escritorio de Debbie.

—¿Cuántas personas puedo tener para ayudarme a revisar estas?

La policía miró más allá de ella para observar al personal disperso por la sala de incidentes, el lugar abarrotado a pesar de la hora temprana. —No puedo, Laura. Lo siento. La jefatura tomó la decisión durante el fin de semana de reducir el nivel de amenaza, y ya hemos perdido a seis para otros casos esta mañana. ¿Dónde están Kyle y Phillip? ¿No suelen ayudarte con este tipo de cosas?

—Todavía están en la propiedad de los MacFarlane, caminando por el bosque.

—Qué suerte tienen. —Debbie le dio una sonrisa comprensiva—. Mira, te diré qué: dame algunas de esas y te echaré una mano hasta que Kay regrese.

—Eres la mejor, gracias. —Laura le entregó una copia de la lista, le transmitió las instrucciones de Kay y regresó a su escritorio. Resopló, tomó su teléfono y marcó el primer número.

Cinco minutos después, reprendida por un estresado tercer asistente de dirección, colgó el teléfono y tachó el nombre, con los oídos aún zumbando.

Al otro lado de la sala, podía oír la voz elevada de Debbie y se preguntó si todo el equipo de producción estaba tan malhumorado a primera hora de la mañana.

Marcó el segundo número y contuvo la respiración.

—Sophie Grannard.

—¿Señora Grannard? Lamento llamar tan temprano. Soy la detective Laura Hanway, de la Policía de Kent.

—Un momento.

Esperó mientras la mujer hablaba en voz baja, luego escuchó el llanto de un niño antes de que la voz volviera.

—Lo siento, estaba intentando que los niños salieran para ir a la escuela.

—Puedo llamar más tarde si ahora no es conveniente.

—No, está bien. Mi marido los está llevando esta mañana. —Se oyó una risa arrepentida—. Estábamos pasando por la rutina habitual con mi hija menor sobre por qué tiene que ir a la escuela. ¿De dónde dijo que era?

—De la Policía de Kent. Obtuvimos sus datos de Porter MacFarlane.

—¿Porter…?

—Él y su hijo dirigen una empresa de utilería y armería por esta zona.

—Oh, Porter. Ahora sé a quién se refiere. ¿Está bien?

—Está bien, señora Grannard. Solo estamos haciendo algunas averiguaciones rutinarias con sus clientes de los últimos tres meses. Tengo entendido que su equipo de producción alquiló algunos rifles de él en agosto.

—Sí, estábamos filmando un par de escenas para un drama en West Sussex. La empresa de Porter vino muy recomendada.

—¿Quién se encargó de ver las armas que querían alquilar?

—Dos de mis asistentes de producción. Tendrá que consultar con ellos sobre lo que se pidió. —Grannard soltó una pequeña risa—. Para eso les pago. ¿Quiere sus datos?

—Está bien, los tengo aquí. ¿Tuvo algún problema con las armas o con Roman o Porter durante el rodaje?

—No. —Hubo una pausa al otro lado—. Mire, ¿está todo bien? ¿Qué está pasando?

Laura se forzó a sonreír, esperando que se notara en su voz. —Nada de qué preocuparse, señora Grannard. Gracias por su tiempo.

Terminó la llamada justo cuando la puerta de la sala de incidentes se abrió y entraron Kay y Barnes, con expresiones sombrías.

—¿Algo que informar? —dijo la inspectora—. ¿Cómo vais con esos nombres?

—Todavía es pronto, jefa, y nada fuera de lo común hasta ahora. —Laura señaló a Debbie—. Solo somos dos trabajando en la lista en este momento, así que va a llevar un tiempo.

—Dale algunos a Ian, y yo me encargaré de un par cuando haya hablado con Sharp. —Kay miró el reloj sobre la impresora—. Se supone que debo dar un informe a la jefatura en diez minutos. Kyle y Phillip están en camino también, acabamos de verlos entrar al aparcamiento.

—Gracias, jefa. ¿Cómo va la búsqueda en la casa?

—El equipo allí no ha encontrado nada todavía. —Kay agradeció a una asistente administrativa que pasaba por el café que le entregó y dio un sorbo—. Hay seis agentes completando la búsqueda, pero no creo que encuentren nada. Dios sabe cuánta vida silvestre ha pasado por allí. Intentar encontrar huellas va a ser una pesadilla…

—Especialmente cuando los MacFarlane no tienen idea de cuándo fueron robados los rifles —gruñó Barnes.

Laura le lanzó una mirada a Kay. —¿Es eso cierto?

—Sí. A pesar de que nos dijeron que tienen un sistema para registrar el paradero de cada arma de fuego. —Kay tomó otro sorbo de café, luego enderezó los hombros—. Supongo que será mejor que me ocupe de esta llamada telefónica.

CAPÍTULO 35

—Detective Hunter, tengo entendido que ha habido un avance.

La subjefa de policía Tess Bainbridge se acercó a la cámara de su portátil, con sus ojos verdes atentos. —¿Le importaría ponernos al día?

Kay miró las notas junto a su propio ordenador, luego se aseguró de que la puerta del antiguo despacho de Sharp estuviera cerrada y volvió a mirar a los tres rostros que la observaban desde su pantalla.

Tanto Sharp como la comisario jefa Susan Greensmith parecían relajados a pesar de la videoconferencia programada apresuradamente, y Kay deseó poseer una pizca de su calma frente a uno de los comandantes más altos de la fuerza policial.

Entonces se dio cuenta de que su resiliencia se había forjado con años de experiencia.

Experiencia que habían adquirido de primera mano, en situaciones como esta.

Tomó aire. —Esta mañana temprano, el control recibió

una llamada de emergencia desde la residencia de los MacFarlane. Los MacFarlane fueron entrevistados anteriormente en esta investigación porque poseen una de las mayores colecciones de armas de fuego en nuestra división. En ese momento, realizamos una verificación puntual de las armas contra su inventario computarizado, entrevistamos tanto a Porter MacFarlane como a su hijo Roman, y concluimos que no estaban involucrados en el asesinato de Dale Thorngrove la semana pasada.

—Presiento que hay un "pero" aquí —dijo Bainbridge.

—Cuando acudimos a la propiedad esta mañana, los MacFarlane nos informaron que habían descubierto que faltaban dos rifles del calibre .308. Solo se dieron cuenta porque un equipo de producción de televisión llegó para recoger parte del stock. Porter decidió auditar las armas de fuego mientras estaba despierto temprano. Al parecer, su hijo le había estado insistiendo para que lo hiciera durante semanas.

Sharp siseó entre dientes mientras las dos mujeres miraban sus pantallas con horror y conmoción.

—¿Saben cuándo se llevaron los rifles? —preguntó Greensmith.

—No, no lo saben. —Kay se mordió el labio antes de continuar—. Resulta que han estado confiando en las órdenes de compra para registrar las entradas y salidas de stock en la base de datos del inventario y Porter no había realizado una auditoría completa desde junio. Actualmente tengo al equipo de Daniel revisando sus permisos de armas de fuego, y obviamente haremos más investigaciones antes de decidir si revocarlos, teniendo en cuenta que una parte sustancial de su negocio depende de las armas de fuego.

—¿Saben quién se los llevó? —dijo Bainbridge.

—Ninguno de los dos ha podido sugerir quién podría haberse llevado los rifles. Permiten que los equipos de producción entren y salgan del edificio mientras se carga el stock bajo su supervisión. Mi equipo aquí está trabajando en una lista de compañías de producción que han estado en la propiedad de los MacFarlane desde la última auditoría. También tengo un equipo en el lugar concluyendo una búsqueda de la propiedad para encontrar cualquier indicio de cómo alguien más podría haber accedido al cobertizo. Está cerrado en todo momento y no había señales de allanamiento, pero el edificio está rodeado de bosque y no es visible desde la casa.

—Dado el tiempo transcurrido desde su última auditoría, ese robo podría haber ocurrido en cualquier momento en los últimos tres meses —dijo Sharp.

—Exactamente, jefe. También tenemos un problema adicional que solo ha salido a la luz desde que he vuelto a Maidstone. Roman MacFarlane ha informado que también se llevaron una cantidad de munición. Más de dos mil cartuchos, para ser exactos.

Un silencio atónito acogió sus palabras.

Kay hizo una pausa para comprobar que había cubierto todo en sus notas, luego levantó la mirada hacia la pantalla una vez más. —Estamos con poco personal aquí, y podría usar un par de manos experimentadas para ayudar a procesar toda la información que tenemos, y para ayudarme a coordinar con Paul Disher una vez que localicemos las armas.

Bainbridge logró esbozar una sonrisa irónica. —¿Supongo que quiere que Piper vuelva allí?

—Sí, por favor. Lo antes posible. —Kay trató de que no se notara la desesperación en su voz—. Es uno de los agentes más experimentados de mi equipo, y lo necesito para trabajar con algunos de los rangos uniformados para centrarse en rastrear esos rifles. También necesito a alguien en quien pueda confiar para investigar los antecedentes y actividades de Porter MacFarlane, sin llamar la atención.

Bainbridge dirigió su atención a Greensmith y Sharp. —Me inclino a estar de acuerdo. ¿Alguno de ustedes tiene asuntos urgentes para los que necesite a Piper?

—Ahora que el foco se ha centrado en el área de Maidstone, estoy de acuerdo en liberarlo —dijo Greensmith—. Podemos mantener una vigilancia desde aquí utilizando el equipo disponible con respecto a cualquier actividad sospechosa que pueda llevarnos al tirador.

—De acuerdo —dijo Sharp—. A menos que y hasta que el asesino salga de su escondite, tenemos las manos atadas.

—Muy bien. Liberaré a Gavin Piper del equipo aquí con efecto inmediato —dijo Bainbridge. Guiñó un ojo—. Cuídelo bien, detective Hunter. Quiero que vuelva a Northfleet algún día.

CAPÍTULO 36

Kay estiró los brazos por encima de la cabeza y se reclinó en su silla, gimiendo.

Un músculo le crujió en la base del cráneo y extendió la mano hacia su taza de café antes de darse cuenta de que estaba vacía y suspirar.

Apartándola, volvió su atención a la pantalla del ordenador y los cientos de correos electrónicos que habían llegado en las últimas veinticuatro horas, examinando los asuntos para ver qué podía descartar y qué podía delegar de inmediato.

Una vez hecho esto, sus ojos se desviaron hacia el reloj en la esquina de la pantalla.

Las siete en punto, y media hora desde que había enviado a su equipo a casa.

El ambiente había sido sombrío mientras se escabullían, con despedidas a medias e intentos de humor que caían en saco roto.

Algunos se habían resistido a sus órdenes, alegando la oportunidad de ponerse al día con su trabajo e intentar adelantarse al día siguiente; el suave murmullo de las conversaciones llegaba hasta donde ella estaba sentada.

Un aire viciado se aferraba a la sala, sofocante ahora que el sistema de calefacción central del edificio se había encendido para el otoño, adormeciendo a Kay en una neblina de falta de sueño mientras se desplazaba de un lado a otro entre los mensajes.

Aunque no lo admitiría ante nadie más, las palabras del abogado de Mark Redding la habían inquietado.

Muy a su pesar, sabía que Andrew Gillow tenía razón.

No tenían pruebas suficientes para acusar a nadie, ni idea del motivo del brutal asesinato de Thorngrove.

No tenían nada.

Y cuanto más tiempo pasara, más fácil sería para el asesino distanciarse de la escena del crimen y de su víctima.

Un correo electrónico de alguien llamado Elliott Windlesham enviado hace quince minutos llamó su atención, el asunto se refería a una nueva lista de nombres, e hizo clic en él para ver que había sido dirigido a Laura y copiado automáticamente a ella por el sistema.

—Adjunta encontrará la lista de nombres de miembros pasados y presentes, disculpas por la demora —leyó.

Entonces vio la línea de la firma.

—Ah, el grupo de recreación histórica —murmuró, y envió el archivo adjunto a la impresora.

Caminando hacia ella, asintió en señal de despedida a un par de agentes uniformados, y recorrió con la mirada la lista mientras debatía si comprar comida para llevar de camino a casa.

Su estómago rugió mientras volvía a su escritorio, aún examinando la lista.

Entonces se detuvo, inmóvil entre la silla vacía de Gavin y la suya.

—Conozco ese nombre.

Estrujando su memoria, trató de recordar dónde lo había oído antes, y luego corrió hacia su ordenador y abrió la entrada de la base de datos HOLMES2 para la investigación.

Desplazándose por todos los documentos que Debbie y su equipo de asistentes administrativos habían archivado en orden cronológico, recorrió todas las declaraciones de testigos y los registros de investigación puerta a puerta hasta que sus ojos se posaron en el nombre familiar.

—¿Qué demonios…? —murmuró.

Encontró el número de móvil de Windlesham al final de su correo electrónico.

El hombre contestó después de dos tonos.

—¿Diga?

—Señor Windlesham, soy la inspectora Kay Hunter de la Policía de Kent. Espero que no sea demasiado tarde para llamar.

—¿Es sobre mi correo electrónico?

—Así es. Me preguntaba si podría hacerle un par de preguntas. —No le dio oportunidad de responder—. Tiene a un hombre llamado Clive Workman en la lista de antiguos miembros. ¿Cuándo se fue?

—Eh, de memoria diría que hace unos cuatro años. Hace bastante tiempo, en cualquier caso.

—¿Por qué fue eso?

—Perdió su permiso de armas de fuego. No dijo por

qué. Supongo que al no poder participar más en las recreaciones, perdió el interés. Nunca renovó su membresía con nosotros de todos modos.

—¿Cuándo fue la última vez que vio al señor Workman?

—Más o menos por la misma época, calculo. —Hubo una pausa, luego—: No es realmente el tipo de tío con el que me gustaba pasar el rato.

—¿En qué sentido?

—Siempre tenía un poco de mal genio, por lo que recuerdo. Se ofendía fácilmente. No es realmente el tipo de persona que queremos tener cerca cuando interactuamos con el público. Nunca lo pusimos a cargo de las exhibiciones estáticas o la carpa de afiliación… siempre se metía en una discusión por la cosa más insignificante.

—De acuerdo. Bien, gracias por su tiempo.

Kay terminó la llamada antes de abrir otra pestaña en la pantalla de su ordenador y encontrar el informe de Laura sobre su entrevista con Workman.

Escaneando el texto, revisó las preguntas que la joven agente había hecho, y frunció el ceño.

El hombre nunca había respondido a la pregunta de su colega sobre si conocía a alguien que tuviera un arma de fuego. En su lugar, había cambiado de tema, preguntando sobre el tiroteo en el White Hart antes de proporcionar una coartada sobre su paradero.

La coartada, Matty Oakland, había confirmado lo que Workman había dicho, pero aún dejaba abierta la cuestión sobre a quién más podría conocer el hombre, y qué información podría estar ocultando.

De lo contrario, ¿por qué no responder a la pregunta?

¿Estaba tratando de proteger a alguien?

Kay deslizó la pantalla de su móvil y pulsó la marcación rápida de un número familiar.

—¿Ian? ¿Puedes reunirte conmigo en la casa de Clive Workman? Te enviaré la dirección por mensaje.

—Sin problema, jefa. ¿Cuándo?

—Ahora.

CAPÍTULO 37

Kay tamborileó con los dedos sobre el volante y revisó sus espejos mientras otro coche se detenía detrás del suyo, apagando sus luces antes de que el sonido de una puerta cerrándose llegara hasta ella.

Segundos después, la puerta del pasajero se abrió y Barnes se dejó caer en el asiento, con la mirada fija en la casa más adelante en la calle.

—Supongo que está en casa, ¿no?

—Eso parece. Pasé caminando antes y pude ver luces detrás de las cortinas del frente.

—¿Cómo quieres proceder?

—Con cuidado. Hasta que averigüemos qué está tratando de ocultar Clive Workman al evitar la pregunta de Laura, asumiremos que es sospechoso.

—¿Quieres que llame a refuerzos, por si acaso?

Ella negó con la cabeza y señaló las casas a ambos lados de la calle.

—No creo que intente nada. No con tantos testigos.

—Eso no detuvo al tipo que disparó a Thorngrove la semana pasada.

Kay se estremeció.

—Cierto.

—¿Lista?

—Sí.

A paso rápido, Kay se dirigió a la puerta de Workman y tocó el timbre antes de golpear con los nudillos la superficie de PVC, luego dio un paso atrás.

Las ocho y media de un martes por la noche, y dado que no había luces encendidas en ningún otro lugar de la casa que pudiera ver, no creía que el hombre estuviera esperando visitas.

La luz se filtró a través del cristal esmerilado de la puerta desde una habitación a la derecha, y una cadena sonó antes de que Workman se asomara.

Una ligera barba incipiente cubría su mandíbula, y llevaba una camisa azul claro sobre una camiseta gris, con manchas de grasa en el frente.

—Quién…

Kay mostró su placa e hizo las presentaciones.

—Una charla rápida, si no le importa, señor Workman.

Ella dio un paso adelante, pero él mantuvo la puerta firme y la miró con enojo.

—Acabo de sentarme a cenar…

—Como dije…

—Así que sea rápida. —La puerta se abrió un poco más, pero él se mantuvo firme, cruzando los brazos sobre el pecho.

—Tenemos algunas preguntas de seguimiento.

Específicamente, ¿a quién conoce que posea un arma de fuego ilegal?

Kay vio cómo su nuez de Adán se movió una vez.

—A nadie —balbuceó, con los ojos moviéndose entre ella y Barnes—. ¿Quién les dijo que sí?

—Usted evitó la pregunta la última vez que mi colega se la hizo. Eso me hizo sospechar. Entonces, ¿quiere pensarlo un momento, dado que su cena se está enfriando, e intentarlo de nuevo?

Kay arqueó una ceja y esperó.

Su mandíbula trabajó por un momento.

—Mire, fue hace mucho tiempo —dijo finalmente—. Yo todavía tenía mi propia licencia en ese entonces. Un tipo que conocía de paso tenía una vieja Ruger que había recibido de su abuelo. Aparentemente la había conseguido durante la guerra y se la dio. Me preguntaba si debía entregarla o venderla.

—¿Dónde está ese revólver ahora?

—No lo sé. —Frunció el ceño—. Nunca lo vi. Él solo me contó sobre eso, eso es todo.

—Necesitaré un nombre.

Workman se lo dijo y luego se rio amargamente.

—No es que les vaya a servir de mucho: murió en un accidente de barco cerca de Sheerness hace un año más o menos. Salió en todos los periódicos.

—¿Por qué no le dijo esto a mis oficiales cuando hablaron con usted por primera vez?

—Se me olvidó.

—Usted evitó la pregunta en ese momento.

—Mire —dijo, extendiendo las manos—. Me estaban

disparando preguntas por todos lados. Hice lo mejor que pude. No tengo nada que ocultar.

—¿Dónde estuvo entre las ocho y la medianoche del miércoles?

Su mirada se volvió fría.

—Exactamente donde les dije a los otros dos con los que hablé. En el pub, el de mi zona, jugando al billar con un amigo. Esa chica que estuvo aquí la última vez anotó su nombre: Matty Oakland. Ya habló con uno de los suyos y lo confirmó. Ahora, si no le importa, voy a terminar mi cena.

La puerta se cerró de golpe y Kay se dio la vuelta, furiosa en silencio.

—Revisaré el nombre en el sistema de todos modos, y el accidente —dijo Barnes mientras caminaban de vuelta a sus coches—. También intentaré averiguar qué pasó con el arma vieja para cerrar ese cabo suelto.

—Gracias, Ian. —Kay desbloqueó su coche e intentó contener su decepción—. Desafortunadamente, no creo que esto nos ayude a encontrar al asesino de Dale Thorngrove.

—Mañana será otro día, jefa —dijo él, girándose para irse—. Nos vemos por la mañana.

—Siento haberte hecho salir para nada.

—Nunca es para nada. —Se detuvo y miró por encima del hombro—. Es como le dices al resto del equipo: si no preguntamos, no averiguamos.

Ella logró esbozar una sonrisa.

—Creo que debería escuchar mi propio consejo más a menudo.

CAPÍTULO 38

Gavin se echó la mochila al hombro y cerró su coche con llave antes de emprender un paso rápido a través del aparcamiento frente al Archbishop's Palace.

Observó las cámaras de videovigilancia apuntando a la pintura descolorida de las plazas de estacionamiento, su posición junto a las farolas que bañaban la superficie desigual proporcionaba una vista clara de todos los que pasaban.

Un escalofrío involuntario recorrió sus hombros al recordar haberse visto a sí mismo siendo atacado bajo esas mismas cámaras hace unos años, y sacudió la cabeza para alejar el pensamiento.

Sus pasos resonaron en los adoquines centenarios bajo un arco de piedra, y luego una brisa fuerte lo golpeó al cruzar el camino de carros en desuso entre el Palace y la Iglesia de Todos los Santos. Levantando el cuello de su abrigo, esquivó un montón de excrementos de perro y luego se apresuró pasando las lápidas inclinadas que abarrotaban el camino cuando vio que las luces del paso de peatones cambiaban a verde.

Se unió a media docena de personas que se arrastraban hacia una isla de hormigón al otro lado, y esperó a que el tráfico se detuviera mientras observaba el exterior de ladrillo rojo de la comisaría de Maidstone en la curva de la carretera a unos metros de distancia.

Hasta esta mañana, no había apreciado lo compacta que era la estructura en forma de caja en comparación con la moderna sede de Northfleet.

Los cristales oscuros de privacidad que salpicaban los pisos superiores miraban sin expresión hacia el horizonte desordenado, manchados por la suciedad del tráfico embotellado que atascaba Palace Avenue. A diferencia del exterior liso y enlucido de la sede, la mampostería exterior áspera parecía apagada en comparación con los edificios vecinos.

Trotando por el paso de peatones tan pronto como cambiaron las luces, Gavin disminuyó el paso a medida que se acercaba, mirando sus pies mientras se preguntaba qué estaría diciendo Sharp a su equipo durante su reunión informativa de la mañana temprano, y si notarían su ausencia.

No había tenido tiempo de explicar su repentina partida a Paul Solomon, ni a los dos agentes uniformados con los que había compartido un rincón de la sala de incidentes, sus escritorios abarrotados de archivos y papeleo.

—Buenos días, Gav.

Una voz familiar lo sacó de sus pensamientos, y levantó la cabeza para ver a Laura de pie en los escalones de entrada de la comisaría, sonriendo.

—Hola. —Sonrió, sostuvo la puerta abierta para ella y pasó su tarjeta de seguridad por el panel junto al mostrador de recepción.

—Entonces, ¿cómo fue allí? —preguntó ella una vez que subían las escaleras hacia el primer piso—. ¿Contento de estar de vuelta?

—Sí, lo estoy.

Ella se detuvo en el rellano, volviéndose hacia él con el ceño fruncido.

—No pareces muy seguro de eso.

—Es diferente allí.

—¿En qué sentido?

—Es difícil de explicar. —Hizo una pausa por un momento—. Aunque es bueno estar de vuelta entre caras conocidas.

Laura extendió la mano y le dio un suave puñetazo en el brazo.

—Nosotros también te echamos de menos. Vamos, o llegaremos tarde.

Kay ya estaba de pie junto a la pizarra cuando entraron en la sala de incidentes, y después de guardar su mochila bajo su escritorio, Gavin se acercó para unirse a ella.

—Buenos días, jefa.

—Me alegro de verte. —Sonrió, y entonces vio lo cansada que parecía su mentora.

—Sharp dijo que tenías algo para mí.

—Sí. —Alcanzó y tocó una de las fotografías clavadas en la pizarra—. Este es Porter MacFarlane.

—¿El armero al que le faltan dos rifles? ¿Ha aparecido algo?

—No, y el equipo de búsqueda también se quedó con las manos vacías.

—De acuerdo. ¿Qué necesitas?

Ella cruzó los brazos, bajando la voz.

—Quiero que investigues los antecedentes de Porter. Una investigación profunda. Tenemos todos los registros obvios a mano, cosas que tuvieron que cubrirse para sus permisos de armas de fuego…

—Pero crees que hay algo más.

—No lo sé. —Suspiró—. Podría estar completamente equivocada, pero el hecho de que tengan tantas armas de fuego y no estén controlando su inventario me asusta muchísimo, Gav. Es decir, ¿qué más podría faltar?

—No quiero ser grosero, jefa, pero Laura es más que capaz de hacer esto.

—Lo es, tienes razón, pero necesito a alguien en quien pueda confiar. —Se detuvo, esperando hasta que pasó un grupo de agentes uniformados, luego miró la fotografía de nuevo—. Adam conoce a Porter.

—Ah.

—No son amigos ni nada por el estilo, pero él cuida de la manada de ciervos, y Porter solía llevar a su viejo Springer Spaniel a la clínica. Me gustaría mantener esa conexión en secreto hasta que sepamos más porque de lo contrario…

—Tendrás que declarar un conflicto de intereses en la investigación y entregársela a alguien más.

—Exactamente. Y no estoy dispuesta a hacer eso. Aún no.

Gavin exhaló, su mirada se dirigió hacia donde Laura y Barnes estaban sentados en sus escritorios, con las cabezas inclinadas mientras trabajaban en los primeros correos electrónicos de la mañana.

—De acuerdo. Déjamelo a mí. ¿Quieres darme algo más para hacer durante la reunión informativa de hoy que pueda usar como coartada? De lo contrario, Laura querrá saber en qué ando.

Kay sonrió.

—Oh, no te preocupes. Estoy segura de que se me ocurrirá algo.

—Me lo imagino. —Se dio la vuelta para irse.

—¿Gav?

—¿Sí, jefa?

Cuando miró por encima del hombro, Kay lo observaba con una mirada cautelosa en sus ojos.

—¿Bainbridge te ofreció un trabajo allí?

—No.

—Avísame si lo hace. Me gustaría tener la oportunidad de convencerte de lo contrario.

CAPÍTULO 39

Kay abrió la puerta de la cafetería con el codo y salió a una Jubilee Square abarrotada, donde palomas errantes hacían todo lo posible por esquivar el tráfico peatonal mientras buscaban restos de comida.

Llevaba un vaso grande de café para llevar en cada mano, lamentando el hecho de que la cafetería se hubiera quedado sin bandejas de cartón mientras las bebidas calientes le quemaban los dedos, y se prometió a sí misma llevar la tambaleante pila que el equipo había acumulado junto al contenedor de reciclaje en la sala de incidentes antes de que terminara la semana.

Temblando mientras su cuerpo se ajustaba a la temperatura más fría del exterior, pasó frente al ayuntamiento y recorrió un estrecho callejón peatonal flanqueado por pequeños negocios que se habían instalado en los edificios antiguos de la ciudad.

Las entradas bajas mostraban letreros pintados y placas de latón que anunciaban abogados, agentes inmobiliarios y más, pero ninguna de las brillantes palabras captó su atención.

En cambio, sus pensamientos volvieron a la conversación que había tenido con Gavin y las miradas furtivas que sus colegas le habían dirigido durante la reunión informativa de la mañana.

Percibía cierta cautela hacia él en la sala de incidentes ahora, pero se dio cuenta de que parte de eso se debía al hecho de que acababa de unirse al equipo de investigación y estaba desesperadamente tratando de ponerse al día con toda la nueva información que se había generado.

Cruzando la calle, caminó por la acera de hormigón junto al río Medway, el viento azotando su abrigo y creando un oleaje en el agua.

Una bandada de patos se balanceaba sobre las pequeñas olas, creando un zigzag perezoso mientras nadaban de un lado a otro en busca de bocados, mientras las drizas golpeaban y tintineaban contra el mástil de un pequeño bote en la orilla opuesta, cuyo dueño lo bajaba antes de navegar bajo el puente bajo la carretera de circunvalación.

Al rodear la parte trasera de la iglesia, vio una figura familiar encorvada en un banco, con los ojos bajos.

—Anímate, cariño, he traído café.

—Gracias. —Barnes se acurrucó en el cuello de lana de su abrigo y miró con el ceño fruncido el agua—. ¿Por qué siempre venimos aquí cuando sopla un vendaval?

—Porque nadie más es lo suficientemente estúpido como para sentarse aquí, por eso. —Kay sonrió—. Y sabemos que nadie nos escuchará.

Él se movió a lo largo del asiento para hacerle espacio.

—Muy bien, ¿qué tienes en mente?

—Gavin.

—Lo suponía.

—Dios, esperaba que no fuera tan obvio.

—Probablemente no para los demás. Te conozco desde hace más tiempo.

—Cierto. —Dio un sorbo tentativo al café, el líquido caliente le quemó los labios—. ¿Crees que se adaptará bien aquí después de haber estado en la central?

—Eso espero. Creo que el truco es asegurarnos de que sepa que lo necesitamos y que no lo damos por sentado.

—Eso solo lo mantendrá feliz por un tiempo, Ian. Es solo cuestión de tiempo antes de que quiera más.

—Sí, pero ¿más qué? —Barnes se volvió para mirarla—. No lo veo queriendo el papeleo que viene con un puesto de oficial como el mío; le gusta demasiado estar en medio de la acción. Gav es el tipo de persona que prospera en una investigación activa como esta.

—Hay muchas investigaciones más grandes en marcha en Northfleet —contrarrestó Kay, y luego suspiró—. Solo hará falta algo como una investigación importante a largo plazo para despertar su interés.

Barnes tomó otro sorbo de café y frunció el ceño a una gaviota que sobrevoló sus cabezas.

—¿Crees que haría algo como trabajar encubierto?

—No.

—Suenas bastante segura.

—Creo que él y Leanne se están poniendo bastante serios. —Sonrió—. No puedo imaginar que ella esté feliz con que él corra ese tipo de riesgos. No, creo que Gavin siempre será un jugador de equipo, pero definitivamente brilla cuando está bajo presión. Me preocupa que si solo llega a investigar delitos menores aquí la mayor parte del tiempo, lo perderemos.

Barnes sonrió.

—Tal vez podríamos convertirnos en mentes criminales maestras, solo para asegurarnos de que no lo hagamos.

—Sí, puedo imaginar esa conversación en tu próxima reunión de evaluación con Sharp. —Kay apuró los últimos sorbos de su café y se puso de pie con un gemido—. Deberíamos volver.

Extendiendo su vaso vacío a su colega y esperando mientras él tiraba ambos en el contenedor de basura más cercano, reprimió la preocupación y volvió a concentrarse en la investigación.

—Espero que Laura haya tenido éxito hablando con las productoras esta mañana —dijo mientras caminaban por el sendero hacia la calle principal—. Incluso si pudiéramos…

Miró hacia abajo cuando el móvil de Barnes comenzó a sonar y él hurgó en el bolsillo de su abrigo, maldiciendo por lo bajo mientras la tela se enganchaba en el teléfono.

—¿Debbie? ¿Qué pasa?

Kay observó cómo se le caía la mandíbula, y luego comenzó a zigzaguear entre los coches que hacían cola en los semáforos, arrastrándola con él.

—¿Ian? ¿Qué está pasando? —dijo ella cuando él terminó la llamada y echó a correr hacia la comisaría.

—Tenemos que ir a la planta de residuos y reciclaje —gritó por encima del hombro—. Han encontrado algo en uno de los contenedores industriales que entregaron esta mañana.

CAPÍTULO 40

Kay se detuvo en la puerta, con los ojos muy abiertos ante el amplio diseño dentro del espacio similar a un hangar.

Al fondo de la instalación, unas anchas puertas de aluminio abiertas conducían a una barrera roja y blanca junto a lo que parecía una garita de guardia. Un camión de basura se acercó retumbando a la barrera, y vio al conductor asomarse por la ventanilla mientras hablaba con un hombre con chaleco de alta visibilidad que salía del pequeño edificio.

Debajo del muelle de concreto donde ella estaba de pie, con vistas a las bahías de entrega, un camión vaciaba su carga sobre una montaña de desechos que se elevaba. Un hedor penetrante de comida podrida, grasa y basura general se extendía por el edificio hasta donde ella observaba, y arrugó la nariz, moviendo los pies dentro de las botas con punta de acero prestadas que ahora llevaba.

—Tiene suerte de que guardemos algunos pares de repuesto para visitantes —dijo Cliff Exley. El gerente del sitio miró sus pies—. Lamento que no tuviéramos de su talla.

—Estas servirán. —Kay hizo una mueca mientras curvaba los dedos de los pies para evitar que se deslizaran dentro de la talla cuarenta y cinco, e ignoró la mirada de suficiencia que Barnes le dirigió.

—Bien, para concluir las verificaciones de salud y seguridad, si pudieran firmar sus nombres aquí —dijo Exley, extendiendo un portapapeles y un bolígrafo—, luego les mostraré lo que encontramos esta mañana.

Kay garabateó su nombre al final de la página y entregó los papeles a Barnes.

—Nunca aprecié lo que sucedía tras bambalinas aquí —dijo.

—Procesamos más de mil quinientas toneladas de desechos industriales y ochocientas toneladas de desechos domésticos cada mes —dijo Exley, sonriendo con indulgencia—. Y luego tenemos todos los desechos reciclables que se clasifican y se redirigen a otras instalaciones también.

—Impresionante —hizo una pausa y tomó el chaleco de alta visibilidad que él le ofrecía, poniéndoselo sobre los hombros—. ¿Dónde encontraron las partes del rifle?

—Por aquí. Tenga cuidado al pisar y asegúrese de sujetarse de la barandilla. Puede ser resbaladizo. —Los guio por una escalera de acero hasta el piso de concreto de la instalación—. Hemos pausado el procesamiento de los desechos. Ese camión fue el último que descargaremos hasta que nos indiquen lo contrario.

Kay se esforzaba por escuchar al gerente del sitio por

encima del ruido de la maquinaria y las voces altas, y elevó la voz.

—¿Quién encontró las piezas?

—Natasha Perrott, una de nuestras empleadas permanentes. Ha estado con nosotros durante más de seis meses y ha visto todo tipo de cosas, así que no dudó cuando vio lo que parecía la mira de un rifle. Su turno debía terminar hace veinte minutos, pero se ofreció a quedarse hasta que pudieran hablar con ella.

—¿Cuántos trabajadores hay en el piso en cualquier momento?

—Muy pocos. —Exley señaló una estructura en forma de caja que sobresalía del nivel del entresuelo—. Esa es la sala de control, desde donde podemos observar lo que sucede desde una posición segura. Hay cámaras en toda la instalación, incluyendo los búnkeres de almacenamiento y la cinta transportadora. El equipo de supervisión allá arriba puede ver todo desde esas ventanas, y solo bajan aquí si hay un problema. Como esta mañana.

Pasaron junto a una pila de basura precariamente inclinada, y Kay examinó las latas, envases de comida para llevar y diversos desechos domésticos antes de darse cuenta de que había otras cuatro montañas idénticas más allá.

Una enorme garra de acero colgaba de un cable en el techo sobre los búnkeres de almacenamiento, con los dientes abiertos en anticipación.

—¿Saben de dónde proviene cada una de estas pilas?

—Aproximadamente. —Exley hizo una pausa mientras un montacargas negociaba una pila de cajas de cartón aplanadas, luego les hizo señas para que avanzaran—. Mi hermano es policía en Hampshire, y tan pronto como Natasha informó por radio lo que había encontrado, até cabos. Supuse que las piezas tenían que estar relacionadas con su asesinato. De lo contrario, ¿por qué alguien las tiraría?

—¿Se encontraron dentro de desechos domésticos como estos, o…?

—No, en los desechos industriales no peligrosos. Los contenedores se vacían de establecimientos comerciales, restaurantes, ese tipo de cosas. Clasificamos lo que se puede reciclar e incineramos el resto para proporcionar energía a la población local. —Sonrió—. Mucho mejor que contribuir a más vertederos.

—¿Con qué rapidez se vacían estos búnkeres? —preguntó Barnes, señalando el más cercano que parecía estar a punto de desbordarse.

—Cada pocas horas. Ese horno es una bestia hambrienta.

—¿Eso significa que todo lo entregado ayer ya ha sido quemado?

—Así es.

—En ese caso, señor Exley, necesitaremos los detalles de cada miembro del personal que haya tenido acceso a estas bahías esta mañana.

—Por supuesto. No hay problema. Ahora, si quieren seguirme por estas escaleras, Natasha está esperando en la sala de control.

Cuando Kay siguió a Exley a través de una puerta hacia la estrecha habitación, lo primero que le sorprendió fue lo limpia que estaba, y luego se apartó de la ventana cuando una fugaz sensación de vértigo la tomó por sorpresa.

—Se tiene una buena vista desde aquí.

Se giró para ver a una mujer vestida de pies a cabeza con un mono naranja brillante, con franjas de visibilidad plateadas en los brazos que brillaban bajo las luces del techo y el cabello recogido en un moño eficiente.

Kay abrió su placa. —Inspectora Hunter.

—Natasha Perrott. —La mujer asintió a modo de saludo, luego señaló la gran silla de aspecto cómodo que dominaba la instalación de abajo, ocupada por un hombre de unos treinta años que apenas registró su presencia.

Sus manos sostenían un portapapeles mientras que a ambos lados del asiento un conjunto de paneles parpadeaban y brillaban, con un joystick al borde de cada uno.

—Josh aquí normalmente tiene el siguiente turno, aunque creo que va a tener una tarde tranquila, ¿verdad?

—Gracias por quedarse. ¿Quiere mostrarnos lo que encontró?

—Claro. Por aquí. —Natasha retrocedió unos pasos y señaló una colección de objetos sobre un gabinete bajo al fondo de la sala de control—. Los mantuvimos aquí arriba, fuera del camino. Pensamos que no querrían que todos anduvieran chismorreando sobre esto.

Kay y Barnes se deslizaron junto al enorme sillón mientras la mujer y Exley se quedaban en la puerta abierta, con la pequeña habitación ya abarrotada.

Sacando un par de guantes desechables de su bolsillo del pantalón, Kay extendió la mano y recogió un objeto metálico reluciente de grasa.

—¿Qué es esto?

—Parte del conjunto del gatillo de un rifle. Bastante limpio, además. No muy usado. Aunque no pude ver la varilla de la guarda.

Kay frunció el ceño, girando el largo resorte metálico en sus manos enguantadas, luego miró hacia donde Natasha estaba de pie en la puerta, con las manos entrelazadas detrás de la espalda. —Habría que saber algo sobre armas para identificar esto entre toda esa basura. ¿A qué se dedicaba antes de empezar aquí?

—Tres misiones con el Ejército Británico. Ninguna de las cuales estoy autorizada a develarle. —Los labios de la mujer se curvaron, y luego se acercó al gabinete y señaló los otros objetos—. Alguien sabía lo que hacía. El conjunto del cerrojo también ha sido desarmado; solo encontré el portacerrojo, pero creo que el cerrojo y el pistón de gas deben estar por ahí en alguna parte.

—Supongo que no llevaba guantes cuando manipuló todo esto, ¿verdad?

Como respuesta, Natasha levantó un par de gruesos guantes de trabajo. —Salud y seguridad laboral estándar. Además, no creí que me lo agradeciera si añadía mis huellas dactilares a las que ya estuvieran allí.

—Gracias. Señor Exley, tiene razón: vamos a tener que pedirle que detenga el procesamiento de esos desechos hasta que nuestros peritos forenses los hayan examinado —dijo Kay.

El rostro del gerente del sitio se desanimó, pero hizo un encogimiento de hombros estoico. —Me lo esperaba.

Barnes levantó la barbilla y miró por la ventana para ver que otro camión se acercaba a la barrera más allá de las puertas abiertas de la planta de residuos, con el motor ronroneando mientras esperaba, luego miró la enorme garra metálica que colgaba sobre la maloliente pila de detritos esperando ser procesados, antes de volverse hacia Kay.

Sonrió. —No puedo esperar a ver la cara de Harriet cuando llegue aquí.

CAPÍTULO 41

Kay entró en la sala de incidentes, un discordante conjunto de voces alzadas y teléfonos sonando asaltó sus oídos mientras se dirigía hacia su ordenador.

Después de dejar a Harriet y su equipo en la planta de gestión de residuos, había informado a Sharp sobre el hallazgo de Natasha y ahora necesitaba reunir a sus colegas y asegurarse de que se mantuvieran enfocados a una hora tan tardía.

La oscuridad había cubierto la ciudad hacía más de dos horas, pero aún quedaba mucho por hacer.

Aunque el personal administrativo que trabajaba en horario normal se había ido a tiempo, quedaba un grupo heterogéneo formado por sus detectives y varios agentes uniformados, y ella tenía la intención de aprovechar al máximo su presencia.

—Reunión, ahora —dijo, haciéndoles señas hacia la pizarra—. Vamos, tenemos que seguir con esto mientras nuestro asesino piensa que se ha salido con la suya.

—A menos que estuviera en la planta —dijo Barnes, su

rostro nublándose mientras arrastraba una silla y se dejaba caer en ella con un gemido—. En cuyo caso…

—Aún no lo sabemos con seguridad —respondió Kay.

Los últimos rezagados se apresuraron a apoyarse en los escritorios o a coger sillas abandonadas, formando rápidamente un semicírculo irregular junto a la pizarra, y la conversación se apagó.

Después de explicar los acontecimientos en la planta de residuos, Kay echó un vistazo a las notas que había garabateado mientras Barnes los llevaba de vuelta a Maidstone.

—Dadas las circunstancias, esto no puede esperar —comenzó—, así que disculpas si teníais planes para esta noche. En primer lugar, Laura, ¿puedes trabajar con Phillip para hablar con los ocho miembros del personal que tuvieron acceso a los búnkeres de almacenamiento de residuos hoy temprano? Sus turnos terminaron entre las siete y las diez de la mañana, así que con suerte ya habrán descansado un poco y no se pondrán demasiado nerviosos si los llamáis después de esto. Necesitamos averiguar si las partes del rifle fueron arrojadas en uno de los contenedores industriales recogidos en el área de Maidstone, o por uno de los contratistas empleados por la planta.

—¿No sería mejor si habláramos con ellos cara a cara? —preguntó Laura.

—No tenemos tiempo. Os lo dejo a vosotros dos para que uséis vuestro mejor juicio en estas circunstancias. Si estáis hablando con alguien por teléfono y suena evasivo, entonces por supuesto organizad una entrevista formal, pero rápidamente. Una vez que la gente se entere de que estamos investigando las partes del rifle desechadas en relación con el asesinato de Thorngrove, nuestro asesino tendrá tiempo de reaccionar, y ya estamos lidiando con las consecuencias de lo que eso podría ser.

—Entendido, jefa.

—Gracias. Daniel, ¿dónde estás?

Una mano se alzó desde el fondo del pequeño grupo.

—¿Puedes tú y tu equipo tomar una copia de la lista de nombres que tenemos de la planta y cotejarlos con la base de datos de licencias de armas de fuego? Avisa a Laura inmediatamente si alguien está marcado para que pueda ajustar la estrategia de la entrevista si es necesario.

—Lo haré, jefa.

—Gavin, voy a necesitar tu ayuda liderando un equipo para revisar las grabaciones de videovigilancia que hemos obtenido de la planta. Obviamente tenemos dos líneas de investigación aquí: las partes del rifle fueron arrojadas en otro lugar y capturadas dentro de una recolección estándar, o alguien allí trató de ocultarlas. Me gustaría que monitorearas las actividades desde que comenzó el primer turno a las seis de la mañana y me avisaras en el momento en que veas algo sospechoso. —Contuvo un suspiro—. Si no, entonces tendremos que tratar de averiguar dónde se originaron los contenidos de ese búnker de almacenamiento y…

Kay se interrumpió cuando la puerta de la sala de incidentes se abrió y Harriet Baker se dirigió hacia ella, con una expresión determinada en el rostro.

No llevaba maquillaje, y sus mejillas aún mostraban la marca de la máscara protectora que había estado usando mientras ayudaba a su equipo de Investigación de la Escena del Crimen en su búsqueda.

—Disculpa la interrupción, pero pensé que preferirías tener una actualización mía lo antes posible —dijo, ligeramente sin aliento—. Y dame un momento, el maldito ascensor está fuera de servicio y no estoy acostumbrada a subir corriendo las escaleras.

Un murmullo de risa comprensiva onduló a través del equipo de Kay, y ella levantó la mano pidiendo silencio.

—Supongo que encontraste más.

—Así es. —Ya recuperada, Harriet se alisó el flequillo largo y tomó una respiración profunda—. Además de la parte del conjunto del gatillo que encontró Natasha Perrott, localizamos la varilla de metal de protección. También descubrimos el pistón de gas y dos cargadores desechados, uno con dos rondas faltantes. Acabo de dejarlos en el laboratorio para que los analicen, y hemos tomado muestras para compararlas con nuestras bases de datos también.

Kay trató de ignorar los latidos acelerados de su corazón, con la garganta seca por la anticipación. —¿Huellas dactilares?

—Patrick las está comprobando ahora. Voy a volver para ayudar, pero como dije, pensé que querrías las últimas noticias lo antes posible.

—¿Encontraste algo más?

—No, eso es todo. Registramos los dos búnkeres a cada lado del que se encontraron las piezas también, pero no encontramos nada.

—Eso es genial, Harriet. Gracias, ¿me llamarás cuando tengas más que informar?

—Lo haré, y tendrás mi informe completo de la búsqueda de esta tarde en algún momento de mañana.

Cuando Harriet salió de la habitación, Kay esperó un momento para que el equipo asimilara la información, luego los despidió y dirigió su atención a Gavin. —Así que solo han encontrado suficientes piezas para un rifle, y hasta que esas hayan sido analizadas no podemos asumir que es uno de los robados a los MacFarlane. Incluso si lo es, todavía nos falta uno, así que necesito que estés pendiente del laboratorio y pidas algunos favores para obtener más información esta noche si puedes.

—Uno del equipo de Harriet me debe un favor, así que lo llamaré ahora.

—Gracias. —Kay miró su reloj mientras él volvía a su escritorio, luego envió un breve mensaje de texto a Adam para hacerle saber que llegaría tarde a casa.

Iba a ser una noche larga.

CAPÍTULO 42

Ian Barnes soltó una maldición ahogada, tragó el último bocado de su sándwich de beicon y miró con enfado la mancha de grasa que ahora se extendía en el centro de su corbata de poliéster color borgoña.

Tras levantarse temprano, sin querer esperar hasta haber desayunado en casa con su pareja Pia, se había apresurado al trabajo y estaba sentado en su escritorio a las seis y media.

Kyle levantó la vista desde el escritorio que actualmente compartía con Debbie West y sonrió.

—¿La boca no es lo suficientemente grande, oficial?

—Vete al demonio —respondió Barnes. Abrió el cajón de su escritorio, suspirando aliviado cuando vio la corbata de repuesto enrollada junto a una grapadora, y la cambió por la manchada, colocando esta en el bolsillo delantero de su mochila.

Sin duda, se acordaría de ella el mes que viene.

Volvió su atención a las actas de la reunión informativa de la noche anterior que habían quedado en su escritorio, la letra desgarbada de Kay abarrotando los márgenes donde había añadido sus pensamientos sobre la dirección que debería tomar la investigación a continuación.

—¿A qué hora se fue anoche? —dijo Debbie, acercándose y entregándole el último informe de HOLMES2.

Él entrecerró los ojos mirando su pantalla. —El último correo electrónico que tengo de ella tiene marca de tiempo de las doce cero cuatro. Creo que envió a todos los demás a casa a las once.

La agente uniformada resopló. —Será mejor que me asegure de que haya café fresco cuando llegue.

—Hablando de eso. —Barnes levantó su taza vacía y sonrió.

—Sabes dónde encontrarlo.

—Valía la pena intentarlo.

Después de servirse otro café y dar un sorbo apreciativo, Barnes se dejó caer de nuevo en su asiento y buscó en el sistema de gestión de casos hasta que encontró la última entrada de Laura del día anterior.

Según sus notas, ella y Phillip habían pasado la mayor parte de la noche hablando con contratistas empleados por la instalación para determinar si alguno de ellos podría haber sido responsable de arrojar las piezas en los búnkeres de almacenamiento.

Sus conversaciones habían sido frustrantemente breves y no habían surgido sospechosos, especialmente una vez que Daniel confirmó que ninguno de esos nombres aparecía en el Sistema Nacional de Gestión de Licencias de Armas de Fuego.

El informe de Gavin era igualmente decepcionante,

con el agente resumiendo que después de pasar varias horas revisando las imágenes de videovigilancia de la instalación, no se podía ver a ninguno de los trabajadores arrojando nada a los búnkeres de almacenamiento.

De hecho, ninguno de los trabajadores se acercaba a los búnkeres mientras la instalación estaba en pleno funcionamiento: todos los residuos eran clasificados y gestionados por Natasha Perrott y sus colegas desde la sala de control que supervisaba la tolva de residuos mientras se movía de un lado a otro.

Recordando su conversación con Kay ayer por la mañana, Barnes esperaba que el joven detective no se estuviera arrepintiendo del traslado de vuelta a Maidstone y las onerosas tareas que el caso ahora conllevaba, especialmente porque el resultado de los esfuerzos de anoche significaba que todos estarían llamando a empresas locales de recogida de residuos comerciales esta mañana.

—¿Oficial?

Levantó la vista de su pantalla para ver a Kyle caminando hacia él, el ceño del agente fruncido de preocupación.

—¿Qué tienes?

—Acabo de hablar con Hughes por teléfono. Dice que hay una señora, Yvonne Maxton, abajo que quiere hablar. Aparentemente está muy nerviosa y solo hablará con alguien de la investigación de Thorngrove.

Barnes se quitó las gafas de lectura y se pellizcó el puente de la nariz. —¿De dónde conozco ese nombre?

—Está casada con Royce Maxton, el tipo con el que Mark Redding dijo que va a cazar a veces.

—Eso es. —Agitando el dedo hacia Kyle, Barnes se puso la chaqueta y luego se enderezó la corbata—. Vamos a ver qué quiere decirnos entonces.

———

Yvonne Maxton estaba sentada en el borde de una de las sillas en la sala de interrogatorios dos cuando Barnes y Kyle entraron, su perfume almizclado prestando un aroma penetrante al interior por lo demás cargado y disipando algo del olor corporal que siempre persistía de los ocupantes anteriores.

Llevaba un elegante traje de falda azul marino, grandes aros dorados asomando por debajo de un corte bob negro, y miró a los dos hombres con ojos verdes acuosos mientras tomaban asiento frente a ella.

—¿Le importa si grabamos esta conversación, señora Maxton? —comenzó Barnes, con voz suave—. Es práctica estándar.

—Yo… no, por supuesto. Mi marido no oirá esto, ¿verdad?

—Esta es una entrevista formal y no se compartirá con nadie fuera de nuestra investigación a menos que y hasta que el asunto llegue a los tribunales.

Ella se mordió el labio por un momento, luego asintió. —Está bien. Supongo que sí.

—Gracias. Tenemos que empezar con una advertencia formal, pero no hay nada de qué preocuparse. —Barnes recitó las palabras de memoria después de que Kyle iniciara el equipo de grabación, y luego se reclinó en su silla, adoptando una pose relajada—. Mi colega en la recepción dijo que necesitaba hablar con nosotros sobre el caso Thorngrove, señora Maxton. ¿Qué quería decirnos?

—P-por favor. Llámeme Yvonne. —Tiró de una pulsera de plata y retorció los gruesos eslabones entre sus dedos, manteniendo los ojos bajos hacia la mesa—. Yo... em...

—Tómese su tiempo. Quizás una respiración profunda también.

La mujer forzó una sonrisa nerviosa. —Lo tenía todo planeado en mi cabeza mientras venía al trabajo esta mañana.

—¿Dónde trabaja?

—Em, en una firma de contadores. Cerca de la plaza.

—¿Normalmente empieza tan temprano por la mañana?

—Oh, Dios mío, no. Normalmente no empiezo hasta las ocho y media. Solo quería ver si podía hablar con alguien antes.

—Y aquí estamos.

—Sí. —Pasaron unos segundos más en el reloj sobre la puerta, y luego Yvonne exhaló—. Mire, no quiero parecer que estoy contando chismes ni nada por el estilo. Es solo que he estado preocupada desde que Royce recibió una llamada telefónica de uno de ustedes a principios de esta semana. Ha estado de mal humor desde entonces.

—¿Su marido?

Ella encontró su mirada y asintió.

Barnes se tomó un momento para recorrer con la vista el informe que Kyle había impreso antes de bajar corriendo tras él, trazando las líneas de texto con su dedo índice. —Bien, ya veo. La agente Laura Hanway lo llamó el lunes para preguntarle sobre las cacerías de faisanes que organiza de vez en cuando.

—Son poco frecuentes, quizás una o dos cada temporada. —Yvonne se sonrojó—. Conociendo a Royce, probablemente lo hizo sonar como si tuviéramos cientos de acres. En realidad, es solo una pequeña granja con algunas gallinas, pero tenemos seis acres de bosque junto al paddock. Y ni siquiera es como si invitara a mucha gente. Tal vez tres o cuatro como máximo.

—¿Y sigue todos los procedimientos de salud y seguridad para los invitados?

—Sí, por supuesto.

Barnes juntó las manos sobre el informe. —Pero aun así hay algún tipo de problema, ¿no es así?

—Uno de los hombres que vino a la última cacería trajo su propio rifle. —Yvonne se removió en su asiento, bajando la mirada.

Un silencio siguió a sus palabras, y él lo dejó prolongarse, deseando que la mujer revelara lo que parecía estar preocupándola tanto como para haberse escabullido a la comisaría antes del trabajo.

Finalmente, ella suspiró. —Mire, es solo que… y puede que me equivoque, tal vez lo confundí con alguien más que Royce mencionó… pensé que había perdido su licencia hace un tiempo. No podía entender cómo había conseguido esa arma.

—¿Ha mencionado esto a su marido?

—No. Yo… a él le gusta montar estas fiestas de caza,

sus palabras, ojo. Dice que le permite tantear posibles inversiones antes que el resto del mercado. Normalmente desconecto cuando llegan, me temo... todo lo que hablan es sobre este trato y aquel trato, y puede ser aburrido. —Esbozó una sonrisa poco frecuente—. Mientras me asegure de que la tetera esté lista y el brandy preparado cuando vuelven a la casa, creo que ni siquiera saben que estoy allí.

—¿Cuándo fue esto?

—Hace cuatro semanas.

—¿Sabe el nombre del hombre?

—Lo siento, no lo sé. No creo que este hombre estuviera involucrado en ese tiroteo, pero... me preocupa que alguien pueda estar caminando por ahí con un arma ilegal. Solo pensé que debían saberlo. Es decir, después de lo que pasó. Es algo que pesa en mi conciencia, eso es todo.

—¿Está su marido en casa hoy? —preguntó Kyle, levantando la vista de su libreta.

—Sí, es trader intradiario. Acciones y valores, ese tipo de cosas. Convertimos el comedor formal en una oficina para él hace seis años. —Yvonne se enderezó un poco—. Le está yendo realmente bien con eso.

—Muy bien, señora Maxton... Yvonne. Gracias. —Barnes se puso de pie.

—Oh. —Recogió su bolso del suelo junto a ella y se unió a él junto a la puerta, mirando a Kyle por encima del hombro—. ¿Eso es todo?

—Así es, y gracias por venir. Nos pondremos en contacto si tenemos más preguntas.

Esperó hasta que Hughes la acompañó a través de la recepción hasta la puerta principal, luego se volvió para ver a Kyle mirándolo, con un brillo de emoción en los ojos.

—¿Crees que el amigo de su marido es nuestro asesino, oficial?

—No lo sé, pero estoy seguro de que la jefa querrá preguntarle.

CAPÍTULO 43

Kay paseó la mirada por el círculo de giro empedrado frente a la casa de ladrillo rojo de los Maxton, y se preguntó cuánto dinero estaría ganando Royce con el trading intradiario de manera regular.

Un todoterreno nuevo brillaba a un lado del camino de entrada, su pintura salpicada por un reciente chaparrón que había hecho que Barnes activara los limpiaparabrisas en su camino desde Maidstone.

—¿Cuándo fue la última vez que ella vio a este tipo? —le preguntó mientras caminaban hacia la puerta principal.

—El mes pasado, lo que coincide más o menos con cuando los tipos del taller dijeron que Dale Thorngrove probó a disparar por primera vez. Demasiada coincidencia para mi gusto.

—¿Pero ella no pudo darte el nombre del hombre?

—No. Al parecer su marido nunca se lo presentó. —Tocó el timbre y luego se encogió de hombros—. Pensé que valía la pena intentarlo de todos modos.

—Quien no arriesga…

Dio un respingo cuando un panel de seguridad detrás de ella cobró vida con un graznido, y una voz retumbó desde el altavoz.

—¿Quién es?

Barnes señaló una pequeña cámara sobre la puerta, y ella mostró su placa.

—Inspectora Kay Hunter, Policía de Kent. Me gustaría hablar con usted, señor Maxton.

—¿Sobre qué?

—Es más fácil hablar cara a cara, señor Max…

—Estoy en medio de algo.

—O podemos hacer esto en la comisaría. Usted decide.

Lo oyó maldecir entre dientes, y luego se escuchó un traqueteo al otro lado antes de que volviera. —Vengan por el lateral de la casa. La oficina tiene su propia entrada.

Un chasquido finalizó la llamada, y ella se apresuró más allá de las ventanas delanteras hacia un sendero de grava que se extendía por el costado de la casa.

—Estas piedras son un buen elemento disuasorio para los ladrones —murmuró Barnes con apreciación.

—También lo son esas. —Señaló las cámaras de seguridad en cada extremo de la casa, y luego golpeó en una gruesa puerta de madera bajo un arco de piedra saliente—. Lugar elegante.

—Le va bien con el comercio de acciones, entonces.

La puerta se abrió de golpe un momento después, y apareció Royce Maxton.

Una mata de cabello gris enmarcaba cejas pobladas, bajo las cuales unos penetrantes ojos azules los fulminaron con la mirada.

—Esto es muy inoportuno —espetó—. El mercado estadounidense está a punto de abrir, y hay una OPI disponible. Si no...

—Cuanto antes responda a nuestras preguntas, antes podrá volver a su ordenador —dijo Kay.

—Está bien. Pasen por aquí. Al menos podré vigilar las cosas mientras hablamos.

Cruzaron el umbral hacia el cuarto de lavado de la casa, con una lavadora y una secadora una al lado de la otra junto a un fregadero y una selección de cuencos para perros y arena para gatos esparcida por las baldosas en una esquina, junto a una bandeja que apestaba a orina.

—Disculpen, la mujer que limpia para nosotros llega tarde.

Una puerta a la izquierda conducía a lo que resultó ser el despacho de Maxton, donde dos grandes pantallas de ordenador ocupaban un escritorio, una mostrando una complicada hoja de cálculo que le dolía a Kay solo de mirarla, y la otra mostrando un sitio web de comercio de acciones.

Maxton lanzó una mirada abatida a las pantallas, luego cruzó los brazos y se volvió hacia ellos. —Bien, hagamos esto lo más rápido posible.

—Entendemos que tiene una cacería privada regular en los bosques adyacentes a su terreno —dijo Kay, después de recitar la advertencia formal.

—El bosque nos pertenece, detective. Podemos hacer lo que queramos allí. —Su frente se arrugó—. ¿Ha estado quejándose de nuevo ese idiota de Tapper? Se da cuenta de que sus quejas son infundadas, ¿verdad? El límite de su propiedad no está ni cerca de nuestra línea vallada.

—Nada de eso. ¿Cuándo fue la última cacería que celebró aquí?

—Hace unas cuatro semanas, creo.

—¿Puede comprobarlo?

Sacó un teléfono móvil del bolsillo del pantalón y tocó la pantalla. —Sí. Hace cuatro semanas. Un domingo.

—¿Cuántos eran?

—Los tres habituales. Yo mismo, Ambrose Weatherley y Mark Redding. Además de un invitado de Mark, Dale no sé qué. —Bajó el móvil—. Un momento. Ustedes ya saben todo esto. Hablé con alguien hace solo unos días.

—Sí, lo hizo. Gracias por eso. —Kay esperó hasta que guardó el móvil—. ¿Cuál de ustedes posee un arma de fuego ilegal?

—¿Cómo dice?

Las cejas pobladas desaparecieron bajo su flequillo desgreñado mientras su mandíbula se abría.

—Uno de los hombres que invitó aquí ese día no tiene licencia de armas, y sin embargo tenemos motivos para creer que trajo su propio rifle. ¿Quién fue?

—Yo…

—Cuidado, señor Maxton. —Kay se acercó, sintiendo cierta satisfacción por la incomodidad del hombre—. Le recuerdo que está bajo advertencia y mi colega aquí tiene tendencia a tomar notas extremadamente precisas. Cualquier fallo por su parte en decir la verdad ahora mismo podría resultar en que usted pierda su propia licencia de armas como mínimo.

Maxton tragó saliva, luego se sonrojó. —Me lo pregunté en ese momento… No quería avergonzar a Ambrose, eso es todo, y quise preguntarle al respecto pero nunca tuve la oportunidad. Mi esposa salió cuando nos estábamos preparando para partir, y me preocupaba que nos hubiera oído.

—¿Y nunca pensó en preguntarle después de ese día?

—No. —Su mirada se deslizó hacia las pantallas del ordenador, luego volvió—. Mire, lo siento muchísimo.

—Este Ambrose Weatherley, ¿hace cuánto que lo conoce?

—Años. Fuimos juntos a la universidad y mantuvimos el contacto. Se jubiló de su estudio de arquitectura el año pasado y poco después se aficionó al tiro. De hecho, me alegré de poder dar referencias cuando solicitó su licencia. Sin problemas ahí.

—Un momento. ¿Cuál de sus invitados ese día no tiene licencia? —dijo Kay, confundida—. ¿Está diciendo que Weatherley perdió su licencia menos de un año después de que se la aprobaran, o...?

—Dios mío, no. Estaba hablando de Mark Redding, por supuesto. No sé, supongo que pensé que era de fiar, y *era* la primera vez que lo veía con su propia arma. Otras veces, siempre estaba contento de usar la mía. Dijo que había perdido su licencia pero esperaba recuperarla. Es por eso que no me preocupé demasiado. No parecía molesto en absoluto, así que supuse que al final del día había recuperado su licencia y todo estaba bien...

Kay exhaló al oír el sonido de la libreta de Barnes cerrándose de golpe y se dirigió hacia la puerta.

—Estaremos en contacto, señor Maxton. Podemos salir solos.

Dejaron al trader intradiario de pie en medio de su estudio, atónito.

—¿Qué piensas, jefa? —dijo Barnes mientras corrían de vuelta al coche—. ¿Es Redding nuestro asesino?

—No lo sé —dijo Kay, mirando fijamente a través del parabrisas mientras la cortina de la entrada volvía a su lugar—. Todavía no puedo descifrar cuál podría ser su motivo.

Puso el coche en marcha, mirando por encima de su hombro mientras daba marcha atrás para encarar la salida, y luego pisó el acelerador.

—¿A dónde vamos, jefa? —preguntó Barnes, ajustándose el cinturón de seguridad después de la rápida maniobra.

—A traer a Mark Redding para un interrogatorio formal de nuevo. Si hay algo que *sí* sé, es que ha estado mintiendo todo el tiempo.

CAPÍTULO 44

Cuando Kay regresó a la comisaría de Maidstone, encontró a Gavin rondando en lo alto de las escaleras, con el rostro marcado por la consternación.

—Ian, ¿puedes asegurarte de que los uniformados traigan a Mark Redding? —dijo, enviando al oficial por delante de ella. Esperando hasta que desapareciera en la sala de incidentes, se volvió hacia su colega más joven.

—¿Cuáles son las últimas novedades?

—Estábamos terminando las llamadas a las empresas de recogida de residuos comerciales de la zona mientras estabas fuera —comenzó, acercándose a una pared de yeso que necesitaba desesperadamente una mano de pintura y apoyándose en ella—. Habíamos concluido todas las entrevistas cuando recibí una llamada de vuelta de una de las más pequeñas. No solo tuvieron recogidas ayer por la mañana que luego fueron llevadas a la planta de residuos, sino que también recogen del pub White Hart.

—¿Qué? —Kay parpadeó—. ¿En serio?

Gavin sonrió.

—En serio.

—Interesante. ¿Conseguiste algo más?

—Sí. Hablé con el conductor de reparto que trabajó ayer. Dijo que normalmente no ve a Len Simpson, probablemente porque su hora de recogida es alrededor de las ocho de la mañana y me imagino que Simpson aún estaría en la cama, pero ayer estaba merodeando en la puerta trasera junto a los contenedores, observando. El conductor dijo que pensó que tal vez quería hablar con él, así que iba a acercarse y ver qué quería después de vaciar el contenedor, pero para entonces, Simpson había desaparecido de nuevo dentro. Se lo mencionó a su supervisora de turno cuando regresó al depósito, quien a su vez confirmó que había llamado a Simpson para preguntarle si tenía alguna duda o preocupación sobre su servicio de recogida. Simpson, en sus palabras, fue grosero, sexista y le colgó el teléfono antes de que ella tuviera la oportunidad de terminar de hablar.

—Suena como Simpson. —Kay se cruzó de brazos, reflexionando sobre la nueva información por un momento antes de hablar—. Creo que deberíamos entrevistarlo formalmente antes de hablar con Mark Redding. ¿Te importaría traerlo, Gav?

Vio que parte de la preocupación abandonaba sus ojos en respuesta a la petición.

—No me importa en absoluto, jefa.

Se apartó de la pared y la siguió hacia la sala de incidentes.

—Sobre ese otro asunto…

—¿Porter MacFarlane? —Se detuvo, con la mano en

un panel metálico de la puerta manchado de huellas dactilares—. ¿Cómo te fue?

—Me queda una pista más que quiero seguir en persona: un tipo llamado Douglas Chilton. Colgó el teléfono cuando lo llamé antes y no responde a ninguno de mis mensajes.

—Eso es extraño.

—Conseguí su dirección de la Agencia de Licencias de Conducir y Vehículos. Iba a pasar por su casa a ver si podía hablar con él en persona.

—De acuerdo, ¿puedes hacer eso después de traerme a Len Simpson?

—Sin problema.

—¿Qué hay de Porter?

—Nada que informar, jefa. Nada en ninguno de nuestros sistemas, al menos. Solo me enteré de una multa de estacionamiento sin pagar por un amigo del ayuntamiento, pero a MacFarlane apenas le acaban de enviar el recordatorio, así que…

La puerta cedió bajo su toque, y ella bajó la mano cuando Barnes salió, con un par de carpetas manila bajo el brazo que le entregó.

—¿Jefa? Estoy listo para revisar estos y preparar la entrevista de Redding si tú lo estás.

—Estaré contigo en un minuto. —Se hizo a un lado para dejarlo pasar, luego se volvió hacia Gavin.

—Te veré más tarde. Lleva a Laura contigo cuando vayas al White Hart a buscar a Len Simpson, ¿de acuerdo? Y nada de hacerse el héroe.

—Entendido. Buena suerte, jefa.

—Igualmente.

CAPÍTULO 45

Laura se aferró a la agarradera sobre la ventanilla del pasajero mientras Gavin giraba bruscamente el volante hacia la izquierda y frenaba para esquivar un contenedor negro de basura en el borde del estacionamiento del White Hart.

Se detuvo antes de retroceder hasta que el vehículo bloqueó la entrada y le lanzó una sonrisa.

—Por si acaso decide intentar escapar.

—Sabía que Simpson ocultaba algo —dijo ella, saliendo y apoyándose en el techo del coche mientras miraba el pub—. Pero no puede ser el tirador, ¿verdad? Es decir, estaba dentro del pub cuando mataron a Thorngrove.

—Sí, pero obviamente está involucrado de alguna manera; de lo contrario, ¿por qué se encontraron las piezas del rifle en una carga recogida de esos contenedores comerciales de allí?

Ella se encogió de hombros, luego miró hacia abajo cuando su móvil sonó. —Tengo un mensaje de la jefa.

—¿Qué dice?

—"Averigüen también dónde estuvo durante los treinta minutos antes de llamar a emergencias". —Laura guardó el móvil en su bolso y se lo colgó al hombro—. Buena pregunta.

—¿No creíste su historia sobre mantener la cabeza gacha? —Gavin se asomó por encima del coche y sonrió.

—No lo sé. —Frunció el ceño, luego levantó la mano—. ¿Oyes eso?

Ambos se volvieron hacia el pub, el sonido de voces alzadas salía por la puerta abierta.

Laura arrojó su bolso de vuelta al coche, alcanzando una porra telescópica. —¿Crees que esto podría ser útil?

—Kay dijo nada de hacerse el héroe, ¿recuerdas?

—Cierto.

Se apresuraron hacia adelante, deteniéndose en seco sobre la superficie de grava cuando primero Len Simpson y luego Lydia Terry salieron del edificio.

Ella parecía apopléjica, con la cara roja mientras perseguía al corpulento tabernero.

—Ni se te ocurra, maldita sea —gritó—. No después de todas las malditas horas que he trabajado para ti y te he ayudado. No puedes dirigir este lugar sin mí.

—Ya te lo dije, estás despedida. —Len giró sobre sus talones, alzándose sobre la diminuta mujer—. No toleraré chismes.

—Normalmente no te molesta —escupió Lydia—. Siempre me preguntas sobre la gente. Qué están haciendo, quién se acuesta con quién, quién…

—Eh, disculpen —llamó Laura—. ¿Está todo bien aquí?

El dueño se dio la vuelta, con los ojos muy abiertos.

Detrás de él, Lydia empezó a reír. —Bueno, esto será interesante.

—¿Qué está pasando? —dijo Gavin, acercándose, manteniendo su porra baja—. ¿Está usted bien, señora Terry?

—Oh, ahora lo estoy —dijo ella, todavía sonriendo—. ¿Era a mí o a Len a quien buscaban?

—Señor Simpson, una pregunta por favor —dijo Laura. Le hizo un gesto para que se acercara y bajó la voz —. ¿Qué está pasando?

—La despedí, y no le gusta —respondió—. ¿Qué quieren?

—Se descubrieron partes de un rifle en su recolección de desechos comerciales. Nos gustaría saber por qué.

Len palideció. —¿Qué?

—Me ha oído. Partes de rifle. Actualmente las estamos analizando para averiguar si coinciden con el arma utilizada para matar a Dale Thorngrove aquí la semana pasada. ¿Algo que quiera decirnos?

—Como por ejemplo dónde estuvo realmente durante los treinta minutos que tardó en llamar a emergencias— dijo Gavin, acercándose más—. ¿Le importaría explicarlo?

—No tengo nada que decirles.

—Vamos, señor Simpson, creo que usted sabe tan bien como nosotros que eso no es cierto —dijo Laura, dándole su sonrisa más dulce—. ¿Intentamos de nuevo? ¿Qué hacían las partes del rifle en su contenedor?

—No tengo ni idea. No poseo un arma. Nunca la he tenido, no desde que dejé el ejército y aun entonces, se guardaban bajo llave cuando no las estábamos disparando para practicar. Solo llevé un arma cuando estaba destinado en el extranjero, de patrulla y cosas así.

—Entonces, ¿qué estuvo haciendo durante esos treinta minutos?

—Yo sé lo que estaba haciendo —dijo Lydia, alzando la voz para que se la oyera desde donde aún estaba de pie junto a la puerta.

Len se giró, lanzándose hacia ella antes de que Gavin lo agarrara y le pusiera los brazos detrás de la espalda.

—Tranquilo, señor Simpson —dijo—. No hay necesidad de eso.

—Puta mentirosa —siseó Len.

Laura lo ignoró y se acercó a Lydia. —¿Lo sabe, o solo está tratando de causar problemas?

—Oh, lo sé. Es por lo que estábamos discutiendo. —Lydia le lanzó una sonrisa maliciosa—. Supongo que ya no importa. No puede despedirme dos veces, ¿verdad?

—¿Qué ha estado haciendo?

—Destilando su propia ginebra.

Laura parpadeó. —¿Qué ha hecho?

Len se retorció dentro del agarre de Gavin, luego maldijo por lo bajo cuando el detective le deslizó las esposas sobre las muñecas.

—Sí, lo sé. —Lydia intentó, pero no logró contener su diversión ante la incomodidad de su ex jefe, su sonrisa se ensanchó—. Aparentemente se enfadó cuando el almacén mayorista subió sus precios hace seis meses y decidió empezar a hacer la suya propia. Lo tenía todo montado en la habitación de atrás sobre la cocina. —Señaló con el dedo hacia donde Simpson estaba de pie junto a Gavin, mirándola con furia—. Decidió ir a desmantelar el alambique antes de llamar a la policía la semana pasada por si ustedes descubrían que no había estado pagando los impuestos. Lo metió en el ático mientras nosotros estábamos aterrorizados en el suelo en lugar de llamar pidiendo ayuda. Bastardo.

—¿Es eso cierto, señor Simpson? —dijo Gavin—. ¿Le importaría darnos una visita guiada?

Len se burló. —Es solo su palabra contra la mía, y está cabreada porque la despedí. Todos podéis iros a la mierda. No tenéis nada contra mí.

—En realidad, señor Simpson, basándonos en lo que se recogió de sus contenedores esta mañana, sí tenemos. —Gavin metió la mano en su bolsillo, incapaz de ocultar su sonrisa—. Y tenemos una orden de registro.

—No la necesitarán —dijo Lydia—. Todo está en la camioneta de allí.

Laura miró a Gavin una vez, luego se apresuró hacia una camioneta gris claro junto a las mesas de pícnic vacías de madera.

Una lona cubría el contenido de la caja, la forma cilíndrica y voluminosa.

Levantó la lona y parpadeó.

Un alambique de cobre sucio yacía de lado, con la tubería y los accesorios amontonados en el suelo debajo.

Volviéndose hacia Gavin, sonrió. —Creo que el Departamento de Pesos y Medidas querrá tener unas palabras con el señor Simpson después de nosotros. Probablemente Hacienda también.

Len la miró con furia. —No diré nada hasta que tenga un abogado.

—Podemos arreglar uno para usted en la comisaría —

dijo Gavin, llevando al tabernero hacia su coche—. Mientras tanto, no tiene que decir nada…

CAPÍTULO 46

—Así que van a traer a Redding porque estaba ocultando información sobre su relación con Dale Thorngrove y un rifle de posesión ilegal, y planeo hablar también con su esposa.

Kay se apoyó contra la pared del pasillo fuera de las salas de interrogatorios mientras observaba cómo Hughes llevaba al dueño del White Hart a las celdas, luego cambió su teléfono móvil a la otra oreja. —Y estamos a punto de hablar con Len Simpson.

—¿Qué piensas sobre ese? —Sharp habló con alguien en el fondo antes de volver su atención a ella—. Perdón, ¿qué decías?

—Dije que creo que Len tiene que estar involucrado de alguna manera —repitió ella—. Primero, no llamó a emergencias de inmediato esa noche porque estaba muy ocupado tratando de encubrir una operación ilegal de destilería y segundo, tenemos evidencia que sugiere que las partes descartadas del rifle encontradas en la instalación de residuos provenían del contenedor fuera del White Hart.

—Pero no tiene antecedentes penales, ¿verdad?

—Nada en el registro. Aunque, eso no significa que sea inocente, jefe. Especialmente después de lo que Laura y Gavin lo encontraron tratando de ocultar.

Sharp soltó una risa sin humor. —¿Cuáles son tus próximos pasos?

—Barnes y yo estamos a punto de interrogarlo para ver qué tiene que decir en su defensa. —Ella levantó la mirada cuando su colega se acercó con un nuevo lote de carpetas en sus manos y una expresión determinada en su rostro—. Tal vez ser interrogado aquí en lugar de en el pub lo haga soltar algunas respuestas. Ha estado demasiado confiado para mi gusto hasta ahora.

—¿Crees que ha estado suministrando armas en el mercado negro?

—Sabría lo que está haciendo, ex militar y todo eso. Sería mejor paga que lo que sea que esté ganando con ese establecimiento de mierda que llama pub, eso es seguro, incluso si está vendiendo alcohol ilegalmente y evadiendo impuestos.

—Cierto. Muy bien, gracias por la actualización. Te dejaré continuar.

Terminando la llamada, Kay tomó la documentación de Barnes con una sonrisa agradecida y comenzó a leer.

—¿Cuáles son los puntos destacados aquí?

—Le pedí a Laura que investigara un poco más el pasado de Simpson mientras esperábamos por un abogado de oficio. Se puso en contacto con la última cervecería que empleó a Simpson como arrendatario. Según ella, el tipo con el que habló dijo que no podían esperar para deshacerse de él: causaba más problemas de los que valía, y aparentemente cuando dejó el último lugar donde lo tenían, necesitó una redecoración completa. También les tomó más de un año recuperar la reputación del lugar.

Kay frunció el ceño, escaneando los informes. —¿Cómo diablos consiguió entonces el White Hart?

—Lo compró barato hace unos años cuando el negocio se vino abajo. —Sacó otro documento de la carpeta, volteándolo para ella—. Esta es una copia de la solicitud de licencia original que presentó. No había nada sospechoso en ella, y tenía el dinero, así que todo se procesó sin problemas. Por lo que puedo entender, la compañía de pubs que solía ser dueña estaba ansiosa por deshacerse del lugar, así que no fue como si hubieran indagado en detalles sobre referencias.

Ella cerró el archivo y se lo devolvió. —Gracias, Ian. Te diré qué: tú dirige esto. Dada la conversación previa de Simpson con nosotros, me gustaría ver cómo maneja ser interrogado por un hombre en su lugar.

Minutos después, con las luces del equipo de grabación parpadeando por el rabillo del ojo, Kay levantó la vista de su libreta para ver a Simpson mirándola fijamente, con una sonrisa lasciva familiar en los labios mientras Barnes leía la advertencia formal.

Sus papadas temblaron mientras confirmaba su nombre y la dirección del White Hart, y un abrumador hedor a sudor y vapores de cerveza flotó por la mesa hasta donde ella estaba sentada.

Barnes se lanzó directamente a las preguntas después de establecer los detalles del abogado de oficio, evidentemente sufriendo la misma sobrecarga sensorial y queriendo comenzar el interrogatorio lo antes posible.

—¿Puede decirnos por qué se encontraron partes de un arma de fuego ilegal en una colección de residuos de sus instalaciones?

—No tengo idea. —Len negó con la cabeza—. Nunca he tenido una licencia de armas, y mucho menos un arma ilegal. Puede que no parezca gran cosa para ustedes, pero créanme: estar en el ejército te da una nueva apreciación de las armas y el daño que pueden causar.

—Y sin embargo, un hombre fue baleado fuera de su pub, con un rifle que coincide con las partes encontradas en sus desechos de cocina.

—Detective, me resulta difícil creer que tenga evidencia para respaldar una afirmación tan infundada —dijo el abogado—. A menos que la instalación de residuos pueda probar categóricamente que esa carga provino del contenedor del señor Simpson, están perdiendo nuestro tiempo.

Barnes mantuvo su mirada fija en Simpson. —Usted es ex militar. Dado de baja deshonrosamente. Eso significa sin pensión, ¿verdad? Debe ser tentador sacar un poco de las ganancias de vez en cuando, sin mencionar destilar su propio alcohol ilegal.

Kay observó cómo la cara de Simpson se tornaba de un tono más oscuro de rojo.

—Encontramos el alambique, Len. Y sabemos que vino de la habitación de invitados en el pub porque tenemos una declaración de testigo a ese efecto, y nuestros oficiales encontraron botellas y tuberías sobrantes durante un registro allí después de su arresto. ¿Lo descubrió Dale Thorngrove? ¿Organizó su asesinato?

—No sé quién le disparó.

—Pero sabía que su asesino no entraría al pub, ¿verdad? De lo contrario, ¿por qué arriesgarse a tomarse el tiempo para esconder el alambique antes de llamar a emergencias?

—No quería que nadie lo encontrara —dijo Len—. Esa maldita Lydia es una chismosa. De todos modos, es su culpa que lo encontraran.

—Me parece que tiene sus prioridades mezcladas, señor Simpson —dijo Kay—. ¿Thorngrove se puso en su contra? ¿Discutió con él como se le vio discutiendo con Lydia esta tarde?

—¿Hace cuánto tiempo comenzó a traficar armas en el mercado negro? —preguntó Barnes—. ¿De dónde las obtiene? ¿O las roba…?

—Detective, debo insistir…

—No trato con putas armas, y no soy un maldito ladrón —escupió Simpson, ignorando la mano de advertencia que su abogado puso sobre su brazo. En cambio, su barriga presionó contra la mesa mientras se inclinaba hacia Barnes, con un destello peligroso en los ojos—. Tampoco maté a ese tipo fuera de mi pub.

—¿Sabe quién lo hizo?

—No. Ya se lo dije.

Barnes se puso sus gafas de lectura y abrió una de las carpetas, sacando una fotografía. —¿Reconoce a este hombre?

La giró hacia Simpson, mostrando una imagen

recortada de Mark Redding que había sido copiada de su perfil en redes sociales.

Simpson se inclinó hacia adelante, pero no tocó la fotografía.

Frunció el ceño.

—¿Es uno de los tipos que estuvieron allí el miércoles pasado?

—Dígamelo usted, Len. Usted estaba allí.

—No. No lo conozco.

—Qué curioso, porque él dice que estuvo en el White Hart la semana anterior. El lunes al mediodía, para ser exactos. —Barnes se quitó las gafas y miró fijamente al dueño del pub—. Dado el estado de su local, no puedo imaginar que estuviera abarrotado de clientela ese día. ¿Lo reconoce ahora?

Una sonrisa astuta se dibujó en el rostro de Simpson, y luego se giró y sonrió a su abogado. —No trabajo los lunes al mediodía. Es cuando voy al supermercado mayorista para conseguir lo que necesitamos para la cocina y demás.

—¿Quién se encargaba del local mientras usted no estaba?

—El cocinero, Tom. Un tipo grande. Lo habrán visto cuando estuvieron allí el sábado. —Se encogió de hombros —. Como usted dijo, no hay mucho movimiento los lunes, así que es el único momento en que puedo salir y hacer cosas.

—¿Cuál es su nombre completo? —dijo Kay, luego anotó la respuesta de Len y se apresuró hacia la puerta, entregando el papel a Hughes, que esperaba fuera.

Él lo tomó con un leve asentimiento, y ella volvió a su

asiento satisfecha de que Tom recibiría una llamada de él en los próximos segundos.

Después de otros cinco minutos de interrogatorio, Barnes había agotado su estrategia y despidió a Simpson con un recordatorio de que seguía siendo una persona de interés en la investigación.

Cuando el dueño del pub salió de la habitación seguido de su abogado, el oficial se volvió hacia Kay con un suspiro exasperado.

—No es él, ¿verdad? —dijo mientras Hughes asomaba la cabeza por la puerta.

—Y tampoco es el cocinero, jefe —dijo el oficial uniformado—. Ese tal Tom dice que tampoco recuerda a Redding después de que le envié la foto por mensaje. Sé que Simpson dijo que el lugar suele estar tranquilo los lunes, pero Tom aseguró que entró un grupo de excursionistas y estuvo muy ocupado sirviendo comida además de atender la barra. —Señaló con el pulgar por encima del hombro—. El abogado de Redding acaba de llegar también, jefe.

Kay cerró su libreta, se aseguró de que el equipo de grabación estuviera apagado y empujó su silla hacia atrás.

—Entonces, ¿quién tiró las partes del rifle en el contenedor de Simpson? —dijo—. Es decir, de acuerdo, ese contenedor se habría recogido junto con un par más ese día, pero esos no estaban cerca del lugar del tiroteo.

—Me pregunto *por qué*. —Barnes recopiló las fotografías y las metió de nuevo en la carpeta mientras se ponía de pie—. Quiero decir, Simpson no es un personaje agradable, pero si no disparó a Thorngrove, ¿quién lo hizo y por qué intentaron incriminarlo al deshacerse del arma del crimen?

—Dios lo sabe, Ian. Vamos, veamos qué tiene que decir Mark Redding.

CAPÍTULO 47

Kyle Walker estaba de pie fuera de la sala de interrogatorios cuando Kay y Barnes llegaron abajo, el joven agente mirando fijamente la puerta antes de dirigir su atención hacia ellos.

—¿Todo bien? —preguntó Kay, manteniendo la voz baja.

Él frunció el ceño, señalando con la barbilla hacia el cartel de "Ocupado" que se mostraba en el panel plateado a tres cuartos de la altura de la puerta.

—Redding estaba saliendo en coche de su casa cuando lo encontramos —respondió—. Lo detuvimos en el camino justo después de su entrada y encontramos una maleta en la parte trasera. Dice que iba a un viaje de negocios de última hora a los Países Bajos.

—¿Ah, sí?

—Eso sí, no pudo decirnos en qué vuelo iba, ni en qué ferry. —Un destello travieso brilló en los ojos de Kyle, y su boca se torció—. Y se molestó bastante cuando le quité el pasaporte.

—¿Dónde está ahora?

—Aquí. —Barnes señaló una de las carpetas en su mano y esperó mientras ella hojeaba el escaso contenido.

—¿Su esposa estaba al tanto del viaje? —dijo Kay.

—No estaba allí cuando llegamos. Intentamos llamar a la puerta por si mentía, pero no hubo respuesta. Había salido, de compras, según él. —Kyle miró su reloj—. Probablemente solo la perdimos por media hora, pero pensé que sería mejor traerlo directamente dadas tus instrucciones.

—¿Te dijo con quién se iba a reunir en los Países Bajos?

—Solo que era un asunto privado. Pensé que preferirías esperar hasta tenerlo aquí para presionarlo.

—Gracias. —Kay cerró la carpeta—. ¿Alguna suerte localizando a la esposa de Redding?

—No contesta, jefa; sigue saltando el buzón de voz.

—Bien. Sigue intentándolo. Dale otros quince minutos. Si eso no funciona, llévate a Phillip contigo y averigua dónde demonios está.

—Lo haré, jefa.

Kyle se fue corriendo, y luego Barnes le abrió la puerta de la sala de interrogatorios número tres.

Frunció el ceño cuando vio al abogado de Redding, el hombre alejándose de su cliente con un gesto confiado.

Andrew Gillow se aclaró la garganta, desabrochándose la chaqueta. —Espero que tenga una buena razón para traer a mi cliente de vuelta aquí.

Ignorándolo, se acomodó en su silla y esperó hasta que Barnes hubiera iniciado el equipo de grabación y leído la advertencia formal.

—Dígame por qué posee un arma de fuego ilegal, señor Redding —comenzó.

—Yo... —intentó, luego apretó los labios—. No estoy seguro de entender a qué se refiere.

—Bien, si así es como va a ser. —Sacó la declaración fotocopiada apresuradamente dada por Royce Maxton de la carpeta preparada por Barnes y la deslizó por la mesa—. Según el señor Maxton, la última vez que organizó una cacería en su propiedad, usted apareció con su propio rifle en lugar de pedir prestado uno de repuesto como solía hacer.

Redding palideció. —Era un evento privado. Me aseguró que no...

—La gente puede cambiar de opinión sobre guardar secretos una vez que se dan cuenta de que alguien ha sido asesinado —dijo Barnes—. Así que le sugerimos que empiece a contarnos algunos de los suyos.

—Solo lo usé ese día —dijo Redding, mirando desesperadamente primero a él y luego a Kay.

—¿Por qué? —dijo ella.

—Porque llevé a un invitado conmigo. No sabía si Royce tendría otro de repuesto.

—Muy considerado de su parte. —Kay observó al hombre frente a ella mientras bajaba la mirada, el aire indignado que había mostrado durante su entrevista anterior desapareciendo rápidamente—. ¿Por qué mató a Dale Thorngrove?

La cabeza de Redding se levantó de golpe. —¡Yo no lo maté!

—¿Por qué llevó a Thorngrove a la cacería privada?

—Porque nos pusimos a hablar mientras me cambiaba

los neumáticos del coche el mes pasado. Quería probarlo, pero no podía porque no conocía a nadie que pudiera dejarlo intentarlo. —Redding resopló—. Esa estúpida zorra de su ex esposa se aseguró de que nunca obtuviera una licencia, además. Mintiendo descaradamente sobre que él la golpeaba.

—¿Así que se compadeció de él?

—Sí. —Se encogió de hombros—. Parecía un tipo bastante decente.

—¿De dónde sacó el rifle ilegal? —dijo Barnes.

—No puedo decirlo. —Redding negó con la cabeza.

—Señor Redding… Mark. ¿Por qué obtuvo un rifle ilegal para llevarlo a la cacería? —insistió Kay.

—Yo… Supongo que quería presumir. Dejarle ver que tenía conexiones. —Los hombros de Redding se hundieron —. El ego, supongo. Me di cuenta de mi error tan pronto como abrí la boca para invitarlo. Normalmente usaba el de repuesto de Royce cuando iba a su casa, y sabía que no tenía otro. Me habría visto como un maldito idiota si hubiera llevado a un invitado a una cacería donde no había un rifle para él, ¿no?

Kay esperó un momento mientras Redding se mordía el labio, su rostro mostrando miseria.

—Mark, ¿Thorngrove sabía que el rifle que estaba usando se había obtenido ilegalmente?

—Al final, sí. Sin embargo, no el día de la cacería. — Levantó la mirada—. Royce tampoco lo sabía, así que no lo culpe. Le dije que lo había pedido prestado por el día.

Kay escribió lo mismo en una página limpia de su libreta, sin responder.

Como titular de una licencia de armas de fuego, Royce todavía tenía la obligación de asegurarse de que todos sus invitados cumplieran con la ley, sin importar sus circunstancias. Debería haber denunciado a Redding hace semanas.

—Hábleme sobre la noche del miércoles pasado —dijo finalmente—. ¿Por qué el White Hart?

Redding se sujetó la cabeza con las manos y miró fijamente la mesa. —Entré en pánico.

—Continúe.

—Dale disfrutó el día; me seguía llamando, preguntándome cuándo podríamos ir de nuevo, a quién más conocía que tuviera tierras donde pudiera disparar sin licencia. —Agitó la mano frente a su cara, sus ojos enrojeciéndose—. No dejaba de hablar de ello, y yo estaba preocupado de que alguien descubriera lo del rifle.

—El ilegal.

—Sí.

—¿Qué pasó?

—Fui estúpido, eso es lo que pasó. Después de la cacería ese día, puede que hubiera bebido más brandy del que pensaba…

Kay hizo otra anotación. —Conducir ebrio además de estar en posesión de un arma de fuego ilegal, señor Redding. Menudo día de excursión tuvo.

Redding suspiró. —Debo haber dejado escapar que conocía a alguien que comerciaba con armas de fuego en el mercado negro.

—En boca cerrada… —murmuró Barnes.

—Me amenazó, detective. Me llamó hace tres semanas

y me dijo que si no le decía de dónde lo había sacado, se lo contaría a los suyos. Por supuesto, me negué. No podía permitir que se lo dijera a nadie más si lo descubría. Quiero decir, nunca se sabe en qué tipo de manos podría acabar un arma así, ¿verdad?

—¿Qué pasó? —preguntó Kay.

—Siguió molestándome y al final ignoré sus llamadas. Fue entonces cuando las cosas empeoraron —murmuró—. Empezó a chantajearme. Dinero, no solo la amenaza de contárselo a la policía.

—¿Cuánto?

—Cinco mil. El muy cabrón dirigió la carta a mi esposa y a mí. Tuve la suerte de que ella no estuviera en casa esa mañana cuando llegó el correo.

—¿Pagó usted?

—La primera vez, sí. Y luego exigió más.

—¿Cuánto tiempo duró esto?

—Recibí otra exigencia el lunes pasado. Así que lo llamé y le dije que necesitaba verlo. Le propuse reunirnos en el White Hart. Nadie nos conocía allí.

—Cuéntenos sobre eso —dijo Barnes, sacando suavemente la carpeta manila de debajo del brazo de Kay y abriéndola—. Cuando lo entrevistamos por primera vez, usted dijo que la única vez que había estado en el White Hart fue al mediodía y que no estuvo allí el miércoles pasado. Mintió, señor Redding. Usted *sí* estuvo allí.

Andrew Gillow miró a su cliente y luego dirigió su atención al detective mayor.

—A menos que tengan alguna prueba para…

En respuesta, Barnes sacó una fotografía ampliada de

un vehículo todoterreno maltratado, cuyo fondo era claramente el camino de entrada de los Redding.

—Sabía que su coche deportivo sería demasiado fácil de reconocer, así que condujo el vehículo de su esposa hasta el pub, ¿no es así? También vamos a hablar con ella, señor Redding. Mentir bajo advertencia no favorecerá a ninguno de los dos.

Kay contuvo la respiración, reprochándose a sí misma por no haberse tomado el tiempo de leer adecuadamente las notas informativas en su prisa por comenzar la entrevista, y luego asintió con aprecio a su colega.

—Trish no les mintió —dijo Redding—. Me trajo la cena a las nueve como les dije. Ella sabía que tenía programada una reunión tarde en la noche. No sabía que la había cancelado en el último momento. Yo... logré reprogramarla para esta semana. Ella dijo que iba a ver una película arriba y tal vez leer su libro hasta que yo subiera a la cama. Benji subió con ella, así que pensé que con el ruido de la televisión no ladraría cuando yo saliera.

Tomó aire antes de continuar.

—Tenía que hablar con Dale. Estaba desesperado. Salí de la casa por las puertas francesas de mi estudio y... Dios, casi cogí el coche deportivo. Entonces vi el todoterreno de Patricia y pensé, ¿por qué no? Era de color oscuro, hay muchos por aquí... no sería reconocido.

—¿Qué pasó cuando llegó al White Hart? —preguntó Barnes.

Redding se limpió los ojos con la manga de su chaqueta.

—Quería reunirme con él en un lugar público por si se

ponía necio. Sé que la gente dirá que Dale era la persona más relajada que conocían, pero créanme, tenía su genio. Solo era bueno ocultándolo. Eso quedó en evidencia una vez que salimos esa noche.

—¿Qué ocurrió? —preguntó Kay.

—Le había dicho que lo pondría en contacto con el vendedor. Le dije que estaríamos en el Hart. Dale se puso cada vez más agitado cuanto más esperábamos a que se estableciera el contacto, y entonces supe que había cometido un error. No era el tipo de persona a la que se le debiera dar un arma, de ningún tipo. Le dije mientras salíamos que el trato se cancelaba y que iba a llamar al vendedor para decírselo. Sabía que era un riesgo, pero pensé que podía desafiar a Dale. Dejé de creer entonces que alguna vez me denunciaría a la policía por si le salía el tiro por la culata. Después de todo, yo podría acusarlo de chantaje, ¿no?

Kay contuvo la respiración, esperando.

—Salimos, ya habían llamado a última ronda, y yo solo quería alejar a Dale lo suficiente de la puerta para que no nos oyeran. Empezó a decir que averiguaría el nombre del vendedor y que le diría que yo le había contado a la policía todo sobre su plan de mercado negro, y que yo era hombre muerto. Llegamos a mi coche... vi el rifle en el asiento trasero.

—¿Lo puso en el coche de su esposa antes de conducir hasta el pub? —preguntó Kay. Se volvió hacia Barnes, que tenía una expresión igualmente sorprendida—. ¿En qué demonios estaba pensando?

—No estaba pensando. Yo... no lo sé. Supongo que entré en pánico.

—Planeaba matar a Thorngrove.

—No, lo juro. —Redding extendió las manos—. Intenté razonar con él, detective Hunter, de verdad que sí. Pero no quería escuchar.

—Así que le disparó.

—¡No! —La saliva salió volando de los labios de Redding, rociando la mesa, y Kay se echó hacia atrás con disgusto—. Ni siquiera lo cogí. Cerré la puerta e iba a decirle que me arriesgaría con ustedes cuando… cuando… Oh, Dios. Un minuto estábamos solos, y al siguiente él simplemente apareció de la nada con un rifle. Debía haber estado escondido en las sombras, esperándonos.

—¿Quién?

Redding sacudió la cabeza miserablemente en respuesta.

—Mark, si usted no le disparó a Dale Thorngrove, entonces ¿quién lo hizo?

Exhaló, su rostro tornándose gris.

—Es un psicópata. Me matará si se lo digo.

La mirada de Kay pasó de Redding a su abogado.

—Señor Gillow, en este momento su cliente es nuestro único sospechoso y su coartada es, en el mejor de los casos, endeble. No vamos a pedir a la Fiscalía un cargo por homicidio involuntario. Esto fue una ejecución. Le pediremos a la Fiscalía que busque la sentencia máxima cuando esto llegue a los tribunales.

—Señor Redding, si me permite. —El abogado se inclinó y murmuró al oído de su cliente.

Kay observó cómo el rostro de Redding pasaba de gris a púrpura mientras escuchaba, y cuando Gillow terminó, pudo ver que las manos del hombre temblaban.

No sintió ninguna lástima por él.

—Bien, ¿qué va a ser?

—Yo… se lo diré. Pero no hasta que puedan garantizar mi seguridad. Como dije, si descubre que he estado hablando con ustedes, también me matará a mí…

CAPÍTULO 48

Gavin miraba a través del parabrisas el bloque de establos convertidos e intentaba leer los pequeños letreros fuera de cada una de las puertas.

Se accedía a los edificios en forma de U por un estrecho camino de entrada que serpenteaba por detrás de una casa de campo, cuya entrada llevaba el nombre del centro artesanal y una lista de los negocios que ahora prosperaban donde antes se guardaban caballos.

Avanzó el coche lentamente, seguro de que el local que buscaba era el más grande al final, y encontró un espacio para aparcar entre una destartalada camioneta y un coche compacto que parecía haber conocido mejores días.

Algunas personas deambulaban por el lugar, una pequeña cafetería más cerca de la casa de campo hacía un próspero negocio con bebidas calientes y pasteles, y él gruñó por lo bajo cuando su estómago rugió.

Comprobando los detalles una vez más en su móvil, caminó hacia el edificio, echando un vistazo a los abrevaderos de piedra recuperados llenos de lavanda y flores brillantes colocados fuera de la puerta abierta.

Varias piezas adornaban un estante de madera, algunas con etiquetas de precio que reflejaban la reputación del artesano como carpintero, y el reconfortante aroma a serrín fresco le recordó a Gavin las clases de carpintería en la escuela.

El sonido del papel de lija raspando contra la madera llegaba a través de la puerta abierta, y parpadeó para contrarrestar la penumbra antes de llamar al panel de cristal sobre el pomo.

—¿Hola? ¿Señor Chilton?

Al entrar, oyó que el lijado se detenía, y luego una figura apareció desde el fondo del taller en una nube de motas de serrín.

—Ese soy yo.

El hombre se acercó y dejó un bloque de lija sobre un armario detrás del mostrador antes de volverse hacia él, con ojos azules inquisitivos.

—¿Puedo ayudarle?

En respuesta, Gavin mostró su placa. —Agente Piper, Policía de Kent. He estado intentando llamarle.

La curiosidad se convirtió en miedo, y Chilton se apresuró a rodear el mostrador antes de cerrar la puerta. Miró a Gavin con furia.

—¿Qué demonios cree que está haciendo?

—Estoy intentando avanzar en una investigación de asesinato. No ha devuelto ninguno de mis mensajes de voz.

—No puedo hablar con usted.

Chilton volvió al armario, luego cogió el papel de lija,

girándolo en sus manos mientras se retiraba al fondo del taller.

—Solo tengo unas pocas preguntas. —Gavin asintió hacia un torno y otras máquinas que permanecían en silencio, esperando que el artesano reanudara su trabajo—. ¿Cuánto tiempo lleva siendo carpintero?

—Desde que dejé la escuela.

—Tengo entendido que estuvo involucrado en la industria cinematográfica durante un tiempo.

Chilton arrastró los pies, trazando un camino a través del serrín que salpicaba el suelo de hormigón. —Fue hace mucho tiempo.

—¿A qué se dedicaba?

—Era diseñador de escenarios. Luego inicié una productora independiente con un amigo mío.

Gavin miró alrededor a los diversos artículos colgados de las paredes: tablas de queso, letreros de casas, bloques para cuchillos. —¿Por qué lo dejó?

—Prefiero no hablar de ello. —Chilton se dio la vuelta y se ocupó de lo que Gavin se dio cuenta era una cuna, lijando suavemente la superficie.

La artesanía era increíble, con intrincados grabados detallando el exterior de los barrotes y siluetas de animales en las tablas.

—¿Cuándo comenzó este negocio?

—Hace unos dos meses.

—Parece que le va bien.

Un encogimiento de hombros. —Está bien. Me mantiene fuera de problemas.

—¿Qué tipo de problemas?

En respuesta, Chilton se giró y lanzó el bloque de lija

sobre un banco de trabajo, luego cruzó los brazos sobre el pecho.

—Ya le dije lo que dije. No estoy dispuesto a hablar de ello.

—Déjeme ponerlo en perspectiva —dijo Gavin, pasando los dedos por la suave superficic del marco de madera—. Ya hemos entrevistado a Porter MacFarlane y a su hijo en relación con un asesinato al norte de Bearsted la semana pasada…

—Lo vi en las noticias.

—Lo que no habrá visto es que dos rifles fueron robados de los MacFarlane en algún momento después de finales de junio. Creemos que uno de esos rifles se usó en el tiroteo. De todas las productoras que hemos entrevistado que tenían acceso a su stock, usted es el único que queda. Y ha estado evitando nuestras llamadas. ¿Por qué?

Entonces lo vio: el ligero temblor en las manos de Chilton, los labios temblorosos mientras levantaba la mirada hacia el techo como si buscara guía divina.

—¿Señor Chilton?

—No puede decirle que ha hablado conmigo —dijo finalmente el artesano—. Me matará si se entera.

Gavin dio un paso adelante, con el corazón acelerado. —¿Quién? ¿Porter MacFarlane?

—No. —Chilton soltó—. Ese hijo suyo. Roman.

CAPÍTULO 49

—¿Cómo es que el carpintero se peleó con Roman MacFarlane entonces?

Barnes se aferraba a la agarradera sobre la ventana del pasajero, con las nalgas apretadas mientras Kay tomaba una curva cerrada sin levantar el pie del acelerador.

—Gavin dice que una de las compañías de streaming contrató a Chilton para hacer una serie documental sobre crímenes reales, y necesitaban alquilar algunas armas de réplica para unas escenas en uno de los episodios. Tenían un presupuesto ajustado y no querían alquilar armas reales. —Kay redujo la velocidad al acercarse a un cruce, luego aceleró de nuevo, esquivando un faisán—. Mientras estaba en el cobertizo con Roman, se dio cuenta de que una de las pistolas que cogió del banco de trabajo no tenía marcas de prueba válidas...

—Así que fue importada al Reino Unido y vendida ilegalmente.

—Exactamente. Y Roman se dio cuenta de que lo había descubierto. Chilton no insistió en el tema; dijo que Roman tenía una mirada extraña en los ojos, como si lo estuviera desafiando a decir algo. Se preocupó, especialmente porque estaba solo ese día, así que simplemente tomó las armas que había alquilado para la producción y se fue lo más rápido que pudo. Le pidió a uno de sus asistentes que devolviera las armas al día siguiente y le dijo que no se quedara por ahí; dice que estaba demasiado asustado para volver él mismo.

Barnes frunció el ceño. —¿Qué lo asustó?

Los labios de Kay se tensaron. —El hecho de que Roman lo llamó a la una de la madrugada amenazándolo con lo que le haría si se lo contaba a alguien. Chilton cerró la productora tan pronto como terminaron el documental.

—Mierda. —Esperó hasta que el coche pasó sobre la rejilla para el ganado al final del camino de entrada de los MacFarlane, con sus pensamientos agitados—. ¿Crees que Porter también está involucrado en esto?

—No lo sé, Ian. Viven en medio de la nada y ninguno de los dos ha sido señalado por una falta o cualquier otra cosa que diera motivos de preocupación al equipo de Daniel. Pero, ¿quién sabe lo que han estado tramando esos dos?

Aflojó su agarre de la agarradera cuando ella redujo la velocidad hasta detenerse frente a la casa, luego levantó la mano. —Espera aquí. Veré primero si hay alguien.

Cerrando la puerta del coche, silenciando sus protestas, caminó a zancadas por la grava, su mirada recorriendo las ventanas que daban al camino de entrada.

Nadie estaba mirando hacia afuera, y ni una sola cortina se movió.

Con la garganta seca, se obligó a relajar los hombros y

subió los escalones hacia la puerta de un salto en caso de que alguno de los MacFarlane estuviera observando desde la distancia, no queriendo alertarlos sobre por qué estaba allí.

Solo una visita de rutina, pensó con una sonrisa sombría.

Tocó el timbre y dio un paso atrás.

No hubo respuesta.

Presionó el timbre una vez más, las campanadas resonando hasta donde él estaba.

Girándose, negó con la cabeza y volvió rápidamente al coche mientras Kay bajaba la ventanilla.

—No hay nadie.

Ella salió, señalando un camino que rodeaba el lateral de la propiedad. —Veamos si la puerta trasera está abierta. Si Porter está en el jardín o algo…

—Espera. —Barnes fue a la parte trasera del coche, abrió el maletero, sacó dos porras telescópicas y le entregó una a ella.

—Gracias —dijo ella, con expresión sombría.

Ninguno de los dos expresó el temor de que las porras serían inútiles contra un arma, pero cuando Barnes desplegó la suya, se sintió un poco mejor al estar armado con algo.

Se detuvo, escuchando sirenas en el viento.

—Hay dos patrullas en camino hacia aquí —dijo Kay—. Pedí refuerzos para que nos encontraran aquí antes de salir de Maidstone.

—Pero no quieres esperar.

Ella exhaló, y él vio la tensión bajo la que estaba.

—Podríamos echar un vistazo —se aventuró él—. Estarán aquí en cualquier momento.

—Vamos, entonces.

Se deslizó por el costado de la casa, tratando de colocar sus pies lo más lentamente posible para evitar que el ruido de la grava crujiendo alertara a Porter o Roman, luego levantó la mano y miró alrededor de la esquina.

—La puerta trasera está abierta —susurró por encima del hombro.

—¿Hay alguien en el jardín?

Miró hacia la extensión del césped ondulante que se alejaba de una bonita zona de patio, entrecerrando los ojos mientras intentaba detectar cualquier figura vestida de oscuro que acechara entre los árboles al fondo del jardín que formaban una frontera entre la casa y los edificios anexos, luego negó con la cabeza.

—No hay moros en la costa.

—Despacio, entonces.

Miró por encima del hombro mientras el primero de los coches patrulla frenaba junto al suyo, luego se agachó y se deslizó a lo largo de la parte trasera de la casa.

Pasando por debajo de una ventana que daba al jardín, se detuvo y levantó la cabeza lo suficiente para poder ver por encima del alféizar.

Más allá de los cristales había un comedor vacío, con una gran mesa alargada en el centro puesta para doce personas, pero no había nadie presente.

Nadie apuntándole con un arma.

Se agachó y se apresuró hacia la puerta abierta, luego hizo una pausa y miró alrededor del marco.

—Vacío —murmuró—. Es la cocina.

—Tal vez hayan salido —dijo Kay.

—Huhmmph.

—¿Qué fue eso? —Kay agarró la manga de su chaqueta—. ¿Oíste eso?

—Quédate aquí.

Después de tomar un par de respiraciones profundas para tratar de calmar su corazón desbocado, Barnes entró en la cocina con la porra en alto.

—Ayuda… —dijo una voz débil.

Venía de una puerta abierta al lado de la cocina principal, y al acercarse vio estanterías cargadas de bolsas de harina, patatas y azúcar, mientras que manojos de hierbas frescas estaban en frascos en un mostrador debajo.

Oyó voces afuera y se dio cuenta de que la patrulla uniformada se había unido a Kay.

Entonces vio dos pies asomando detrás de una lavadora y una secadora junto a otra puerta exterior.

Dejando caer la porra sobre el mostrador, se apresuró hacia adelante.

Porter MacFarlane yacía desplomado sobre las baldosas, con la frente ensangrentada y los ojos cerrados.

—¿Kay? ¡Aquí! —gritó Barnes por encima del hombro mientras se dejaba caer al suelo.

Pasos apresurados siguieron a sus palabras, y luego:

—¿Dónde estás?

—Aquí, en la despensa. —Extendió la mano y le dio unas palmaditas suaves en la mejilla—. ¿Porter? Soy Ian Barnes, de la Policía de Kent. ¿Puede oírme?

Los ojos de MacFarlane se abrieron ligeramente.

—Me golpeó. Mi propio hijo…

—¿Dónde está Roman, Porter? ¿Dónde está su hijo?

El hombre murmuró entre dientes, cerrando los ojos.

—Está conmocionado, jefa. —Barnes se enderezó e hizo una señal al joven agente que se asomaba por detrás de ella, con la radio ya en los labios—. Pide una ambulancia.

Kay se arrodilló en el suelo junto a él y se acercó a MacFarlane.

—Porter, quédese conmigo. Creemos que Roman podría herir a alguien. ¿Adónde fue?

—Dijo… Dijo que tenía que conseguir el otro rifle. Dijo que iba a hacer que Redding pagara… —MacFarlane frunció el ceño y luego se pasó la lengua por los labios—. No sé quién es Redding. No sabía que nos debiera dinero.

—No es ese tipo de pago el que me preocupa —murmuró Kay, y luego hizo una seña a uno de los agentes uniformados que esperaban en la puerta—. Quédate con él.

Barnes la siguió fuera de la cocina y por el pasillo, abriendo la puerta principal para que llegara el equipo de la ambulancia.

—Roman estará armado, jefa. Necesitamos que el equipo de Disher nos encuentre allí, o alguien podría salir herido.

—Dios mío. —Kay tropezó en el escalón de la entrada, palideciendo—. Le dije a Kyle que fuera a casa de Redding y recogiera a Patricia si no podía comunicarse por teléfono.

Sacó su móvil y marcó el número del agente.

—Mierda, no contesta —dijo entre dientes—. ¿Quién está con él?

—Phillip.

Negó con la cabeza.

—Tampoco contesta su móvil.

Al ver a otro agente en el camino junto a la casa que caminaba de un lado a otro mientras escuchaba su radio, alzó la voz.

—Dile a control que necesitamos que el equipo táctico nos encuentre en la casa de Mark Redding. Quiero que tú y otro coche nos sigáis allí, ¿entendido? Diles que es urgente: hay dos agentes en el lugar y necesitan establecer contacto por radio con ellos. Podrían estar en peligro.

El joven agente se quedó paralizado, demasiado aturdido para moverse durante una fracción de segundo, y luego salió corriendo hacia su vehículo, transmitiendo las instrucciones de Barnes mientras corría.

—Vamos. —Kay se dirigió hacia su coche.

—Espera, tenemos que revisar el cobertizo para ver si falta algo más —dijo Barnes—. Al menos así podremos darle a Disher una ventaja con información sobre lo que él y su equipo podrían encontrarse.

—Sube. Yo conduzco.

CAPÍTULO 50

—Caramba. Debe de estar ganando una fortuna.

Kyle salió del coche patrulla, estirando sus largas piernas para aliviar el calambre mientras miraba hacia la casa de Mark Redding y luego fijaba su vista en el coche deportivo aparcado a un lado del amplio camino de entrada, elegantemente posicionado para que todos pudieran apreciar su reluciente pintura.

Un destartalado todoterreno estaba estacionado al lado, en marcado contraste con el coche de Redding. Sus laterales estaban cubiertos de barro seco que se adhería a la pintura, y se podían ver varios arañazos en el parachoques y el guardabarros delantero.

—Ese debe de ser el que condujo hasta el pub —dijo Phillip—. ¿Alguna noticia de Hunter sobre cómo va la visita a los MacFarlane?

—No hay señal aquí. —Kyle arrojó el móvil al suelo del coche, disgustado—. ¿Cómo demonios puede dirigir un negocio sin señal de teléfono?

Phillip señaló una caja de plástico que sobresalía del

lateral de la propiedad junto a unas puertas francesas. —Hunter dijo que depende de la línea fija.

—Parece que el siglo XXI aún no ha llegado aquí —murmuró Kyle, metiendo su radio en el chaleco y cerrando de golpe la puerta del coche—. Muy bien, averigüemos dónde está la señora Redding.

—Ese es su todoterreno, ¿no?

—Entonces, ¿por qué no contestó al teléfono? ¿O al menos me devolvió la llamada cuando regresó de hacer la compra? —Señaló con la barbilla hacia las cortinas corridas de las ventanas de la planta baja, por cuyos bordes se escapaban haces de luz—. Está dentro.

—O está fuera paseando al perro.

Kyle resopló, maldiciendo la escasa luz que ahora envolvía la casa y los árboles circundantes, sumiendo en sombras la salida del camino de entrada.

Sus entrañas se revolvían, pero no podía razonar con la inquietud que se extendía por sus hombros.

Llevando la mano a la radio sujeta a su chaleco, golpeó la parte superior con el dedo índice, preguntándose si llamar a control, o…

Un furioso ladrido estalló desde el interior de la casa.

Apresurándose a cruzar el camino de entrada hacia la puerta principal, disminuyó la velocidad mientras su cerebro luchaba por asimilar lo que estaba viendo.

Phillip se alejó pisando fuerte del coche y lo siguió, luego emitió las palabras que lentamente se abrían paso desde el cerebro de Kyle hasta sus labios mientras miraba fijamente el marco de madera astillado y la cadena de seguridad colgando de él.

—Mierda.

Una marca de arrastre manchada de barro se extendía por la parte inferior de la puerta.

Los dos agentes se miraron por un momento, y luego automáticamente alcanzaron sus porras telescópicas en sus chalecos.

—¿Spray de pimienta? —susurró Phillip.

—De acuerdo, pero por el amor de Dios, no le des al perro. Nunca dejaremos de oír las quejas de Hunter.

Su colega asintió en respuesta, y Kyle empujó suavemente la puerta.

Exhaló cuando se abrió sin chirriar y se deslizó lentamente hacia el pasillo, el sonido de los ladridos emanaba de una puerta cerrada a su izquierda.

Arañazos frenéticos se oían en ella, luego los ladridos se detuvieron y el perro gimió mientras olfateaba a lo largo de la rendija de abajo.

Kyle extendió la mano hacia el pomo.

—Déjalo —dijo Phillip en voz baja—. Necesitamos registrar el resto de la casa primero.

Asintió, dejando que el agente más experimentado tomara la delantera.

Se dirigieron sigilosamente hacia lo que el padre de Kyle llamaría una cocina bien equipada, con una serie de focos en el techo iluminando la encimera central.

Una tabla de cortar estaba cubierta de rodajas de zanahoria y floretes de brócoli, y Kyle podía oler cebollas quemadas emanando de la gran cocina colocada contra la pared del fondo.

Se acercó a ella, encontró la comida ya estropeada y quemada, y apagó el gas antes de mirar a su colega.

—¿Ahora a dónde?

El sonido de un objeto pesado cayendo al suelo resonó a través de la pared, y mientras aguzaba el oído, le pareció escuchar una voz amortiguada.

Phillip hizo un gesto con la cabeza hacia la puerta. —Vamos.

El perro continuaba arañando lo que Kyle suponía que era la puerta de la sala de estar, y al pasar por el pie de la escalera, notó que no estaba completamente cerrada.

Cada vez que el animal arañaba el marco, la puerta se abría un poco antes de volver a cerrarse.

—Eh.

Volvió su atención a Phillip, quien esperaba junto a otra puerta cerrada, y se apresuró a unirse a él.

—Creo que el despacho de Redding está por aquí —susurró.

—Está justo al lado de la cocina. De ahí vino el ruido.

El otro agente se puso en marcha una vez más, con la porra en alto.

Tras un rápido vistazo por encima del hombro para asegurarse de que no iban a ser emboscados por detrás, Kyle lo siguió, con el corazón acelerado.

Más allá de una antesala, la puerta del estudio de Redding estaba abierta, un suave resplandor escapaba por la rendija iluminando la fornida figura de Phillip mientras avanzaba poco a poco.

—¿Señora Redding? Somos la policía. ¿Está usted bien? —llamó.

Kyle oyó un gemido ahogado, y luego su colega miró por encima del hombro y asintió una vez antes de irrumpir en la habitación.

Estaba corriendo tras él antes de que tuviera tiempo de pensar.

Algo duro, metálico, golpeó el brazo de Phillip, el grito de dolor del hombre se oyó por encima del crujido del hueso y cayó al suelo, su porra rebotando en la gruesa alfombra.

Kyle se giró, listo para pelear.

—No lo creo —dijo una voz tranquila—. Suéltalo.

Roman MacFarlane estaba de pie junto a la puerta, con una pistola apoyada contra la frente de Patricia Redding.

Dejó caer el atizador junto a la chimenea con un *clang* y luego arrastró a Patricia hacia el escritorio de su marido.

Ella sangraba, un feo corte sobre su ojo derecho brillaba rojo contra su pálido rostro.

—¿Está bien, señora Redding? —logró decir Kyle, su mirada pasando rápidamente hacia donde Phillip se arrodillaba en la alfombra sosteniendo su muñeca rota.

—La puerta me golpeó cuando la pateó para entrar. —Patricia temblaba mientras Roman la empujaba hacia el sillón de cuero y presionaba la pistola con más fuerza contra su sien—. Solo abrí porque dijo que venía con la policía. Por favor, hagan lo que dice.

Kyle levantó la mano, luego se agachó y bajó la porra al suelo, manteniendo los ojos fijos en Roman. —Podemos hablar de esto, Roman. No hay necesidad de hacerle daño.

—Dame tu radio. —El arma se movió para apuntarle a él, luego a Phillip—. Y la de él. El gas pimienta y sus porras también. Despacio.

Kyle se acercó a su colega y tomó la radio que le ofrecía, viendo la ira en sus ojos por la situación en la que ahora se encontraban.

Le dio una ligera sacudida de cabeza, arrebató la radio y caminó hacia el escritorio.

—Déjalas ahí. Junto al teclado —dijo Roman.

No había rastro de miedo en la voz del hombre.

En cambio, una fría calma emanaba de él mientras observaba el equipo.

Un murmullo de códigos e instrucciones se intercambiaban entre los operadores en el control de la fuerza, y mientras escuchaba la charla del inicio de la noche entre sus colegas que no sospechaban nada, Kyle contuvo el pánico creciente en su pecho.

—Ustedes dos, sentaos en las sillas de allá donde pueda veros.

Moviéndose por la alfombra y ayudando a Phillip a ponerse de pie, Kyle vio el atizador de latón con el que le habían golpeado, ahora tirado sobre una alfombra ornamentada donde Roman lo había dejado caer, y se detuvo para examinar la muñeca de su colega.

Un pequeño hueso sobresalía a través de la piel, y el otro hombre maldijo por lo bajo cuando la manga de su camisa rozó contra él.

—¡He dicho que os sentéis!

Kyle miró por encima del hombro. —Creo que necesita un médico. Y la señora Redding también.

—No me importa lo que creas. Siéntate. Ahora.

Roman dio un paso alejándose de Patricia, con la mandíbula apretada mientras el arma oscilaba peligrosamente entre los dos hombres.

Tomando el sillón más cercano al escritorio, Kyle mantuvo los ojos fijos en el hombre mientras Phillip se sentaba en una de las otras sillas, con la respiración entrecortada.

Entonces la radio cobró vida, y su corazón dio un salto cuando la voz de Kay resonó.

—Kyle, Phillip, control ha estado tratando de contactaros. Escuchadme: no entréis a la casa de los Redding. ¿Me oísteis? Creemos que Roman MacFarlane está armado y...

Roman se acercó y apagó las radios una tras otra.

Llevaba una sonrisa desagradable cuando se volvió hacia ellos.

—Es un poco tarde para deciros eso, ¿no es así, oficiales?

CAPÍTULO 51

Kay estaba de pie al lado del estrecho camino más allá de la entrada de los Redding, con la boca seca mientras observaba a dos ambulancias arrastrarse hasta detenerse junto a un vehículo de respuesta táctica.

Órdenes gritadas llegaban desde el cordón exterior mientras los oficiales de la división de Tráfico cortaban el acceso a lo largo del camino y redirigían a los lugareños, sus rostros impasibles mientras trabajaban.

Una ligera llovizna empapaba el aire, mojando lentamente su cabello y ropa y dejando un aroma picante a ozono en los bordes y setos. Se apartó el flequillo de los ojos mientras un escalofrío le recorría la columna vertebral.

Esto no puede estar pasando, pensó.

El equipo de Paul Disher estaba silueteado por los faros de los coches reunidos, sus vehículos de respuesta eran sombras enormes más allá de los hombres vestidos de oscuro, y sus voces bajas mientras escuchaban su briefing.

Ya estaban en camino cuando las radios de Kyle y Phillip se quedaron en silencio, y a pesar de la manera brusca en que el enjambre de oficiales uniformados trabajaba dentro del cordón, sabía que cada uno de ellos estaba pensando lo mismo que ella.

Por favor, que estén vivos.

—¿Qué tanto podemos acercarnos? —preguntó uno del equipo táctico, su voz elevándose por encima de las cabezas de sus colegas—. ¿Alguien ha logrado tener una visual de ellos?

—Kay, ¿qué puedes decirnos sobre la casa? —dijo Disher, haciéndole señas para que se acercara—. Has estado dentro. Necesitamos saber todo lo que puedas recordar.

—La habitación que Redding usa como estudio está aquí, en el lado derecho de la casa cuando la miras de frente —dijo, trazando con su dedo sobre el diagrama toscamente dibujado—. Hay ventanas francesas que dan al camino de entrada, así es como Redding dice que logró escabullirse al White Hart para reunirse con Thorngrove sin que su esposa lo supiera. La sala de estar está en el otro lado de la casa, y hay una antesala entre el estudio y el pasillo.

Disher frunció el ceño. —Me pregunto por qué Roman no accedió a la casa por ahí en su lugar... quiero decir, si estaba buscando a Redding...

—Tal vez no lo sabía —sugirió Kay—. Si no había estado en la casa antes, no habría sabido sobre ese acceso lateral.

—¿Has logrado obtener más información de Redding sobre lo que pasó entre él y Roman?

—Bueno, ha confirmado que escondió el rifle que obtuvo de Roman, es idéntico al usado para matar a Thorngrove. Se dio cuenta después de lo peligroso que era Roman, y le dijo a Gavin y Laura que quería asegurarse de tener algún tipo de protección en casa para él y su esposa si aparecía sin avisar…

Disher infló sus mejillas. —Una lástima que no nos dijera todo esto antes…

—No puedo discutir contigo en eso. También creemos que Roman tiró las partes del arma en el contenedor detrás del pub para implicar a Len Simpson y alejar el foco de él, especialmente después de que Porter descubriera que faltaba parte de su stock de armas.

—Y entonces Roman fue tras Redding después, sin darse cuenta de que ya lo teníamos bajo custodia y luego toma como rehén a la esposa en su lugar. Jesús. —Disher se pasó una mano por su pelo corto, luego entregó el diagrama a uno de sus subordinados y se puso su casco protector—. Bien, gracias, detective. Nos encargaremos desde aquí.

—Pero…

—¡Jefa!

Se giró para ver a Barnes corriendo hacia ellos, sus brazos cargados de chalecos antibalas.

Asintió a Disher antes de empujar uno de los chalecos hacia ella y entregar el resto a Harry Davis.

—Jefa, tenemos a Porter MacFarlane bajo custodia, y Gavin y Laura están hablando con él ahora —dijo, sin aliento—. ¿Cuáles son las últimas noticias aquí?

—No son buenas. —Lo llevó lejos del vehículo de

Disher hasta que estuvieron parados en el borde lejano del apartadero, luego exhaló.

—Kyle y Phillip están ahí dentro, también Patricia Redding. Roman tiene el control de las radios de ambos hombres y no hay señal de móvil cerca de la casa. —Sus manos temblaban mientras se abrochaba el voluminoso chaleco antibalas—. No pude llegar a tiempo, Ian. Intenté advertirles…

—Jefa… Kay… —Barnes extendió la mano y agarró las de ella, su cálida piel áspera—. Disher y su equipo harán todo lo posible para sacarlos con vida. No es tu culpa que estén en esta situación. Roman…

—…es un loco, y vende armas en el mercado negro, y su maldito padre debería haberse dado cuenta y habérnoslo dicho, y…

—Lo sé. Pero estamos aquí ahora, y vamos a trabajar con Disher para rescatarlos. ¿De acuerdo?

—De acuerdo. —Le dio una débil sonrisa—. Buen discurso motivador. Gracias.

Sus manos se movieron a sus hombros, y le dio un ligero apretón. —Puedes hacer esto.

Kay asintió, mordiéndose el labio.

—¿Hunter?

Se giró al oír el grito, para ver a Sharp caminando hacia ella, su rostro sombrío.

—Llegué tan rápido como pude. ¿Habéis oído algo desde que las radios se quedaron en silencio?

—No.

Bajó la voz. —Como comandante de oro de esta investigación, tomaré el control como oficial superior de investigación una vez que Disher ceda el control.

Ella asintió, aceptando que la cadena de mando era fluida en tales situaciones, y aliviada de que alguien con la experiencia de Sharp estuviera a su lado.

—Lo que necesites, jefe —dijo—. Mark Redding sigue bajo custodia en Maidstone, y le he dado a Paul toda la información que pude sobre el diseño de la casa.

—¿Qué hay de Roman? —dijo Sharp, observando a Barnes regresar al cordón—. ¿Alguien ha logrado averiguar qué pudo haber iniciado el tráfico ilegal de armas?

—Aún no, creo que Porter está en shock. Laura me envió un mensaje justo antes de que llegaras para decir que no puede entender lo que su hijo ha estado haciendo. Ha descubierto que se metió en problemas cuando era adolescente, pero no hay registro juvenil y Porter le asegura que no fue nada violento. Lo atraparon robando carteras. —Sacudió la cabeza—. La suya es una empresa de un millón de libras, Devon. ¿Por qué demonios Roman arriesgaría todo traficando con armas ilegales? Es decir, ¿cuánto dinero puede querer una persona?

—Creo que…

La respuesta de Sharp fue interrumpida por un grito de Disher.

—Espera. —Kay corrió hacia donde el oficial de armas tácticas estaba dirigiendo a su equipo hacia la entrada del camino de los Redding—. Necesito ir con vosotros. Tengo dos oficiales ahí dentro.

Disher hizo señas a sus hombres para que avanzaran antes de volverse hacia ella, sus ojos fríos como piedras.

—Con todo respeto, detective, tú no vas a ninguna parte hasta que mi equipo haya evaluado la situación y neutralizado la amenaza. —Hizo una mueca—. Y si tienes razón sobre este tipo, no tenemos tiempo para discutir tonterías.

CAPÍTULO 52

Kyle levantó lentamente la mano y se limpió el sudor que le escocía en los ojos.

Había pasado media hora desde el mensaje desesperado de Kay, y desde entonces Roman MacFarlane había pasado el tiempo murmurando entre dientes y paseando por la alfombra frente al escritorio donde Patricia Redding estaba sentada, con terror en los ojos.

A su lado, Phillip se había quedado en silencio mientras acunaba su muñeca rota y miraba con furia a su captor.

El perro había dejado de ladrar desde el arrebato inicial de Roman, aunque el ocasional sonido de arañazos aún llegaba hasta donde él estaba sentado, acompañado de un gemido que hacía que el ceño de Patricia se frunciera cada vez más.

—Necesita agua —susurró ella—. Por favor, debe de tener sed.

—Estará muerto si no te callas. —Roman hizo una pausa en su paseo y apuntó el arma hacia ella—. Podría meterle una de estas en el cráneo. Eso lo mantendría callado, ¿no crees?

La mujer gimió, negó con la cabeza y bajó la mirada hacia los papeles esparcidos sobre el escritorio.

Un armario empotrado estaba abierto, su contenido cubría la alfombra alrededor de sus pies y se extendía hasta los bordes de la alfombra ornamental frente a la chimenea. Los libros habían sido arrancados de sus estantes, y mientras Kyle observaba a Roman destrozar la habitación, contuvo la respiración.

El hombre se movía como en trance, pero el joven agente no estaba dispuesto a correr ningún riesgo.

No tenía duda de que Roman podría usar el arma en su mano, y lo haría si alguno de los dos oficiales cometía un error.

—¿Por qué viniste aquí? —dijo, tratando de mantener la calma en su voz.

Roman giró sobre sus talones. —Para hablar con Mark.

—¿Sobre qué?

El labio superior del otro hombre se curvó. —Él tiene algo mío. Lo quiero de vuelta.

Kyle señaló con la barbilla hacia los objetos descartados que cubrían la habitación. —De ahí la búsqueda.

Recibió un gruñido como respuesta.

—Quizás si nos dices qué estás buscando, podríamos ayudar —sugirió, poniéndose de pie.

El arma giró para apuntarle. —Quédate donde estás.

Levantando las manos, Kyle se obligó a relajarse de nuevo en el sillón. —No hay problema. Solo pensé que podría acelerar las cosas un poco. Ayudarte a seguir su camino.

—No es asunto tuyo.

Kyle sonrió. —Desafortunadamente, lo hiciste nuestro asunto cuando nos tomaste como rehenes.

De repente, Roman hizo una pausa en su destrucción del estudio de Mark Redding, y luego se dirigió a las puertas francesas y miró hacia la noche.

Por favor, alguien, dispárele, pensó Kyle, antes de darse cuenta de lo difícil que sería conseguir un tiro limpio a través del cristal doble sin matar a Patricia en el proceso.

Una necesidad de autopreservación pareció pasar por la mente de Roman al mismo tiempo.

Retrocedió de las ventanas, luego extendió la mano y cerró las gruesas cortinas, ocultando a los ocupantes de cualquiera que estuviera interesado en la casa desde fuera, y se volvió hacia Kyle con una sonrisa triunfante.

Tratando de ocultar su decepción, el agente miró a su colega, que se había puesto más pálido.

—Aguanta, amigo —murmuró—. Estoy seguro de que la caballería no está lejos.

—Dejad de hablar —ladró Roman—. ¿Qué le estás diciendo?

—Solo que se me está durmiendo el trasero. ¿Cómo te va?

El hombre armado de repente se movió alrededor del escritorio y se apresuró a cruzar la alfombra hacia ellos, con los ojos decididos.

Kyle se encogió instintivamente.

—Dame tu chaleco.

—¿Qué?

—Tu chaleco. Levántate. Quítatelo. Despacio.

El arma se balanceaba de un lado a otro, y Kyle se encontró incapaz de apartar la mirada de la boca abierta del cañón.

Esto no era como en las películas.

Y esto definitivamente no era lo que esperaba cuando fichó para su turno esta mañana.

Se levantó de la silla y arrancó las correas que sujetaban el chaleco en su lugar, se lo quitó por los hombros y lo extendió.

—Aquí tienes.

—Y el de él. Quítaselo.

—Roman… déjalo en paz. Está sufriendo. No puede hacerte ningún daño.

—Quítaselo.

Phillip apretó los dientes mientras Kyle maniobraba sus brazos para quitarle el chaleco y se lo entregaba antes de desplomarse de nuevo con manchas de sudor bajo los brazos.

Satisfecho, Roman se puso uno de los chalecos por la cabeza y arrojó el otro al suelo junto a la chimenea vacía, dando la espalda a los dos oficiales.

Kyle exhaló, tomándose un momento para buscar en la habitación algo, cualquier cosa, que pudiera usar para desarmar al hombre.

Su mirada pasó por el conjunto de implementos de latón que colgaban en un arreglo junto a la chimenea. Aunque el atizador parecía prometedor, sabía que no lo alcanzaría a tiempo.

Roman dispararía el arma antes de que llegara a la mitad del estudio, ¿y dónde dejaría eso a Patricia y Phillip?

Sus pensamientos se dirigieron a lo que debía estar sucediendo más allá de las cuatro paredes: seguramente Kay y sus colegas se habrían dado cuenta de lo que estaba pasando, y dado el entrenamiento que todos recibían, supuso que una unidad de respuesta táctica estaría ahora en algún lugar de las cercanías.

Eso esperaba.

Roman continuaba paseando por el suelo, murmurando entre dientes, y Kyle se dio cuenta de que el hombre estaba perdiendo rápidamente el escaso control que pudiera haber tenido.

Sus ojos se dirigieron hacia donde Patricia estaba sentada, aterrorizada, detrás del escritorio de su marido, y se dio cuenta de que no importaría qué planes tuviera el equipo táctico.

Si no hacían algo pronto, Roman podría entrar en pánico.

Un sonido de arañazos proveniente de más allá de la antesala llegó hasta él, y aguzó el oído.

Ahí estaba otra vez.

¿Había alguien en la puerta principal?

Roman giró sobre sus talones, su atención dirigiéndose bruscamente hacia la puerta abierta del estudio.

Kyle se aclaró la garganta, aferrándose a una idea y esperando que su corazonada fuera correcta.

—¿Qué estás buscando aquí, Roman? Tal vez podría ayudarte a encontrarlo.

—¿Qué?

Hizo un gesto hacia los armarios abiertos. —Obviamente estabas buscando algo cuando llegamos. ¿Lo encontraste?

Roman dio un paso adelante, el arma alzada una vez más. —Cállate. No puedes ayudarme. No puedes…

El sonido de garras arañando el suelo de parqué resonó por la antesala y luego una mancha negra se precipitó en el estudio, emanando un feroz gruñido desde sus profundidades.

Con los dientes al descubierto, el perro se lanzó contra Roman, el volumen del animal derribando al hombre mientras sus ojos se abrían de terror.

—Mierda —logró decir.

Kyle se encogió en el sillón, tratando de hacerse lo más pequeño posible mientras el animal hundía sus dientes en el muslo de Roman, parte de su cerebro aferrándose al sonido de gritos provenientes de la dirección del pasillo.

Pasos pesados resonaron hacia el estudio, seguidos por una ráfaga de órdenes gritadas, y Patricia gritó mientras se lanzaba al suelo al oír un solo disparo.

Entonces se desató el infierno.

CAPÍTULO 53

Un disparo, un grito de mujer, un aullido…

La boca de Kay se abrió de golpe ante la repentina avalancha de ruidos que explotaron desde la radio en la mano de Sharp, un escalofrío aferrándose a sus hombros y cuello.

Antes de que ninguno de los dos pudiera pronunciar palabra, la voz de Disher se transmitió por las ondas.

—¡Al suelo! ¡Al suelo! ¡Todos al suelo!

Miró hacia donde Barnes estaba de pie junto a uno de los vehículos patrulla, con la mandíbula apretada mientras escuchaba la radio perteneciente al sargento a su lado, el destello azul de las luces proyectando sombras sobre un lado de su rostro.

Con el corazón acelerado, se preguntó si ella tendría la misma expresión horrorizada, y se volvió hacia Sharp.

Hubo una ráfaga de estática, voces confusas, gemidos y un hombre gritando de dolor, luego…

—Todo despejado.

Un suspiro ahogado de alivio se filtró entre los

oficiales reunidos que esperaban en el cordón, y Sharp bajó el volumen de su radio.

—Gracias a Dios por eso.

Entonces otra radio siseó desde cerca de los coches patrulla y la voz de Disher se escuchó desde donde Barnes ahora caminaba hacia ella.

Su colega se congeló, con la radio en alto.

—Necesitamos atención médica urgente. Rápido. Un veterinario también, si alguien conoce alguno.

—¿Qué demonios…?

Kay no escuchó las siguientes palabras de Sharp.

Se abrió paso a codazos entre dos jóvenes agentes, oyendo los motores de las ambulancias rugir mientras sus zapatos encontraban la superficie de grava del camino de entrada, y echó a correr.

—Kay, espera.

No había iluminación en la entrada del camino, ni una lámpara de bienvenida sobre el cartel de madera de la propiedad de los Redding, y cuando pasó la suave curva que dejaba ver la casa, emitió un gemido superficial.

Las luces de la planta baja se derramaban por las ventanas, y se dio cuenta de que el equipo de Disher había corrido todas las cortinas para revelar las secuelas de su operación y mostrar a los equipos de respuesta entrantes que la situación estaba ahora bajo control.

Las puertas francesas que daban al estudio de Mark Redding estaban completamente abiertas, y dos de los hombres de Disher estaban de pie junto al coche deportivo, con los rifles bajados mientras observaban su aproximación.

Otros dos hombres montaban guardia en la puerta principal, uno con la barbilla inclinada hacia su radio.

Redujo la velocidad, oyendo a Sharp llamarla por su nombre, pero se negó a mirar atrás.

Kyle y Phillip eran parte de su equipo.

Necesitaba saber.

Necesitaba estar con ellos.

Sacando su placa del bolsillo, la agitó frente al más bajo de los dos oficiales tácticos mientras se acercaba.

—Necesito…

Él se giró, bloqueando el acceso. —Aún no hemos liberado la habitación.

Kay vio a Disher a mitad de camino del estudio con la espalda vuelta hacia ella.

—Paul.

Él miró por encima del hombro. —Déjala entrar. Le pasaré el mando al comisario Sharp en un segundo.

Asintiendo en agradecimiento a los dos hombres que se hicieron a un lado para dejarla pasar, Kay cruzó el umbral y entró en una escena infernal.

Roman MacFarlane yacía sobre su estómago, con las manos esposadas a la espalda mientras se retorcía bajo las manos restrictivas de uno de los colegas de Disher a pesar del charco de sangre que se formaba bajo sus piernas.

—Es a él a quien deberían estar arrestando, no a mí —gritaba—. Todo es su culpa.

—Quédese quieto —llegó la brusca respuesta—. De lo contrario, se hará daño.

Kay pasó la mirada más allá de él hacia donde Patricia Redding estaba sentada aturdida en una silla detrás del escritorio de su marido, con una expresión de conmoción en el rostro, sangre manando de un corte profundo en su frente mientras otro miembro del equipo táctico intentaba detener el flujo con pañuelos que arrancaba de una caja junto a la pantalla del ordenador.

—Señora Redding, ¿está bien? —dijo, tragando grandes bocanadas de aire e intentando calmar su propio ritmo cardíaco.

La mujer asintió, su mirada derivando hacia donde Disher y sus cuatro colegas restantes se reunían alrededor de los sillones junto a la chimenea, tres de ellos ocultando uno de los sillones de la vista.

Disher se volvió al sonido de su voz, luego le hizo señas, con el rostro gris.

Apresurándose, Kay tragó saliva ante la visión del perro desplomado sobre la alfombra, una fea herida abierta en su hombro mientras gemía.

Uno de los hombres de Disher se separó del grupo y se arrodilló a su lado, acariciando su cabeza y murmurándole.

Mientras se unía al oficial táctico principal, las preguntas en su cabeza se atropellaban unas a otras.

¿Qué había pasado?

¿De quién era el arma que se disparó?

¿Por qué estaba herido el perro?

No tuvo oportunidad de hacerlas.

En lugar de eso, Disher se hizo a un lado, y entonces vio en lo que él se había estado enfocando mientras ella evaluaba el daño en la habitación en los pocos pasos que le había tomado caminar desde las puertas abiertas hasta donde él estaba de pie.

Una forma arrugada yacía en la suave tela del sillón, la tapicería rojiza no haciendo nada para ocultar el charco de sangre que cubría el asiento y acentuaba las pálidas facciones de Phillip Parker.

Kyle estaba agachado a su lado, con el rostro afligido mientras la miraba.

—¿Dónde está la puta ambulancia? —gritó—. Necesitamos una maldita ambulancia.

Kay se volvió hacia las puertas francesas al oír un ruido, para ver al primero de los paramédicos irrumpir en la habitación, con bolsas de lona en sus manos.

—Por aquí —dijo Disher, haciendo señas a sus hombres para que se apartaran—. La bala que disparó nuestro sospechoso rebotó, le alcanzó en la pierna. No tiene buen aspecto.

Dando un paso atrás para dejar que los dos oficiales de ambulancia se hicieran cargo, Kay llevó a Disher a un lado. —¿Qué pasó, Paul?

—El perro se escapó de la sala de estar justo antes de que entráramos por la puerta principal —dijo en voz baja—. Fue directo a por MacFarlane y le destrozó la pierna; él también está en mal estado, pero puede esperar jodidamente al segundo equipo de paramédicos. Disparó el arma que sostenía, pero con el ataque del perro y el retroceso, se desvió, falló a tus dos oficiales pero rebotó en esa mesa de café. Walker dice que las astillas alcanzaron al perro al mismo tiempo que a Phillip; entramos en la habitación cuando Kyle se lanzó sobre Roman mientras este se preparaba para un segundo disparo.

—Mierda —exhaló Kay, mirando los trozos que faltaban de la mesa y que ahora estaban esparcidos por la alfombra.

A pesar de los dos paramédicos, se acercó a la silla y

tomó suavemente la manga de Kyle. —Kyle, vamos. Tenemos que sacarte de aquí.

—Se está muriendo, jefa —dijo él con voz ronca, sus ojos oscuros enrojeciéndose mientras se ponía de pie—. No podemos dejarlo.

—¿Muriendo?

—Hay una pérdida considerable de sangre —dijo la paramédica—. Parece que un gran trozo de madera astillada le cortó la arteria femoral. Estamos intentando detener el flujo…

Kay se tambaleó, luego se movió frente a Kyle y se dejó caer de rodillas, extendiendo la mano para tomar la de Phillip.

—¿Phil? Estoy aquí. Estamos haciendo todo lo posible, ¿me oyes? Todo va a estar bien. —Observó cómo trabajaban los paramédicos—. ¿No deberían llevarlo al hospital?

—No podemos arriesgarnos a moverlo hasta que hayamos detenido la hemorragia —fue la respuesta cortante—. Ahora, si no le importa…

Una mano ancha cubrió su hombro y apretó.

—Kay…

Ella negó con la cabeza y envolvió sus dedos alrededor de los de Sharp, buscando fuerza en la presencia de su amigo y mentor, pero viendo la desesperación en los ojos de los paramédicos mientras intentaban salvar al hombre que había conocido desde sus días como novata.

En aquel entonces, había sido un individuo nervioso y delgado, emparejado con colegas más experimentados que gradualmente lo convirtieron en el oficial en el que había llegado a confiar y que había sido una parte tan integral de su equipo de investigación.

—Lo estamos perdiendo…

Kyle emitió un gemido angustiado y se dio la vuelta, con los hombros temblando.

—Phil… —logró decir ella, esperando una señal de que el hombre iba a vencer las probabilidades, buscando un destello de vida bajo sus ojos cerrados.

El pecho de Phillip dio un último suspiro tembloroso, y un silencio conmocionado envolvió al pequeño grupo.

Después de un momento, Kay apoyó su mano en el brazo de Kyle. —Necesitamos llevarte al hospital. Ese es un corte feo en tu mejilla.

—Me quedaré aquí —murmuró él, con lágrimas brillando—. Me iré cuando se lo lleven, y luego me haré revisar.

Incapaz de discutir con él, sin querer usar su rango para exigir que hiciera lo que se le decía en las impactantes circunstancias, Kay se puso de pie y se dio la vuelta.

—Kay. —Sharp se movió hasta que estuvo de pie frente a ella, sus ojos grises preocupados—. Kay, escúchame. Tenemos que volver a la comisaría. Debemos volver a interrogar a Porter MacFarlane antes de ocuparnos de Roman.

Ella observó, demasiado aturdida para responder, cómo Barnes se ponía de pie tambaleándose con el perro en sus brazos y desaparecía por las puertas francesas, gritándole a uno de los jóvenes agentes afuera que lo llevara a la clínica veterinaria de Adam.

—Kay.

Ella sacudió la cabeza para tratar de contrarrestar el

dolor que golpeaba su corazón y se volvió al oír la voz de Sharp. —Perdón, ¿qué, jefe?

—Necesitamos hablar con Porter MacFarlane. Te necesito. Ahora.

—De acuerdo. —Cuadrando los hombros, decidida a encontrar algunas respuestas para su colega fallecido y sabiendo que el resto de su equipo estaría buscando su guía para superar su propio dolor, se limpió las lágrimas y le dio a su mentor un breve asentimiento.

—Estoy lista.

CAPÍTULO 54

Kay tomó la carpeta informativa de Gavin con un murmurado agradecimiento y se detuvo para leer las notas adicionales que el agente había añadido en su ausencia.

Tanto él como Laura habían levantado la vista de sus escritorios cuando ella entró en la sala de incidentes hacía media hora, sus rostros pálidos mientras la noticia de la muerte de Phillip se filtraba desde la sala de control.

Pasó los siguientes veinte minutos consolando a su equipo, asegurándoles que el joven agente no había estado solo cuando murió, y que Kyle había sido examinado por uno de los paramédicos.

Había puesto límites a su insistencia en regresar a la comisaría, y después de asegurarse de que seguiría las órdenes del médico y se quedaría en el hospital durante la noche, hizo una llamada telefónica a uno de los psiquiatras designados por la Policía de Kent.

Habiendo sobrevivido ella misma a un incidente casi fatal e ignorado los síntomas de estrés mental severo en su salud en el pasado, estaba decidida a no dejar que Kyle lidiara solo con las secuelas de la muerte de su colega.

Gavin se aclaró la garganta, y ella parpadeó, concentrándose en las palabras borrosas frente a ella.

—Como puedes ver, jefa, los MacFarlane han estado luchando por llegar a fin de mes. Hay mucha competencia en el mercado, y no han crecido precisamente con los tiempos. —Se movió a su hombro, luego pasó a la siguiente página de la carpeta—. Algunos de sus rivales ofrecen disfraces además de las armas de fuego, y se ofrecen a realizar todo el papeleo del Ministerio del Interior necesario para usar armas de fuego en las producciones.

—¿Encontraste los balances en línea? —dijo Kay, con su interés despierto.

—Sí, aquí. —Laura sorbió, luego recogió un montón de papeles y se acercó. Se limpió los ojos y volvió a sorber —. Bien, todo esto estaba en el sitio web de Companies House. Se puede ver que les iba bastante bien hasta hace unos tres años, y luego hace dos años, cuando aparecieron esas empresas rivales que Gavin encontró, empezaron a perder trabajo frente a la competencia. Las ganancias del año pasado bajaron casi ciento ochenta mil libras.

Kay silbó por lo bajo. —¿Qué hay de la casa? ¿Sabemos si es de su propiedad o está hipotecada?

—Hipotecada —dijo Gavin—. Y rehipotecada hace ocho meses.

—Eso no es todo, jefa. —Laura le entregó un conjunto de cuatro fotografías grandes—. Estas fueron tomadas en la propiedad de los MacFarlane hace una hora.

Los ojos de Kay se abrieron al ver una trampilla que había sido descubierta bajo el banco de trabajo en el cobertizo, y luego al ver el alijo de armas oculto bajo las tablas del suelo. —Mierda. ¿Cuánto había allí abajo?

—Si todo lo que encontraron se vendiera en el mercado negro, creemos que hay alrededor de cuarenta mil libras —dijo Gavin—. La mayor parte de ese stock no ha sido probado.

—¿Creéis que Porter sabía sobre las ventas ilegales de armas? —dijo Kay, deslizando las fotografías en la carpeta informativa.

—No estoy segura —dijo Laura—. Ambos hemos releído sus declaraciones anteriores, y nada de lo que han dicho sugiere que lo supiera.

—Dicho esto, es interesante que fuera Roman quien sugiriera la auditoría —añadió Gavin.

—A menos que estuviera cubriendo sus huellas e intentando echarle la culpa a su padre. —Kay cerró la carpeta—. Buen trabajo, los dos. Gavin, ¿quieres acompañarme en la entrevista? Barnes todavía está en la consulta de Adam.

Él asintió, luego corrió de vuelta a su escritorio y recogió su chaqueta y su libreta.

—¿Cómo está el perro? —dijo Laura—. Me preguntaba… Quiero decir, no quería preguntar por lo de Phillip y todo, pero…

—No lo sé. No he tenido noticias de ninguno de los dos. —Kay frunció el ceño—. Escucha, si quieres hablar en cualquier momento, solo pregúntame, ¿de acuerdo? Sé que tú y Phil trabajaban estrechamente juntos, y…

Laura se limpió nuevas lágrimas. —Gracias, jefa. Quizás te tome la palabra.

—Estoy listo —Gavin regresó, sus ojos atentos a pesar de la hora tardía.

Kay le entregó la carpeta y tomó la libreta de él. —Tú dirigirás esta. Te lo has ganado.

CAPÍTULO 55

El abogado de Porter MacFarlane se puso de pie cuando Kay entró en la sala de interrogatorios, se irguió y se abrochó la chaqueta.

—Detective Hunter, mi cliente desea ver a su hijo.

—Siéntese.

Ignoró la corpulenta y sudorosa figura de MacFarlane al otro lado de la mesa, con un feo moretón amarillento en un lado de la cara y varios cortes en la mejilla.

En su lugar, se acercó al equipo de grabación, asintió agradecida a Gavin cuando este le apartó una silla, y recitó la advertencia formal.

Gavin se acomodó en su propio asiento, y ella se tomó un momento para mirarlo de reojo mientras él organizaba el contenido de la carpeta a su gusto e ignoraba el resoplido impaciente que el abogado dio mientras esperaba que comenzara la entrevista.

Su protegido emanaba una creciente confianza, una que ella había nutrido y alentado desde que habían perdido a un miembro del equipo a manos de otra fuerza policial, y el orgullo la invadió.

Se desvaneció una fracción de segundo después al recordar que Phillip había muerto en cumplimiento del deber, y que ella había tenido que dejarlo para interrogar al hombre que ahora se secaba la frente con un pañuelo de algodón y se retorcía bajo el escrutinio de Gavin.

Dirigiendo su mirada a la mesa, abrió la libreta y preparó su bolígrafo.

—Señor MacFarlane, ¿cuánto tiempo llevan usted y su hijo traficando con armas de fuego ilegales? —comenzó Gavin.

Los rasgos ya cenicientos de Porter palidecieron aún más, y levantó una mano temblorosa hacia su frente. —No tenía idea… Lo siento tanto…

—Responda a la pregunta, por favor.

—No lo sé. Nunca lo supe.

—Señor MacFarlane, usted es el dueño de ese negocio. Tiene licencias de armas a su nombre. Es su responsabilidad saberlo.

—Él… últimamente, yo…

Gavin esperó, y Kay lo felicitó silenciosamente por la táctica.

El silencio a menudo era enemigo de un sospechoso.

El hombre frente a ellos tomó un respiro profundo. —No he estado bien estos últimos dos años. Sabía que debería haber escuchado a mi médico, pero eso es más fácil decirlo que hacerlo, ¿no?

Tanto Kay como Gavin permanecieron impasibles.

—Tengo sobrepeso, me gusta beber… Empezó con diabetes tipo 2, y ahora es mi corazón. Sufro de estrés, y…

bueno, supongo que Roman estaba asumiendo cada vez más carga de trabajo por mí. —Porter se removió en su asiento como para acentuar sus palabras, su camisa y chaqueta tensándose sobre su barriga—. Fui un tonto. Estábamos perdiendo dinero, pero me engañaba pensando que las cosas mejorarían, que volverían a ser como antes. Antes de que esos dos competidores comenzaran a bajar sus tarifas para ganar trabajo. No podíamos permitirnos hacer lo mismo. Debo demasiado…

—¿El tráfico ilegal de armas? —insistió Gavin.

Porter negó con la cabeza. —No tenía idea. He dejado que Roman dirija el negocio desde finales del año pasado. He perdido el interés, para ser honesto.

—Parecía bastante interesado cuando me mostraba el lugar la semana pasada —dijo Kay.

El hombre esbozó una sonrisa tenue. —Nunca he perdido el amor por presumir. Supongo que, en el fondo, soy un artista frustrado. Además, esa parte del negocio es divertida.

—¿Por qué seguía retrasando la auditoría de existencias? —dijo Gavin.

—Yo-yo…

—Verá, Porter, eso me hace pensar que usted sabía sobre las ventas ilegales y hacía la vista gorda. Mientras el dinero siguiera entrando en el negocio y manteniéndolo a flote, no le importaba de dónde viniera.

—Eso no es cierto. Se lo dije: no tenía idea.

Gavin colocó cada una de las fotografías tomadas esa tarde frente al hombre, cuya boca tembló al ver la trampilla. —¿Está seguro?

Un suspiro tembloroso emanó del hombre, su aliento

rancio flotando por encima de la mesa hasta donde Kay estaba sentada. —Yo... esperaba estar equivocado.

—¿Pero...?

—Me preguntaba qué estaba pasando... —Porter miró a su abogado, quien dio un asentimiento casi imperceptible, y luego volvió a mirar a los dos detectives —. Empezamos a tener citas tardías para ver armas de fuego. Me canso demasiado por las tardes estos días, así que siempre dejaba que Roman se encargara de ellas. Excepto que ninguna de ellas se convertía en pedidos firmes, y nunca se le pedía a Roman que asistiera a sets de producción para ayudar con responsabilidades de armero después. Le pregunté, tal vez hace un par de meses, por qué perdía el tiempo con esta gente, pero él dijo que era para mostrar buena voluntad. Dijo que estaba tratando de atraer a la gente de nuestros competidores, así que lo dejé seguir con ello.

—Vamos a necesitar nombres.

—No puedo. Ese es el problema, ¿ve? Él... Roman nunca los puso en la agenda de citas. Solo escribía sus iniciales en una nota adhesiva junto a su ordenador para recordarse cuándo debían llegar.

—¿Vio a alguna de estas personas?

—No. —Porter se sonrojó—. Normalmente tomo una siesta por la tarde.

Gavin hizo una pausa, revisando los documentos frente a él, luego encontró la mirada de Porter. —Un testigo nos informa que vio una pistola con las marcas de prueba faltantes, y que Roman lo amenazó si se lo contaba a alguien. ¿Es eso lo que le sucedió a usted esta tarde? ¿Descubrió lo que realmente estaba haciendo?

El hombre instintivamente tocó el esparadrapo que cubría uno de los cortes más profundos en su cara. —Quería saber qué estaba pasando. Lo escuché por teléfono el lunes por la noche, discutiendo.

—¿Con quién?

—No lo sé. Pero se puso feo. Lo escuché decirle a quien fuera que si no devolvía lo que Roman le había vendido, sería el siguiente.

La atención de Kay se apartó bruscamente de sus notas. —¿Fueron esas sus palabras exactas?

—Sí. Lo recuerdo claramente porque me quedé muy impactado. Nunca lo había escuchado hablar así. —Las lágrimas rodaron por las mejillas del hombre—. Estaba demasiado perturbado por lo que había oído como para enfrentarlo de inmediato, pero no pude dormir esa noche preocupándome por ello. Me preguntaba entonces en qué se había metido. Fui al cobertizo temprano el martes por la mañana antes de que Roman se levantara, y fue entonces cuando descubrí que nos faltaban los dos rifles. Corrí de vuelta a la casa para informarlo, y Roman bajó las escaleras cuando llegó la policía.

—No dijo nada sobre su llamada telefónica del lunes por la noche cuando lo entrevistamos ese día —dijo Kay.

—Quería darle la oportunidad de explicarse. —Porter exhaló—. Supongo que aún me negaba a creer que lo que le oí decir tuviera algo que ver con los rifles desaparecidos, y mucho menos con la muerte de ese pobre hombre.

—La muerte de dos hombres —espetó Kay—. Uno de nuestros oficiales fue asesinado esta noche gracias a las acciones de su hijo. Gracias a su negligencia.

—Él solo lo hizo porque se preocupaba por mí.

Gavin cerró la carpeta de golpe y empujó su silla hacia atrás, fulminando con la mirada al hombre que se encogía ante él.

—Dígaselo a las familias de las víctimas, Porter.

CAPÍTULO 56

Sharp estaba esperando a Kay cuando ella salió de la sala de interrogatorios, con los brazos cruzados mientras se apoyaba contra la pared y miraba fijamente al techo bajo.

Parecía exhausto y después de que ella enviara a Gavin de vuelta a la sala de incidentes con un murmullo de agradecimiento, se preguntó si sus ojos reflejaban el mismo cansancio y conmoción.

—¿Cómo fue? —preguntó él, estirando la espalda y haciendo crujir su cuello.

—Bueno, le daré un diez sobre diez en estupidez.

—¿Dónde está Roman?

—Debería estar aquí en cualquier momento. Según el médico que lo atendió en el Hospital Maidstone, necesitó puntos en la pierna, pero ya está vendada y solo necesitará algunos analgésicos y antibióticos durante la próxima semana.

—Qué lástima.

Se giraron al oír que se abría la puerta de seguridad al

final del pasillo para ver a Roman MacFarlane siendo conducido hacia ellos por Harry Davis.

El agarre del agente sobre el brazo del hombre no era precisamente gentil, y Kay recordó cómo Phillip había estado bajo la tutela del oficial mayor durante sus primeros turnos en la comisaría.

Al ver el dolor en el rostro de Harry mientras guiaba a Roman a la siguiente sala de interrogatorios, se juró hablar con él antes de que cambiara el turno al amanecer para ofrecerle sus condolencias.

Sharp se pasó una mano por la cara cuando la puerta se cerró tras ellos. —¿Estás segura de poder manejar este interrogatorio, o quieres que lo haga yo?

—Yo lo haré. —Kay miró la pila de carpetas en el suelo junto a sus pies, luego se agachó para recogerlas—. ¿Es todo esto?

—Incluyendo las grabaciones de videovigilancia de una granja en el cruce de la carretera principal y el camino que lleva a la propiedad de los MacFarlane. —Sharp hizo una mueca—. Llamé a Aaron Stewart y Dave Morrison para que las revisaran antes. Ya han identificado dos coches que viajaron en dirección a la casa de Porter desde junio y que están registrados a nombre de delincuentes conocidos, uno con una condena por robo a mano armada de hace quince años.

—Dios mío. —Kay se alborotó el pelo con los dedos, luego se abrochó la chaqueta y se dirigió hacia la sala de interrogatorios cuando Harry salió.

Al entrar, fulminó con la mirada a los dos hombres que estaban sentados uno al lado del otro en un lado de la mesa, su mirada cayendo sobre los vendajes que envolvían el muslo de Roman MacFarlane.

A pesar de los analgésicos suaves administrados en el hospital, aún parecía estar muy incómodo, y ella reprimió el impulso de patearlo mientras tomaba asiento.

El abogado, a quien Kay reconoció como un curtido abogado de oficio de Tonbridge, mantuvo una cara de póker mientras ella y Sharp organizaban sus archivos y comenzaban la grabación con la advertencia formal.

—¿Cuándo empezó a traficar con armas ilegales, Roman?

Kay observó al hombre frente a ella, con oscuras sombras bajo los ojos y una línea tensa en la frente, mientras se mordisqueaba una uña del pulgar y mantenía la mirada baja.

—Le he hecho una pregunta —espetó.

Él saltó en su asiento cuando la mano de ella golpeó la mesa.

—¿Cuándo empezó a vender las armas?

—Hace un tiempo.

Su voz era baja, y ella se inclinó más cerca para oírlo.

—¿Cuándo?

Él se encogió de hombros, luego apartó los dedos de su boca antes de escupir el resto de la uña al suelo. —Julio del año pasado, quizás.

—¿Por qué?

—Porque el negocio está jodido. —Ahora levantó la mirada, sus ojos fijos en los de ella—. Soy el único que está haciendo algo para asegurarse de que sobreviva. ¿Ha visto el estado de Porter?

—¿Su padre?

Él resopló. —Lo que sea. Es tan malo en eso como intentando dirigir un maldito negocio. Se gastó todas las ganancias hace años. Menuda herencia voy a tener.

—¿Su padre se está muriendo? —Kay no pudo ocultar la sorpresa en su voz.

Porter parecía tener sobrepeso, sí, pero…

—Es solo cuestión de tiempo —dijo Roman—. Y si se va antes de que se pague la hipoteca, lo pierdo todo. Ni siquiera puedo vender el negocio, en el estado en que está ahora.

—Si estaba vendiendo armas ilegales, ¿por qué insistía en que su padre auditara el inventario?

—Porque podía añadir el material nuevo sin levantar sospechas, por supuesto. —Sonrió con suficiencia—. Ocultarlo a plena vista.

—Háblenos de Dale Thorngrove.

—Todo es culpa de Mark Redding. Pregúntele a él.

—Se lo estoy preguntando a usted.

Roman frunció el ceño. —No lo conocía personalmente. A Thorngrove, quiero decir. Redding me compró un rifle hace un tiempo, dijo que había perdido su licencia después de una multa por conducir ebrio y que solo lo usaría en terrenos privados. Normalmente no le vendo a gente como él, pero una venta es una venta, ¿no? Y necesitábamos el dinero. Luego viene y me dice que tiene un amigo que también quiere comprar un arma y yo le digo, ¿a quién coño le estás contando sobre mi negocio?

—Pero se la vendió de todos modos.

—No. No lo hice. Le dije que se fuera a la mierda. Y le dije que tenía que dejar de hablar sobre dónde consiguió su maldito rifle. Le dije que le dijera a su amigo que fuera a uno de los distribuidores locales autorizados. Que lo hiciera correctamente. Fue entonces cuando dijo que no podía, que su ex esposa estaba inventando cosas sobre él, así que nunca lo aprobarían.

—Entonces, ¿qué pasó?

—Redding le dice a este tipo Thorngrove que he dicho que no, y es entonces cuando empieza a intentar chantajearnos a los dos.

—¿Redding le dijo su nombre a Thorngrove?

—Sí. —Roman soltó un resoplido incrédulo—. Solo demuestra qué clase de imbécil es, ¿verdad?

—Cierto —dijo Kay, sintiendo la oportunidad de ponerse del lado del hombre frente a ella. Reprimió su disgusto—. ¿Qué pasó después?

—Redding quedó en reunirse con él para intentar hacerlo entrar en razón. Le dije que más le valía, porque de lo contrario me ocuparía de los dos. Por eso fui, ¿ve? No confiaba en que él lo resolviera.

—Cuando hablamos con usted la última vez, nos dijo que estaba limpiando un vagón que iba a ser alquilado.

—Eso solo me llevó un par de horas.

—¿Así que fue al White Hart?

—Sí. Aparqué a un kilómetro o así y fui caminando. Esperé hasta que salieron. —Roman hizo una mueca de desprecio—. Tenía razón. Estaban discutiendo mientras volvían al coche de Redding.

—¿Cuál de ellos?

—Esa chatarra de todoterreno que conduce su mujer. —Sonrió con sorna—. Supuse que no quería que lo reconocieran. El resto del tiempo, anda por ahí en ese coche deportivo suyo.

—¿Sobre qué estaban discutiendo?

—Realmente pensé que Thorngrove tendría más sensatez y se echaría atrás una vez que Redding hablara con él, pero era bastante evidente que eso no iba a suceder. Así que me ocupé de él.

Kay se reclinó, impactada por la manera despreocupada en que el hombre hablaba de un asesinato a sangre fría.

Roman esbozó una sonrisa maliciosa. —¿Cómo es el dicho? Matar dos pájaros de un tiro, ¿no? Pensé que Redding no le diría a nadie más de dónde había sacado ese rifle después de ver eso.

—¿Qué rifle usó para matar a Thorngrove? —preguntó Kay, recuperándose—. ¿El que le vendió a Redding?

—No, ese era otro problema. Tomé uno idéntico de nuestro inventario. Pensé que si ustedes creían que se habían robado dos, los retrasaría un poco.

—¿Por eso lo destruyó y tiró las piezas en el contenedor fuera del White Hart?

—Sí, bueno. Ese Len también estaba empezando a husmear. Me enteré de que les preguntaba a sus clientes habituales si sabían lo que estaba pasando. Pensé que si lo hacía parecer involucrado, perdería algunos clientes y mantendría la boca cerrada.

—¿Por qué tomó como rehén a Patricia Redding?

Roman hizo una pausa, volviéndose hacia su abogado.

—Mi cliente quiere que conste en acta que no tenía la intención de que el joven agente de policía muriera —dijo el hombre—. Fue un accidente.

El corazón de Kay le golpeó el pecho, y deslizó sus

manos hasta el borde de la mesa, aferrándose a ella hasta que sus dedos se pusieron blancos.

—Continúe —dijo Sharp—. ¿Qué pasó?

—Fui allí para hablar con Redding.

—¿Hablar con él o matarlo?

—¡Detective! —El abogado se inclinó hacia adelante.

Sharp lo ignoró y miró fijamente a Roman. —Responda la pregunta.

—Para hablar con él. Quería recuperar el otro rifle, y estaba dispuesto a pagarle por él.

—¿Por qué?

—No quería que intentara chantajearme después. Ya me había llamado alterado porque ustedes le estaban haciendo todas esas preguntas, y sabía que era solo cuestión de tiempo antes de que se le escapara mi nombre. —Roman hizo una pausa, se mordió la uña por un momento, luego bajó la mano—. Ya era demasiado tarde, ¿no? Sus dos muchachos aparecieron cinco minutos después de que yo llegara. Supongo que entré en pánico.

Se encogió de hombros otra vez. —Lo siento.

—Tiene razón en una cosa —dijo Kay, con la voz apenas más que un susurro—. Ambos eran solo muchachos. Y uno de ellos está muerto por su culpa.

CAPÍTULO 57

Una débil luz de la tarde intentaba atravesar las persianas de las ventanas de la sala de incidentes cuando Kay y Sharp entraron arrastrando los pies, acentuando el sombrío estado de ánimo que impregnaba el aire.

La mayoría de su equipo se había ido a casa después de que Barnes los informara, dejando atrás a unos pocos rezagados que se sentaban en los escritorios con expresiones atónitas mientras trataban de terminar su trabajo.

Kay pasó junto al escritorio de Laura, apretando el hombro de la joven agente y murmurando que debería irse a casa, antes de dirigirse a la pizarra en el extremo de la sala.

Su mirada vagó ciegamente por las notas, fotografías y papeles adhesivos que cubrían la superficie mientras abrazaba contra su pecho la carpeta informativa de la entrevista de Roman.

Unos suaves pasos se acercaron sobre las baldosas de la alfombra hasta donde ella estaba, y reconoció la presencia de su mentor a su lado con un ligero asentimiento hacia la pizarra.

—¿Dónde nos equivocamos?

—Tienes que dejar de preocuparte por si se te escapó algo —murmuró Sharp.

—Pero lo hicimos, Devon. —Se volvió hacia él, con la garganta oprimida—. Hablamos con él y con Porter, incluso antes del allanamiento. Porter mintió sobre el estado del negocio, y se mintió a sí mismo sobre lo que su hijo estaba tramando.

—¿No crees su historia de que no tenía ni idea entonces?

—¿Tú sí?

Él no respondió, y en su lugar dirigió su atención a la alta figura que había entrado en la sala y ahora caminaba hacia ellos, su voluminosa ropa protectora reemplazada por jeans y una sudadera.

Paul Disher les saludó a ambos con un gesto. —Pensé en pasarme después de presentar mi informe. Recibiréis una copia por correo electrónico.

—¿Cómo estás, Paul? —dijo Kay.

—Estaré bien, tan pronto como vuelva al servicio activo. Recibí una llamada de mi inspector para decirme que estoy suspendido pendiente de la investigación oficial.

—Nada de qué preocuparse, Paul —dijo Sharp—. Solo será una formalidad.

—Lo sé. No es la primera vez, jefe, y desafortunadamente en mi línea de trabajo, no será la última —fue la respuesta estoica—. Solo quería alcanzaros antes de que os fuerais para haceros saber que si necesitáis algo, podéis llamarme.

—Gracias —dijo Kay, estrechándole la mano. Cuando él se fue, vio a Gavin dirigiéndose hacia ellos—. Vas en la dirección equivocada. Deberías estar yendo a casa, Piper.

—En un minuto, lo prometo. Solo quería daros una rápida actualización —dijo—. Envié una copia de los archivos de inventario de los MacFarlane a Andy Grey en la jefatura con una solicitud para acelerar el procesamiento de los datos. Pensé en volver a su casa por la mañana y hacer un inventario adecuado con la ayuda de Laura, si está bien. De todos modos, estaba programado para trabajar este fin de semana.

Kay sonrió. —Creo que es un gran plan.

—Gracias, jefa.

—De hecho, Piper, queríamos hablar contigo —dijo Sharp, con las comisuras de sus ojos arrugándose al ver el preocupado ceño de Gavin.

—¿Oh?

—Sí, de hecho ya has anticipado parte de lo que teníamos en mente. Dadas las armas ilegales encontradas bajo el cobertizo, y la información que esperamos obtener de Andy en su momento, nos gustaría que encabezaras una nueva investigación para rastrear las armas que Roman MacFarlane ha vendido desde que comenzó su empresa en el mercado negro. Ciertamente añadiría peso a nuestro caso contra él. ¿Crees que puedes manejarlo?

El agente de policía asintió, incapaz de hablar.

—Lo que estamos pensando es que tienes dos sospechosos: los hombres que Aaron y Dave encontraron en las imágenes de videovigilancia —añadió Kay—. Podrías empezar con esos y ver adónde te lleva.

—Bien. Sí —dijo Gavin, recuperándose de su

conmoción—. Ya he rastreado los datos de las direcciones actuales de ambos a través de la Agencia de Licencias de Conducir y Vehículos mientras vosotros hablabais con Roman.

—Esperemos que una vez que Roman se dé cuenta de lo profundo que está metido en esto, ofrezca algunos nombres más también —dijo Sharp—. Porque sin marcas de prueba en esas armas, no va a ser fácil.

—Eso debería mantenerte fuera de problemas por un tiempo de todos modos —dijo Kay—, y te dará una idea de cómo dirigir tu propia investigación importante.

—Jefa, eso es genial. —Gavin intentó, y luego falló en evitar que una sonrisa se extendiera—. No os defraudaré.

—Lo sé. Solo ten cuidado, ¿de acuerdo? Sabes el tipo de personas con las que estamos tratando.

—Entendido.

Sharp se volvió hacia ella mientras Gavin regresaba a su escritorio, y le dio una sonrisa de pesar. —¿Crees que eso evitará que lo recluten en la jefatura?

—Por un tiempo, tal vez. —Observó mientras el agente de policía hablaba con Laura, sus manos animadas mientras le contaba las noticias, y a pesar de su tristeza, ella le dio un puñetazo de felicitación en el brazo. Kay sonrió—. En cualquier caso, lo preparará bien para un ascenso a oficial.

—¿Crees que tienes espacio para dos en el equipo?

Su atención volvió rápidamente al comisario. —No voy a dejar ir a ninguno de los dos. No tan fácilmente. Cometí ese error una vez antes.

—Anotado. —Recogió su chaqueta y contuvo un bostezo—. Bien, me pondré al día contigo mañana en

Northfleet para que podamos informar a la comisario jefa y a la subjefa de policía. Mi consejo: mantente alejada de las noticias esta noche. Sabes cómo va a ser. Apaga tu móvil cuando llegues a casa también. No tienes que volver al servicio hasta el lunes.

—Gracias, jefe. Por todo —dijo ella, siguiéndolo hacia su escritorio.

Él se dirigió hacia la puerta, luego se detuvo. —¿Estás segura de que no quieres que vaya contigo a Cranbrook?

—Ya has tenido que ser el portador de las noticias. Vete a casa. Estaré bien.

Dejó caer la carpeta junto a su teclado, su mirada viajando hacia el asiento vacío de Phillip, su espacio de trabajo desordenado con notas adhesivas y latas vacías de gaseosas.

Detrás de su silla, la pared estaba adornada con memes que había impreso y colgado, compitiendo por espacio entre caricaturas y fotografías de él bromeando con amigos.

Todo ello contrastaba con el dolor que le oprimía el pecho y le escocía los ojos.

Barnes miró mientras empujaba su silla hacia atrás, con la llave del coche en la mano.

—Yo ya he terminado, jefa. Creo que voy a necesitar un trago fuerte cuando llegue a casa. ¿Tú también te vas?

—No, todavía no. —Dio un suspiro cansado—. Hay una cosa más que tengo que hacer primero.

CAPÍTULO 58

Kay maldijo en voz baja, miró con furia el pequeño corte de papel en su dedo, desafiándolo a sangrar, y luego volvió su atención al contenido del cajón profundo del archivador.

En su interior había cajas medio abiertas de bolígrafos negros, las libretas negras que ella y sus colegas preferían, y, por alguna razón inexplicable, dos tenedores de acero inoxidable.

Su búsqueda se veía obstaculizada por el hecho de que los enchufes de luz en la antigua oficina de Sharp habían sido saqueados en los años desde que él se había ido a Northfleet, ya que su equipo se había llevado las bombillas LED para reemplazar las rotas en la sala de incidentes en lugar de luchar contra el proceso de adquisición.

—Sé que estás aquí —murmuró, revolviendo una década de papelería olvidada y sobras de suministros para fiestas.

Ya había sacado cinco vasos de papel aplastados, un rollo medio usado de cinta de escena del crimen azul y blanca, y una grapadora rota que sospechaba que alguna vez había pertenecido a Barnes, pero aún no había encontrado lo que buscaba.

En realidad, no lo quería si era honesta.

Simplemente necesitaba algo que hacer.

Algo que alejara sus pensamientos de los rostros rotos y afligidos de los padres de Phillip Parker cuando le habían abierto la puerta de su casa hacía dos horas.

Sabía que debería haber ido directamente a casa después, pero al pasar por Maidstone, automáticamente había girado hacia la entrada de la comisaría y se había dirigido a la sala de incidentes.

Estaba vacía, por supuesto.

Incluso los limpiadores ya habían pasado y estaban trabajando en el piso de arriba, el sonido de las aspiradoras retumbando por todo el edificio y cualquier superficie que no estuviera cubierta por los restos de una investigación en su final emanaba un aroma a limón que llegaba hasta la antigua oficina de Sharp.

Después de pasar una hora en el escritorio de Phillip, colocando lentamente sus pertenencias personales en una caja de almacenamiento que había tomado de la oficina de otro inspector más adelante en el pasillo, un terrible cansancio se apoderó de ella y se hundió en su silla, girando de un lado a otro por un momento, perdida en sus pensamientos antes de volver a la oficina de Sharp.

—Te tengo.

Triunfante, tiró de la botella de bourbon medio vacía hacia ella, arrugando la nariz ante el residuo pegajoso alrededor del cuello.

Estaba segura de que la última vez que la había visto fue en una fiesta de Navidad hacía dos años.

Ciertamente antes de que Sharp se mudara a Northfleet.

Poniéndose de pie y sacudiéndose los pantalones, desenroscó la tapa y vertió una buena cantidad en una taza de café limpia antes de volver a colocar la botella en el cajón.

Caminando hacia la ventana, su silueta enmarcada por las luces de la sala de incidentes detrás de ella, tomó un sorbo e hizo una mueca.

—Dios, qué fuerte.

No había persianas aquí, pero esperaba que el cristal oscurecido le diera algo de privacidad mientras contemplaba el horizonte de la ciudad e intentaba ordenar sus pensamientos.

Una sombra cayó sobre la puerta detrás de ella, e inhaló un aroma familiar.

—Hughes me dijo que probablemente te encontraría aquí arriba. —Adam caminó hacia la ventana y la rodeó con sus brazos, apoyando su barbilla en el hombro de ella. —¿Cómo lo estás llevando?

—No muy bien. —Tomó otro sorbo de bourbon. —Lo siento, tenía la intención de llamarte... se me fue el tiempo.

—Me lo imaginé.

—¿Cómo está el perro? ¿Está...?

—Descansando. Es un afortunado, eso te lo aseguro. Debería curarse bien.

—Eso es bueno.

Le besó el cabello. —¿Pensando en Phillip?

—Mm-hmm. No era solo un buen oficial, Adam. Era el hijo de alguien. Fui a ver a sus padres antes, y yo...

Se interrumpió, incapaz de terminar la frase mientras las lágrimas rodaban por sus mejillas. —Tuve que decirles que... yo... no pude salvarlo. Ahora Sharp y yo le hemos encargado a Gavin que localice el resto de las armas ilegales. —Se pasó los dedos por el pelo y se apartó de la ventana —. He puesto en peligro voluntariamente a otro miembro de mi equipo.

—No, no lo has hecho. Adam sacudió el dedo, con los ojos serios. —Tiene apoyo, tiene experiencia y te tiene a ti. Gavin ha aprendido a no precipitarse en una situación peligrosa sin respaldo.

—Kyle y Phillip lo hicieron.

—Ellos no sabían que Roman tenía a Patricia como rehén, ¿verdad? Y tú no lo sabías cuando les pediste que fueran allí. Sharp me lo contó. Roman ya les estaba apuntando con un arma cuando te enteraste e intentaste contactarlos por radio. Le levantó suavemente la barbilla. —Les has dicho a tu equipo muchas veces que no se hagan esto a sí mismos, ¿por qué lo haces tú?

—¿Por qué hago qué?

—Jugar al "qué hubiera pasado si" y cuestionar cada decisión que has tomado esta última semana. —No esperó una respuesta y le besó la nariz en su lugar —. Para ya.

Su labio tembló y ella respondió con un sollozo.

—Vamos. Saquémoste de aquí. —Adam le quitó suavemente el vaso de los dedos —. No podemos dejar que te conviertas en un cliché, ¿verdad?

Ella resopló. —Solo he dado dos sorbos pequeños.

—Y yo tengo un buen Tempranillo abierto en casa. Mucho mejor para el alma.

—¿Ah, sí? —A pesar de su tristeza, sonrió.

—Sí. —Él le pasó el brazo por el suyo, guiándola fuera de la oficina y hacia su escritorio antes de coger su chaqueta del respaldo de la silla mientras ella recogía su bolso —. Y además, estoy seguro de que Phillip no querría que estuvieras aquí lamentándote. Querría que te tomaras un momento para reflexionar sobre el hecho de que atrapaste a tu hombre, y que estará encerrado durante mucho tiempo.

La garganta de Kay se contrajo. —Sí, eso querría.

Caminaron hacia la puerta, y ella extendió la mano hacia el interruptor de la luz, posando su mirada una vez más en la silla vacía de Phillip.

Habría una investigación en las próximas semanas, y tiempo para reflexionar más, pero por ahora, sabía que Adam tenía razón.

—Te voy a echar de menos, Phillip—susurró, luego se apoyó en el abrazo de Adam y cerró la puerta.

FIN